小漁娘掌家記 3 完

風文創 955

元喵 著

目錄

第七十四章

眼瞧著那小黑點越來越近，能瞧清楚船上的人時，玉竹終於歇了下來，癱倒在沙灘上。她好累呀，手瘦得幾乎抬不起來，眼睛也是又腫又痛還沒消，又被濃煙這麼熏，一睜眼就痛得要流淚。

不過船過來了，也不枉費她吃了這些苦。

「東家，沙灘上有個小娃娃！想是哪家漁民出來遇上了意外，流落到荒島了。」

雲銳也瞧見了。這座海島算得上偏僻了，若不是昨日大風將他們吹得偏離了航線，今日也不會到這海島附近。

「既然遇上了，便捎帶他們一程吧。這些漁民也不長點心，那麼小的孩子居然也帶上船，真是。」

雲銳發了話，船便立刻靠了過去，不過他們這是貨船，又對這裡地形不是很了解，只能停靠在離島上比較遠的地方，接人用的是掛在船舷上的小竹筏。

船上的老船員李老三一個人划著筏子很快上岸，只是叫了半天，都沒有人回應，只有沙灘上躺著的小娃娃。

「醒醒，小娃娃，妳家大人呢？」

「我家……」玉竹反應過來，激動地抓著眼前人的手。「島上就我一個，沒有大人，叔叔你是來救我的吧?!」

「就妳一個?妳一個人是怎麼到這兒的?」

李老三清楚得很,離這裡最近的村落都要划上兩個時辰,沒有大人,這小娃是怎麼上島的?瞧這一身衣裳也不像是那些不喜歡丫頭的人家帶出來丟的。

「我是退潮的時候出來趕海,不小心被海浪捲了,又遇上海豚救了我,帶我到這兒的。叔叔,你能送我回家嗎?我家裡人肯定會好好酬謝你們的。」

「當真只有妳一人?」

玉竹保證又保證,李老三才抱著她上了竹筏划回了船邊。

雲銳有些好奇李老三為什麼只帶了個小娃娃,便沒有回到船艙裡,看著船員將那小孩拉上來,不料那小娃娃一見他就撲了上來。

「雲叔叔!」

會叫他雲叔叔的,只有家裡的幾個子姪,可眼前這個絕對不是那些小潑皮。另外還有個會叫他叔叔的……

「小玉竹?」

玉竹感動得都要哭了,她這是走了什麼狗屎運,竟能在這茫茫大海上遇到熟人。

「是我!麻煩雲叔叔把我送回家去,我姊姊她們肯定急壞了。」

她的聲音先前被煙熏過,變得又啞又乾,眼睛也是腫得跟個核桃似的,加上那一臉的灰,若不是有這一聲雲叔叔,雲銳還真是不敢認。

「好說好說，本來這趟也是要去妳家島上的。我這船上沒有女人，等一下我讓下頭的人給妳燒些熱水，妳自己簡單洗洗吧？」

瞧見玉竹點頭，雲銳便一把將小丫頭抱起，暫時將她安置在自己房間。很快便有熱水和粥送到了屋裡，玉竹沒有換衣裳，就著熱水搓了一盆子的髒水出來，又把那碗粥慢慢吃了。

到這會兒她的精神實在是不怎麼好，本來想靠在床邊歇會兒，結果不知不覺就睡了過去。一覺醒來，外頭已經是一片漆黑。

不過應該不是很晚，因為她能聽到船上幾個船員正在小聲談論著明日的菜單。

玉竹坐起來，理了理衣裳，出門找到了正在賞月的雲銳。

「雲叔叔，現在是什麼時辰了？」

「現在啊，剛過亥時吧。妳可是睡了幾乎一整天呢，餓了沒？我讓他們給妳熱著粥呢。」

「餓了，謝謝雲叔叔。」

玉竹也不跟他見外，反正都在這船上了，矯情只有自己受罪。

熱呼呼的一碗蛤蜊粥吃下肚，整個人從裡到外都舒坦了。她也學著雲銳盤腿坐到船上，靠著船舷賞月。

「雲叔叔，這裡離我家大概還有多遠？要走多長時間啊？」

「不遠吧，明日午時便能到了。欸，小玉竹，妳是怎麼一個人到了那荒島上的呢？」

一聽到明日午時就會到家，玉竹心情大好，也有閒心和他講起自己之前發生的奇遇。

「海豚救人，古就有過傳說，沒想到竟是真的，妳這運氣可真不錯。」

玉竹心想，她的運氣豈只是不錯，簡直是太好了。雖然流落到荒島上受了點苦，卻也讓她發現了一座煤礦。

即便自家不能私自開採，但報給秦大人的話，肯定會得到一些獎勵。這樣的話，長姊手裡也能寬裕些，先解了眼下的困境再說。

「雲叔叔，此次若不是遇上了你們，我的小命大概就要丟在那荒島上了，救命之恩，玉竹日後定當報答。」

小娃娃一本正經地說著要報恩的話，聽得雲銳都忍不住笑了。

「小人精，操心的事怎麼那麼多，舉手之勞，哪裡就要妳報恩了？」

這樣小的娃娃都知道報恩，雲銳感嘆了一聲，和玉竹話起了家常。

「說起來，我有個姪兒，再兩月便有十二歲了，比妳大了整整七歲，卻不如妳懂事。小小年紀滿嘴謊話，還會偷拿家裡的錢。」

「十二歲？如何還會不懂事？可是家裡太慣著他的緣故？」

雲銳搖頭道：「並沒有人慣著他。家母最疼他卻過世得早，他娘，也就是我大嫂得了症，幾乎不怎麼見人。我大哥就更不用說了，對他兩兄弟都嚴得很，怎麼會慣著他？」

平日拿小姪子和兄長比，就已經有很大差距了，如今再和玉竹一比，那真是一個天、一個地。

他連連嘆氣，十分不滿，就是想不明白，大哥、大嫂那樣謙和仁善的人，怎麼就生出那樣一個兒子，幾乎壞了他們雲家百年積累下的聲譽。

這是人家的家事，玉竹哪好多嘴，稍坐了會兒便說睏了，直接回了船艙。

說著睏，其實半點睡意都沒有。一想到再過幾個時辰便能見到姊姊她們，她就興奮地睡不著。

離自己失蹤都有兩日了，她們興許都以為自己葬身大海，家裡指不定怎麼傷心呢！

玉家這兩日的確是籠罩著一片愁雲慘霧，但姊妹倆一直堅持不肯辦小妹的喪事。用玉容的話來說，活要見人，死要見屍。

即便是希望渺茫，她們仍是抱著希望等待。每日依舊是划著船出去找，一找便是大半日。

划船的事玉容幫不上忙，只能在島上守著等消息，順便將做沙蟹的事情繼續做起來。如今有了人手，自然是要好好利用，賺了錢才能有更多的人手去找小妹。像之前陶嬸嬸為了找小妹給出去的銀錢，她都沒辦法補給人家，實在是心裡難受得很。

「大姑娘，今日抓回來的沙蟹已經很少了，只有昨日的一半。」

一半……那就是只有一百來斤了。十幾個人在海邊抓了兩個多時辰才這麼點，說明附近的沙蟹是真的少了很多。

不過，沒關係，之前賣給她沙蟹的那些漁民手裡還有不少，說好了明日過來交貨。

等這批蟹醬做出來，家裡就不會這麼緊巴巴了，甚至還有餘錢可以去雇艘大些的漁船或貨船，到更遠的地方去找小妹。

「十三娘，妳帶著十七去把那些沙蟹洗一洗，再讓十一他們幾個過去做後面的活。至於那些護衛，我要帶他們去幹別的。」

十三娘應了聲便趕緊去倉庫裡頭忙活，順便將主家的意思傳達了一遍。最近主家出了大事，眾人心裡都知曉，誰也不敢在這當口偷懶不盡心，就怕惹了玉容姊妹不高興，被趕走發賣。

很快，護衛們和奴隸便分成了兩批，十三娘帶的那批已經在忙著製醬，玉容則是帶著那九個護衛去了果林裡，還不等她說要幹什麼活，就看到十三娘又驚又喜地朝她小跑過來。

「大姑娘！三姑娘回來了！奴瞧見她就在船上，馬上靠岸了！」

玉容乍一聽到這消息，腦子一片天旋地轉，好半晌才反應過來，拔腿就往岸邊跑。她很快看到了十三娘說的那船，又看到小妹被一個男人從船上抱了下來。

「小妹！」

這會兒的玉容已經想不起來要在外人面前注意什麼形象了，一把鼻涕、一把淚地衝過去抱走小妹。

「長姊……」

玉竹本來不想哭的，瞧見長姊這模樣也跟著難受，哇的一聲跟著哭起來。

姊妹倆抱成一團，坐在沙灘上，哭得好不可憐。

雲銳可算是理解了，何謂女人就是水做的。這姊妹倆抱在一起哭了都快半個時辰了，還沒消停。她們不累，他聽著都累了。

「玉姑娘，妳家小妹昨日為了燃煙求救，熏了不少的煙，喉嚨都啞了，眼睛也傷了，這會兒再哭下去，只怕要傷上加傷。」

玉容聽完一愣，仔細瞧了瞧小妹的眼睛，發現確實是紅腫異常後，嚇得趕緊拿手捂住小妹的嘴。

「咱們都不許哭了。

「小妹，妳先把眼睛閉上，一會兒等二妹他們回來了，再帶妳去城裡看郎中。」

「不用了，雲叔叔昨兒給我抹的藥就挺管用的，長姊妳找雲叔叔買點就成。」

玉竹乖乖閉上眼睛，趴在姊姊身上，只覺得無比安心，說完話就又趴著睡著了。

瞧她這樣子，玉容都要心疼死了，也顧不上客人，只打了個招呼便抱著小妹回了屋子裡。

這一身髒兮兮的衣裳，還是小妹失蹤那日自己拿出來放到她床邊的，看這髒的、破的，就知道小妹這兩日定是不好過。

玉容小心了又小心，把她的衣裳都脫了下來，給她蓋上被子。就這麼靜靜地坐在床前，不知看了多久才想起來，外頭好像還有個小妹的救命恩人。

「雲公子，真是對不住，讓你等了這麼久。」

雲銳擺擺手，並沒有怎麼介意。他能理解玉容，小玉竹失蹤這幾日，這一家子肯定不好過。

「玉姑娘今日大概沒心思談生意吧，在下便不多打擾了，等過幾日城中的其他買賣談好了，雲某再上島來談談蟹醬的買賣如何？」

自然是極好！玉容都不知道說什麼才好，千謝萬謝地將人送上了船。

送走了雲銳後，玉容去交代了那些護衛幹活，回來又順路去盯了下做沙蟹醬的幾個人，感覺渾身都是使不完的勁。

小妹一回來，天藍了，水清了，連呼吸都變得暢快起來。可惜二妹還在海上，一時也找不到她，只能等她回來才能告訴她這個好消息了。

現在，先去準備好吃的。

玉容風風火火地去了廚房，那歡喜勁兒，讓人瞧著都忍不住跟著開心起來。

蘇十一一邊搗著沙蟹，一邊感慨道：「三姑娘回來了真好，前兩日瞧著大姑娘、二姑娘那臉色，我連話都不怎麼敢說。」

十二點點頭。「我也是，沒想到大姑娘她們平日看著那般和善，沈下臉來也怪嚇人的。」

就連十五都附和著一起點了點頭。

沒有三姑娘的海島就像是籠罩著一層陰雲，壓得教人喘不過氣來。還好三姑娘福大命大地回來了。

這兩日，他也是擔心得很，卻又不敢去找主家問。

「好啦，你們少說話，多做事。我去廚房給大姑娘幫忙去，十七妳要不要去？」

十三娘有心帶帶十七，奈何十七性子太過膽怯，只肯跟著她哥哥。見她搖頭，十三娘也不強求，轉身出了屋子。

十六瞧著縮在自己身邊的妹妹，當真是氣得沒話說了。做奴隸的，若是能得主家的喜歡，日子不知道要好過多少。雖然他才來這島上，卻也知道十三娘在主家面前十分得臉，如今她有心帶小妹去主家跟前，小妹居然拒絕了。

「小妹，跟著十三娘去廚房。」

十七娘手一抖，堅定地搖了搖頭，一抬頭，眼都紅了。

「行了行了，真是怕了妳了，不去那就老老實實跟著我幹活。妳說妳，有福都不會享。」

跟著十三娘在廚房裡，只要坐著燒燒火，偶爾切切菜、洗洗碗，多輕鬆的活，不比現在在這兒洗螃蟹輕鬆多了。小妹這性子，真是不知道要如何改過來才是。

「大哥最好了。」

這邊兄妹和樂融融，十五瞧了心裡挺不是滋味的。他記憶裡的大哥比十六還好，會帶他捏泥人，會陪他抓蜻蜓，還會躲貓貓。也不知道這輩子，還有沒有機會再見到兄長。三姑娘之前說，有機會的話，會幫自己打聽打聽。不管怎麼說，總是有希望了，他可以耐心等下去。

被寄予厚望的玉竹，這會兒正在那軟綿綿的被窩裡睡得四仰八叉。醒了半天都不敢相信自己回島上了，一連掐了自己好幾下才疼得清醒過來，翻身下床就開始喊長姊。

「來了、來了！快回被窩裡去！」

玉容生怕小妹著涼，趕緊拿了衣服給她穿上。不知是碰到了哪兒，就聽到小妹吃痛地叫了一聲。

「怎麼了，身上是哪兒受傷了？」

「沒什麼，就是腳扭了下，一點都不嚴重。」

玉竹主動將褲腳撩起來，露出右腳腕的那點瘀青。

這還是那天著急地撿柴火的時候扭的，在船上已經抹過了藥，現在不碰的話都不疼了。

玉容瞧著那傷，只是紅了眼，也沒問怎麼摔的，取了傷藥又給她細細地抹了一遍。

玉竹緊緊地摟著姊姊，又是親、又是蹭的，總算是把姊姊哄開心了。等吃完了飯，她才將自己落水後發生的事講了出來。

講到發現煤礦的時候，她往外看了看，發現十三娘已經走遠了，這才小聲說道：「長姊，我在那荒島上發現了些黑色的小石塊，無意間丟到火堆後，發現它們竟然能燒起來，而且比一般的柴火燒得更久。」

「能燒的黑色小石塊？」玉容一臉茫然，顯然不知道那是什麼東西。

玉竹放下碗筷，飛快跑回屋子裡拿著自己的百寶袋回來。原本寶藍色的袋子被那裡頭的煤石攪和得黑糊糊的，根本瞧不出以前的樣子。

「長姊妳看，就是這個。」

「這是什麼東西？真的能燒？這不是石頭嗎？」

一聽長姊這話，玉竹便知道，煤礦這東西在這個朝代恐怕還沒有多少人知道。還是得找秦大人說一說，那麼大的一座島，煤礦肯定不少。

「長姊，這東西奇奇怪怪的，還能燃火，不知道是什麼東西。下次進城，咱們去問問魏平哥哥吧，興許他知道呢。」

「行，妳自己收好了。」

玉容將黑石頭還給了妹妹，然後簡單收拾了下便帶著小妹去了海邊，一邊檢查林子外的柵欄，一邊看看二妹有沒有回來。

這回她是寸步不離地帶著小妹，根本不許她往海邊走近一步。

前兩日真是把她嚇得不輕，她現在一看到小妹離海邊稍微近一點就心肝亂顫，生怕她下一刻又讓海浪給捲走了。

玉竹當然知道姊姊擔心什麼，她也老老實實地跟著姊姊沒有亂走。不過，沒走多遠，她就瞧見海上飄來了一樣東西。

挺大的一片，一開始她還以為是什麼木頭、海藻之類的東西，等它隨著海浪被推到沙灘上時才看清楚。

居然是一大片的海帶！

玉竹下意識就想去撿回來，結果剛動個腳就被姊姊給拉了回去。

「上哪兒去？老老實實待著。」

「長姊，妳看，那邊像是有東西，長姊幫我撿回來，好不好嘛。那個東西，看起來好好吃的樣子。」

玉容狐疑地瞧了下沙灘上那片綠油油的東西，確定小妹是真的想要，這才小跑過去撿了回來。

「咦，這是什麼味道，怪怪的，還滑溜溜的。」

「這……我聞著挺香的呀。長姊妳給我吧，晚上給妳們做好吃的。」

這個海帶還沒煮的時候，確實是有股腥味，拿去洗洗再煮就好了。玉竹抱著那一大片海帶慢悠悠地晃回了廚房裡。

正在廚房裡收拾的十三娘一瞧見玉竹進來，趕緊接過她手上的東西。

「三姑娘，能看到妳平安回來真是太好了！」

「嘿嘿，這回就是運氣好而已。十三娘，這塊海帶麻煩妳拿個大桶給它泡泡水，再洗一下，我等會兒要用它來做好吃的。」

十三娘不知道什麼是海帶，不過既然主家有吩咐，她照做就行了。

不過，這塊滑溜溜的像香蕉葉子一樣的東西，真的能吃嗎？

兩刻鐘後，看著從鍋裡撈起來已經變硬的海帶，十三娘好半晌都沒有回過神來。

明明沒下水之前只是薄薄的一片，下了水一煮，居然變厚了那麼多，還硬硬的，一點都不滑了。

「三姑娘……這……」

「剛撈出來有點燙，放涼水裡過一過，這塊妳拿去切絲，切得越細越好。」

玉竹把那塊煮熟的海帶給了十三娘，然後拿著剩下的那半截沒煮的海帶去了一旁自己的小桌子上。

煮熟的那塊海帶切來涼拌，手上這大塊切開挽個結，拿來燉湯、煮鍋子都是極好的。這個季節的蔬菜又貴又少，今日加上這菜，姊姊們肯定喜歡。

「好哇！臭丫頭，回來了居然敢不去碼頭等我！嗚嗚嗚……妳個臭丫頭可算回來了！」

玉竹都沒回過神，就被二姊抱起來轉了好多圈，直轉得她頭暈眼花，才吃沒多久的疙瘩湯都吐了出來。

第七十五章

「老二，給我把人放下！」

玉玲趕緊把小妹放了下來。「我這也是瞧見小妹太開心了嘛。」

玉容沒好氣地瞪了眼二妹，轉頭去拿乾淨的帕子打水過來，給小妹好好清洗了一番。

「也不知道小妹最近這是怎麼了，感覺做什麼都不順得很。」

玉竹也覺得自己挺倒楣的，不過她不想姊姊多想再擔心。

「長姊，若是倒楣的話，那我怎麼能遇上海豚救我呢？我倒覺得最近運氣還不錯，肯定是上次拜了玄女娘娘顯靈了。」

這樣一說，玉容也覺得挺有道理。尋常小孩子若是被海浪捲到海裡，哪有什麼海豚救人，幾乎都是不能活著回來的，小妹這已經算是運氣很好了。

「改日帶妳去玄女廟裡再添點香油錢，正好也該去鎮上買些糧食回來了。」

這一島的人，吃糧食當真是快得很。三十斤的糧食拿來，才三天就只剩個底，一個月下去，想想就教人心痛得很。

玉容都有些後悔買這些護衛了，沙蟹醬其實只需要十一他們幾個便能做完，多養著九個人都不知道幹啥。可有這些人在，心裡又確實踏實不少。

算了，大不了等林子裡的活幹完了，給他們弄上幾塊竹筏，就在海島周圍捕捕魚，這樣也好補貼家用。

「好啦，我還要去看看島上的那些柵欄，二妹妳在這兒盯著小妹，絕對不能讓她往海邊跑。」

玉容收拾好帕子、水盆便又離開了。

玉玲不用出去找妹妹，難得地休息會兒，老老實實地坐在妹妹桌子旁邊盯著她。

「小妹，妳弄這東西幹什麼？」

「當然是吃呀！二姊妳等等。」

玉竹放下手裡的海帶，起身望了眼十三娘，瞧著她已經切出不少後，便拿碗去抓了大半碗，然後便是調味道。蝦粉、蠔油都加一點，還有最重要的醋和大蒜。可惜這裡沒有辣椒，不然加進去，味道簡直絕了。

眼下這碗只能說是普普通通的好吃吧。

「二姊，嚐嚐看？」

「嗯，好特別的口感，有一點點硬，但是嚼起來一點都不費力。又香又酸，吃起來爽口又開胃，就這一碗菜，我都能喝兩碗粥了。」

倒不是說這碗菜是真的絕世美味，但對於一個月吃不到幾次蔬菜的人來說，這一碗海帶當真是寶貝。

「小妹，這是什麼東西？哪兒來的？」

「這個叫海帶，是今兒長姊從海邊撿回來的。喏，就是桌子上的那個東西，洗乾淨煮好切出來就是這碗菜了。」

玉玲順著小妹指的方向看過去，詫異極了。「碗裡這一絲絲的就是這玩意兒？這東西能吃？」

「當然啦，二姊我什麼時候騙過妳？」

玉竹重新坐回去，將海帶一條條切下來挽好，放進盆子裡。

「二姊，妳平時和陶木哥哥在海上經過的地方多，有沒有瞧見過這樣的海帶啊？」

一連叫了好幾聲，玉竹才瞧見二姊回了神。

玉玲愣愣地挾了兩筷子海帶絲又細細嚐了嚐，突然就笑了。

「好丫頭，妳可是咱家的招財童子呢！嘿嘿，這海帶真好吃，這樣冷的季節，不管是城裡還是村裡，蔬菜都貴著呢。我得早點跟陶木去把這些海帶弄回來才是。」

說完也顧不得吃菜，玉玲轉頭就要出去尋姊姊和陶木，結果跑了沒多遠又跑回來。

「妳乖乖在這兒待著，可不許去海邊，我去叫十五來盯著妳。」

瞧二姊這風風火火的樣子，肯定是知道哪些地方有海帶。其實這東西，若是無人採摘，肯定是一長一大片；但這裡的漁民通常不會特別去留意，只會將它們當成海下的水草，根本不知道這是美味的蔬菜。

若是這東西二姊弄回來得多，那就真的發財了呀！

玉竹一邊忙活著手裡的活，才挽了兩個結就看到十五端著一大筐的沙蟹過來了。

「三姑娘，二姑娘叫我過來看著妳，不讓妳去海邊。」

十五眼裡滿是欣喜，顯然瞧見玉竹平安回來很是開心。他也不要凳子，直接把筐往地上一放，蹲在地上就開始收拾起沙蟹。

「你來就來唄，還帶著活過來做什麼？搬來搬去的多累。」玉竹轉身拿了小板凳遞過去。「坐著弄吧，一直蹲著等一下可不好受。」

「謝謝三姑娘。」十五在身上擦了擦手才接了凳子過去。

他坐在門口側對著玉竹，所以玉竹很容易就看到他的那隻耳朵。和那日他發燒後的情況一樣，耳朵上的黑色變得很小很小。

「十五，你知道你耳朵上的那塊黑色變小了嗎？」

「知道，前幾日十二哥就曾說過。但是它為什麼會變小，奴不知道。」

十五不知道，玉竹卻是摸到了點門道。

「我覺得，大概是跟你那日發燒有關。那天你身上很燙，耳朵也是紅紅的、熱得厲害，然後你這黑色就變小了。是不是這東西遇熱便會消失呢？」

玉竹一番話，瞬間點亮了十五。「三姑娘這話有理！」

若不是手上還有活，十五巴不得立刻回去試驗一番。

玉竹瞧他那心神不寧的樣子，自然是明白他的心情。這可是關乎到自己一輩子的事，是個人都會這樣。

「十五，你去外頭幫我撿顆圓潤些的石頭回來吧。」

「三姑娘要多大的呢？」

「比雞蛋小一半的樣子吧，更小也行，你別撿個豆子大小的回來就成。」

十五一聽就笑了，跑出去沒多久就撿了塊圓滑的小石頭回來。

玉竹直接將那石頭丟進了灶膛裡。這會兒雖沒有燒火，但煮海帶時的火還未完全熄滅，石頭丟進去，很快就被燒燙了。

十五大概猜到了三姑娘要對他做什麼，心裡是既害怕又期待，緊張得額頭都冒了汗。

當然，玉竹不可能拿這石頭直接去燙十五。她等那石頭挾出來稍微涼了那麼一下，又用帕子給它裹了兩層。

「十五過來。」

十五乖乖站過去。

玉竹站上凳子，倒是和十五一般高，石頭也稍微涼了些，卻又比十五那日發熱的溫度高。她直接拿著裹好的石頭在十五的黑耳洞上滾了又滾。

「燙嗎？」

又奶又糯的聲音就在自己耳邊，小小的人兒彷彿都要趴在自己身上一般，讓十五心裡滿足得不可思議。耳朵燙不燙，他彷彿沒了感覺。

十五現在倒是有些理解十六為什麼那樣寵著十七娘了，若是自己也有三姑娘這樣一個妹妹，也是要將她寵到骨子裡的。

「三姑娘……謝謝妳……」

「你倒真得謝謝我，十五，你耳朵上的那點黑色沒啦！」

「三姑娘，果真?!」

「我騙你做什麼，不信你去問問他們。」玉竹將那石頭拿出來丟掉，跳下了凳子。

「十五，你耳朵上的黑色沒了，看上去和咱們都是一樣的人了。」

她現在是真的完全相信了十五的那個故事，畢竟連傻子都不會給自己耳朵染上黑色來做奴隸。害十五的人，真夠可恨的。

十五愣了好一會兒，才伸手去摸了摸耳朵，上頭還殘留著一點點的熱，燙得他心裡發酸，莫名想哭。

不過男子漢大丈夫豈能輕易流眼淚，尤其還是在三姑娘的面前。十五紅著眼眶鄭重地行了個大禮，心裡已經決定了，不管這輩子能不能找到家人，能不能恢復身分，他都要一生效忠三姑娘。

「喲，這是怎麼了?小妹，妳欺負十五了?」

玉容一回來就瞧見十五紅了眼。

不等玉竹開口，十五就趕緊解釋道：「不關三姑娘的事，是奴想起了傷心事。大姑娘既然回來了，那我先回去做事了。」

玉容揮揮手，坐到了小妹旁邊。

「小妹，妳當真沒欺負他啊?」

「長姊，妳瞧我才多大點，我怎麼能欺負到他?他啊，是發生了點事，不過是高興的事，晚上我再細說。」

十五耳朵上沒了黑洞的事，稍微留點心就能瞧見，瞞是不能瞞的，早日和長姊說清楚，日後長姊興許還能幫忙一起打聽。

說起來，長姊比她更能明白與家人失散的痛苦。

「沒欺負就好。人嘛，都是爹生娘養的，已經做了奴隸，他人又勤快老實，咱們也對人好點。對了，過幾日那救了妳的雲銳要上島來談蟹醬的買賣，到時候妳可得好好謝謝他，別再沒大沒小地跟人鬧騰，聽見沒？」

這話不用姊姊說，玉竹也是明白的，救命恩人肯定要好好謝謝才行。

說到這雲叔叔，他是個商人，四處奔波，正好過幾日可以找他打聽打聽，看看他知不知道外頭誰家孩子有沒了耳朵，或是耳朵受傷的。

姊妹倆在廚房裡忙活了一會兒又去做了蟹醬的配料，一直忙到了傍晚。

十三娘已經做好了大半的飯菜，剩下的海帶她不會做，都留給了玉竹。那陣陣香氣從廚房飄散出去，饞得島上眾人個個都忍不住嚥了嚥口水。

又等了小半個時辰左右，眼看天馬上黑了，海上才遠遠瞧見了歸航的漁船。

先頭玉玲只是和長姊說了一聲便拉著陶木去割海帶，一去就是兩個時辰，現在回來那滿滿的一船，嚇壞了眾人。

「天啊，二姑娘船上都冒尖了，裝那麼滿。」

「那是海帶！三姑娘做來吃的東西！」

十三娘眼尖，沒看幾眼就認了出來。

「那麼多，得吃到什麼時候去啊？」

十二剛說完，就挨了個暴栗。

「吃吃吃，就知道吃，主家花大力氣弄回來的東西，誰說是拿來吃的？」

蘇十一可看得明白，那一船都是褐綠色的葉子，既然三姑娘能拿來做吃的，那就是一船的蔬菜。這個季節，蔬菜賣得最好了。前兒個聽大姑娘說，以前最便宜的小白菜如今都要五個銅貝一斤了。這一船若是拉出去賣……

嘖嘖，主家可真是會掙錢。

蘇十一打心底裡高興，畢竟主家日子過好了，他們的日子也就好過了。

「走走走，幫二姑娘搬東西去！」

十幾個人一起圍上去，一個接一個，用籮筐裝了十來筐抬下船來，都抬到存放蟹醬的地方。

玉竹真是被二姊這大手筆給驚到了，才跟她說完這東西能吃，她下午就帶著陶木駕船出去，兩人撈了這麼多回來。

聽二姊那意思是還有很多沒來得及割。

「二姊，妳可真厲害。都不知道這東西能不能賣錢呢，就敢去弄這麼多回來。」

「怕啥，就算賣不了，咱們自己吃也行啊。再不然就餵雞餵鴨，總有它的去處。反正今日我和木頭無事，也算是活動活動筋骨。」

玉玲笑嘻嘻地扯著大姊、小妹往廚房裡頭去，一家人開開心心地上了桌。

難得在飯桌上瞧見點蔬菜，幾乎所有人的第一筷子都是挾涼拌海帶。

陶木不會誇人，但他那一筷接一筷的行為已經告訴了玉竹，這道菜很合他的口味。

所有人都對這道菜讚不絕口。玉玲是越吃越開心。

「小妹，明兒妳多拌點這個海帶絲，到時候做個免費品嚐，咱們把這些運到城裡頭賣，保證他們嚐過就想買。」

二姊還真是有做生意的頭腦。不過……

「二姊，妳弄回來的少說有幾百斤呢，準備怎麼弄到城裡去？蔡大爺那牛車可得來來回回好幾趟，到時候天都黑了，而且搬來搬去，很累人的。」

玉玲放下筷子，琢磨著辦法。

「要不再去多雇幾輛車？」

「不用不用，我有好辦法。」

玉竹笑得很是神秘，一直到吃完飯才說了出來。

「讓他們把今天二姊弄回來的海帶都掛起來。我記得倉庫裡還有大捆草繩，都弄到樹上綁好掛上。」

玉容明白了。「這是要做菜乾？」

冬日裡沒有什麼蔬菜，所以冬日前，村裡人都會將一些白菜、野菜拿來晾曬成菜乾，存起來到冬日再泡水發了吃。不過，那樣的菜乾，味道是大打折扣的。

「長姊，咱們這個海帶乾了後存放的時間久，泡開後味道一點都不會變，甚至會更好吃，放心吧！」

可惜這船海帶是晚上才撈回來的，要是白日裡，一個上午就能曬乾了。

「先掛著吧，等乾了咱們好運到城裡，到時候只需要準備個盆子再打點水就行。」

玉容、玉玲半信半疑，但小妹說得那麼篤定，鑑於之前種種，暫時還是信了。

於是島上又忙活了起來。大晚上的，點著燈也看不了多遠，總是顧得了這頭、顧不了那頭，玉容乾脆就在壩上燃了個火堆。

十幾個人一起掛了大半個時辰才將那些海帶都掛到了繩子上，到處都飄散著淡淡的海腥味。

忙完了這些，玉容便不管他們了。這些人願意去海邊玩還是去睡覺，都由著他們自己的意思，反正姊妹仨是要窩到被窩裡去說悄悄話了。

玉竹頭一件便說的是十五身世那件事。

「竟有這樣的事?!」玉容回想下十五的樣子，都想不起來他是哪隻耳朵打的洞。「十五若真是咱們萬澤人，那肯定不能讓他做奴隸。照妳的話說，他現在耳朵上的黑色已經沒了，只剩下身上的毒。咱們下次進城帶上他吧，尋個郎中給他仔細瞧瞧。」

和家人分離的苦楚，玉容最是明白，十五平時又乖巧勤快，她也是很喜歡的。

長姊和小妹都願意幫忙，玉玲自然無二話，笑鬧了一通，姊妹仨又說起了別的事。

因著第二天海帶還沒有曬乾，進城的事暫時就擱置了下來。玉容帶著小妹回了趟村子，把小妹落水後又教人救起的事告訴了村裡人。

這些日子，村裡人幫了不少的忙。雖說一開始有人收了錢才去幫忙找人，但人家也要生活，幫著找了兩個時辰已經是情分了。所以她記得村子裡的恩，只是之前一直擔心小妹，實在沒空道謝。

現在小妹找回來了，自然是要登門道謝。

陶二嬸都幫她記著名字，玉容備了禮，帶著小妹一家一家地送過去。村裡來往，最貴重的禮也就是一刀肉、一封糖。

普通謝禮倒用不著那樣，玉容一家送了兩條大魚，又送一罐自家做的蟹醬，說得上是誠意十足。

至於陶二嬸家，玉容沒送魚也沒送醬，送了幾袋海帶。兩家都這麼熟了，不說那些客套見外的話，瑛娘如今懷孕，天天魚蝦、菜乾吃了就吐，這海帶才是送到她的心坎上。

玉竹把自己拌海帶絲的配料講給了陶二嬸，做了一大碗的涼拌海帶絲。那酸口的東西，瑛娘最是愛吃，就著那碗海帶絲還吃了不少的飯菜，一點沒有吐出來，可算是解了陶二嬸家的愁。

在村子裡住了一晚上後，玉竹一家早早又回了島上。

海帶已經乾得差不多了，她們上島的時候，十三娘正照著玉竹的囑咐帶著人在收那些海帶。

十幾筐水靈靈的海帶都曬成了蔫蔫的樣子，捆起來再壓一壓只裝了五筐。

本是打算趁早就運出去進城賣的，結果剛抬到船上就瞧見有船來了。玉竹一眼就瞧出那是雲叔叔的船。

「雲叔叔，你不是說要過幾日才來的嗎？」

雲銳苦笑了下。「是，原本想去府衙將那蠔油、增味粉的買賣談下來後，再來妳們這兒的，可是府衙居然說，不能賣給我了。」

「啊？這是為什麼？」

秦大人可是最著急把那些東西賣出去的人，怎麼不賣了呢？

「不知道是什麼時候出了個壟斷買賣，一個州只能有三家買賣蠔油、增味粉的商家，聽說前陣子好些商家為了這點名額，擠破了頭花了高價才定下。我那時剛回去，信在路上耽擱了，再來就已經晚了。若是還想拿貨，就得去北武那三家手裡買。這回，船得空一大半回去了。」

雲銳說起來便覺得心痛得很，若是自家有買到這個名額，再過兩年，北武州商會內必定有他雲家的位置。可惜啊，就差那麼一、兩天。

玉竹聽了他這話，差點沒被自己的口水嗆到。

什麼壟斷買賣，就是連鎖經營的前身啊！到底是誰那麼有才，居然能想到這法子來。這樣的話，府衙就不用再操心每天那麼多的零碎訂單，包給了各個州府的三家商戶，只看他們訂單就可以了，可以省好多好多的事。

真是聰明。

雲叔叔也是可憐，若是讓他買到那名額，對他家的產業肯定會有非常大的提升，真是差了那麼一點。

「所以啊，我就只能來妳們家，買妳們家的蟹醬了，妳們家的沒被人買走吧？」

「怎麼會，雲叔叔可是付了訂金的，咱們家可有信譽了。不過貨不急著搬，雲叔叔難得來一次，吃了飯再去忙吧，你救了我，我還沒好好答謝你呢！」

玉竹很是熱情地拉著雲銳去參觀如今家中的存貨。

這會兒正是退潮，島上的人都在沙灘上抓沙蟹，兩人出門的時候正好撞見十五提了兩桶回來。

雲銳下意識地又多看了兩眼。

玉竹順口就問：「雲叔叔，你這些年走的地方多，有沒有看到哪家的孩子十一歲左右，耳朵還有毛病的？」

「啊？妳說的是我姪子吧！」

第七十六章

雲銳不明白玉竹為什麼要問這個，但他還是解釋了下。

「我之前不是和妳說過嗎？家裡有個不成器的姪子，正好就是十一歲。他耳朵是五歲那年上元節跟他哥哥出去玩的時候，出了點意外，半隻耳朵都給燒傷了。小玉竹，妳問這個做什麼？」

玉竹像是被雷劈了一樣，簡直不敢相信聽到的消息。

世上真的會有這樣巧的事嗎？十五的身世會和雲家有關係？

「雲叔叔，你姪兒五歲耳朵就受了傷啊？那他豈不是嚇壞了？」

「自然是嚇壞了。聽我母親說，千兒嚇得大半月都沒有開口說話，平日裡最是調皮的傢伙被那一嚇老實了不少。我那時候剛好跟著我爹跑商出門，再見到他都是受傷半年後了，好好的一個孩子變得畏畏縮縮的，半點靈性也無。」

雲銳說起來便惋惜得很，若是姪兒沒有被嚇了那一場，肯定不是現在這個樣子。千兒幼時便聰明伶俐得很，五歲便能將百以內的數字背得滾瓜爛熟，普通的加減也難不倒他，天生做生意的料子。

「雲叔叔，你就沒有想過，你那個姪兒已經換人了？」

「換人？什麼換人？」

雲銳直覺重點來了。

玉竹斟酌了下，想好了要怎麼說後才開口道：「比如說，跟著你大姪子出門的那個千兒是真的，受傷後回去的那個是假的。」

「不可能。小丫頭妳還真敢想，哪會有如此離譜的事情，那些下人難道連自己的主子都不識得嗎？再說，千兒的哥哥也在一起，他怎麼會帶一個假的弟弟回去？」

「難道你們整個府裡頭就沒有一個人覺得異樣嗎？就算是被燒傷嚇到了，本性總不會變的。」

聽了玉竹的話，雲銳下意識要說沒有，可他剛張了個口話就卡了喉嚨裡。

也不是沒有，嫂嫂的症就是那時候生的，每天都在說千兒不是她的孩子。家裡人只當她是被千兒的傷口嚇到了，請了不少的郎中給她瞧都說是症，之後沒辦法，只好把她挪到了偏僻的西院去。

不，千兒怎麼會不是雲家的孩子？那臉、那眼睛，長得和大哥幾乎是一個模子刻出來的一樣。

「小玉竹，妳到底想說什麼？」

玉竹找了塊石頭坐下來，又招手請他一起坐。

「雲叔叔，我就不跟你兜圈子了。我這兒，有個奴隸叫十五。他說他是在冬日裡過節時和兄長走散被人強抱了去，抱走他的那個人是個巫滄人，給他染了黑耳洞，還給他餵了藥，讓他和巫滄人一般無二。」

「妳想說，他才是我的姪兒，北武那個不是？」

雲銳眉頭皺成了一團。他覺得這事聽著荒謬得很，自己也是傻了，居然跟個小孩在這兒說這個。

「小玉竹，妳啊肯定是被騙了，巫滄人最是奸詐狡猾，他肯定是想利用妳那點同情心過好日子。」

「那他說，他名字裡有個千，兄長名字裡有個成，這也是假的嗎？雲叔叔，你那另一個姪兒叫什麼？」

雲銳臉色變了變。另一個姪兒，名叫雲成，是父親當年取的。

「他還說了什麼？」

玉竹搖搖頭道：「他那時候才五歲呢，記得的事不多。除了記得有爹娘、有兄長，還有他和兄長的名，便不記得什麼了。不過我確定，他耳朵上的黑色是染的，現在已經褪掉了。至於身上的毒，原是想去城裡的時候帶他去瞧瞧的，這不恰巧雲叔叔你來了嗎？」

說完她頓了頓，又多嘴說了幾句。「雲叔叔你想想，為什麼那個孩子受傷的偏偏就是耳朵？當年抱走十五的那個男人有個兒子，就是因為十五和他長得相像，這才招了禍。巫滄人有多想過正常人的生活，想來你也知道，若是有這麼個跟自己兒子長得一模一樣的孩子，他怎麼會不動心呢。」

這不用想，雲銳自然是明白的。

「能不能讓我見見這十五？」他不能就這樣一口斷定什麼，總得先見見人。

「這好說，雲叔叔你等著，我去叫。」

玉竹很快在沙灘上找到了十五。

「十五、十五，走，跟我去見個人。」

「三姑娘，妳慢點跑，這是要見誰呀？」

「十五，你還記得你有個叔叔嗎？」

十五腳下一頓，莫名不敢再往前繼續走。「三姑娘……妳要帶我見……」

「你別怕，還不知道是不是呢！我瞧著他說他姪兒的情況，和你有些像。他的姪兒名字裡也有個千字。不管怎麼樣，咱先見見再說。」

玉竹見他不肯走，乾脆上前拉著手拽著他走。

她的力氣當然沒有十五大，不過好在十五聽到後，輕輕一拽就跟著動了。

十五腦子裡此時簡直就是一團亂麻，一邊想著可能要見到的親人，心中激動，一邊又忍不住關注牽著自己的那隻手。

三姑娘的手好白，放在自己手裡就像是玉石落進了泥地，教人可惜。可他偏偏就想抓緊這隻手，實在是犯上了。

「雲叔叔！你快過來瞧瞧，他就是十五。」玉竹抽回手，將十五推上前去。

雲銳乍一瞧見十五，只覺得眼熟，細細打量下來，心裡頓時掀起了驚濤駭浪。這個叫十五的少年長得和大哥太像了，只是因為他皮膚黑，所以之前瞧見那次沒怎麼注意到。

家裡那個小時候還很像大哥，不過隨著年長，樣子逐漸變了，八成像如今變成了五成。

而眼前這個，卻是九成像大哥年輕時候的模樣。

而且他一瞧見這個少年，心裡便有著說不出的親切感，看到他紅了眼，心裡也莫名跟著難受，這大概就是血脈親情？

雲銳本來只當成個玩笑，此刻卻是信了五分。

「你叫十五是吧，過來，好好跟我說說。」

十五回頭看了下三姑娘，見她一個勁兒地催著自己過去，那賣力的樣子真是可愛得很，心中一時安定了許多。

玉竹就坐在一旁，瞧著兩人你看看我、我看看你，怕他倆不好說話，還特地迴避了下。

等兩人再出來的時候，兩雙眼都是紅紅的。

十五沒說什麼，又拿上籮筐去了沙灘。

雲銳望著他的背影悵然了很久，才回頭和玉竹說道：「小玉竹，這事太大了。儘管我心裡已經相信他就是我的姪兒，但還是要回去尋一尋證據，不然官府那邊的戶籍問題還要扯很久。十五，我就託付給妳了，我要盡快回去將這事告訴我大哥，想辦法將十五的問題解決了。」

「這好說，十五在這島上肯定會好好的，你放心吧。」

「我自然是放心的，瞧著他現在雖是奴隸，卻沒有受半點委屈。小丫頭，此事我雲家得承妳這個情。」

雲銳有心想在島上看看十五的生活，卻又著急回去尋找證據，於是也等不到中午吃飯，就去要了蟹醬準備返航。

本來想著好好招待的玉容私下裡尋了兩個妹妹說話。

「本來是想著好好招待雲銳吃頓飯再說報答的事，可他這會兒急著要走，下回來還不知道是什麼時候。咱們一時也沒有什麼好送出手的東西，所以，我想送兩筐海帶給他，算是咱們的一份心意。」

這些海帶都是二妹和陶木弄回來的，想要一次送那麼多，肯定要問過二妹和陶木才行。不過陶木凡事不管，什麼都聽二妹的，問與不問他沒什麼意義。

玉玲自然是沒意見的。「長姊做主便是，我先去找木頭了。」

玉玲一走，玉容便帶著小妹去了倉庫，叫了兩個護衛抬著兩筐海帶去了雲家船上，還有之前準備招待客人拌好的海帶絲和各種米餅、魚乾，都裝了很多到船上。

別的雲銳都認識，唯獨那兩筐褐色的東西，他沒見過。

「玉姑娘，這是何物？」

「這個叫海帶，是一種蔬菜。要取用的時候只須拿水泡一泡，煮湯、炒菜、涼拌都可以。」

聽了玉容的解釋，雲銳頓時明白了。

這就是菜乾嘛！他有心想退回去，卻又礙於面子不好開口，最後只能笑納了。

倒不是他嫌棄什麼，實在是菜乾味道不好，船上的人是寧願吃魚也不願意吃菜乾的。拿這麼多放在船上，吃不能吃，又不好賣，不過船上這回帶的貨物不多，放這兩筐菜乾還是放得下，人家也是一片心意。

雲家的貨船很快離開了玉家的海島，急吼吼地上了路。

今日天氣不錯，雲銳心情也很不錯，難得有興致地坐在船舷邊釣了兩個時辰的魚，快收竿的時候居然還釣上來一條石斑。

這種魚味道鮮美，船上眾人都愛吃得很。雲銳便提著魚直接去了後廚，準備給大家加餐，結果剛走到門口，就聽到裡頭有吸麵的聲音。

「好久都沒吃過這麼新鮮的菜了。」

「等會兒我再泡點給你們拌，我嚐出來了，這裡頭有蝦粉和蠔油的味道，再加上點醋和蒜末應該就差不多了。」

「劉大廚不愧是劉大廚啊！」

門口的雲銳聽得心癢難耐，偷偷踮腳瞄了一眼，廚房的桌子上放的那盆正是之前玉容拿上來的菜，說是用海帶泡出來做的。

明明平時都不吃菜的傢伙們，現在卻一個個圍著那盆菜吃得興起，讓他好奇得很。

這個叫海帶的菜乾真的有那麼好吃？

「對了，咱們要不給東家送一點過去？」

「不用了吧，東家可是說了，這些東西他不愛吃，要咱們看著辦呢。」

劉大廚子飛快伸手又挾了一大筷子。

「唉，咱們東家還真是沒口福，這麼好吃的菜，就不吃了。來來來，咱們幾個吃，嘿嘿！」
「既然東家不愛吃，那咱們下船的時候能不能把那兩籮筐海帶買了？那玉家大姑娘可是說了，海帶都是弄乾了，能放很久。」
「好好好！咱們到時候去找東家買。」
幾個人你一言、我一句就瓜分了兩筐海帶。
「咳咳……」
「東家！咦，魚釣完啦？」
劉大廚很是殷勤地上前接過了東家手上的木桶，轉頭又從櫃子裡端出一個小碗來。「東家，這是之前玉家姑娘送來的涼拌海帶絲，味道是真不錯。我老劉可是想著你，特地給你留了一份。」
雲銳都被逗笑了，很是給面子地接過了碗筷。
「行了，趕緊吃了出去盯著。那桶裡的魚晚上你們自己看著做，我就不吃了。」
說完他直接從桌上拿了兩個米餅，端著那碗海帶絲去了自己房間。
這海帶絲味道竟然出乎意料地好，一點沒有菜乾乾巴巴的口感，看著就像是剛從地裡摘上來炒的一般，而且還挺好吃的。
這兩筐海帶若是都泡發了，拿到北武去賣……
雲銳腦子噼哩啪啦地算出了一筆帳，心裡頭頓時將自己給嘲笑了一番。人家玉家好心送自己寶貝，結果自己卻不識貨。這兩籮筐海帶，加起來的價值都快趕上這回運回去的蟹醬了。

如此算來，此次沒弄到蠔油和蝦粉居然還能小賺一筆，玉家這禮送得大了。

雲銳默默吃完了手裡頭的餅和菜，躺到床上回想著在玉家島上發生的事情。之前一時衝動，認了十五，現在冷靜下來想想，感覺有些草率了。

不過那十五真的長得和大哥年輕時候幾乎一模一樣，這回靠岸得回家一趟將事情弄清楚才行。

雲銳這頭忙著回家，那頭，玉竹一家也出發了。

當然，她們是要去城裡。

玉竹心裡最惦記的就是煤礦的事情，另一件則是十五身上的毒。不過雲銳走的時候說過了，下次來的時候會帶一位醫術甚好的郎中過來，她暫時就不操心了。

一家子進城先去了城東最大的集市場上。今日是大集，來往的人要比平時多很多，玉玲去交了二十銅貝，領了個號牌，便有了攤位。

新鮮的東西總是招人眼。

他們攤子都還沒完全擺好，便有人陸陸續續過來打探，一聽說是蔬菜，大多數人都是有興趣的，不過一聽價錢一斤得要三十銅貝，立刻便翻臉走人。

「不就是堆破菜乾，居然要三十銅貝一斤，你們搶錢呢！」

「就是，你們這賺得是黑心錢呀，太過分了！」

剛把涼拌海帶絲和木盆搬過來的玉玲一聽，真是恨不得去跟那些不分青紅皂白亂罵的人大吵一架。

好在她記著如今自己是賣家，不能趕客，這才忍了下來。

玉容面相最為溫婉，直接拿碗裝了些涼拌的海帶絲出來，笑著朝那幾個罵罵咧咧的人走過去。

「大娘、大嬸們，先別急呀，東西自然有它貴的理由。妳們嚐嚐看這海帶絲，可與那泡發的菜乾味道相同？」

越是挑剔、越是在意價格的，才是最有可能買的人。玉容做小買賣的時間也不短了，這點門道還是看得出來的，所以這幾個人哪怕說得再不好聽，也得笑臉迎人，先把頭給開好了。

人家都這樣笑著陪笑請吃，幾個婦人一時不好再說什麼難聽的。那兩個接過筷子，一人試吃了那麼一小口，當下便推著老姊妹讓她們也跟著一起嚐了下。

就算她們再挑剔也不能再說這海帶絲和那沒滋沒味的菜乾差不多。

「吃是挺好吃的，可這一斤三十銅貝也太貴了些。」

後頭跟著試吃的人，也是相同意思，吃是好吃，就是貴了些。

玉容沒有同意降價，而是將木盆端過來，又讓二妹去那賣麵的店家那兒買了點熱水，再把一小片乾海帶秤過後，剪成塊丟進去蓋好。

「大娘、大嬸們，可看好了，我們家這海帶可不像菜乾那樣，泡了水就漲那麼一點點。

方才我秤的時候妳們也看見了，剛好兩斤出頭。」

一刻鐘的工夫，玉容便將蓋子取了下來，圍著探頭看的人群裡頓時傳出一片驚呼聲。

原本泡在水裡只有個底的海帶，現下居然漲了大半盆子。

玉容直接將海帶撈出來，瀝了下水又去重新秤了一遍。

「天啊，都快有四斤了！」

有那心思活絡的，迅速算起了帳。這海帶比菜乾好吃多了，如今那難吃的菜乾都要十個銅貝一斤，這泡發的海帶只怕十五個銅貝一斤都有人買。這家一斤乾的才賣三十銅貝，確實不貴。

「這乾海帶，給我秤上兩斤！」

「我，我要一斤！」

「走開、走開！我要五斤！先給我秤！」

瞧見海帶泡發又嚐過涼拌海帶絲的人，幾乎個個都喊著要買海帶。賣海帶的攤子算是順利開了起來。

這兒有玉玲和陶木，還有一起跟出來的兩個護衛，倒是沒有什麼好擔心的。收了會兒錢後，玉容便帶著小妹去了府衙處。之前小妹丟了，魏平來村裡也是知道的，沒少幫忙跑前跑後。現在人找到了，總要和他說上一聲，免得人家再跟著擔心。

只是不巧得很，門口的守衛告訴她們魏平昨日剛被派去鄰縣做事，如今並不在府衙裡。

其實玉竹的目的是想找秦大人，只是說是來找魏平的，一時也找不到什麼藉口和姊姊說。眼瞧長姊都已經準備帶她離開了，她眼尖地瞧見秦大人正好從府衙裡頭出來，頓時放開長姊的手朝他跑了過去。

「秦大人好！」

「喲，小玉竹啊。」

秦大人抬眼瞧見不遠處的玉容，心中頓時明了。「妳是跟姊姊來找魏平的吧，他讓我派出去了，得三、五日才能回來呢。」

「不不不，秦大人，我是來給你看樣東西的。」

玉竹飛快地從兜裡將那裝著煤石的袋子拿了出來，解開繩子給秦大人瞧。

「這是！」秦大人的眼都直了。

這是黑石啊！一筐能比得上百根木頭的黑石！

他只在平州軼事的奏報裡，聽說過那麼一嘴這東西，目前只有平州才有，所出幾乎都只供給了王族，像淮城這樣偏遠的地方是分都分不到的。

「好丫頭，這東西妳從哪兒得來的？」

玉竹冷不丁被秦大人抱起來，怪不習慣的。

「是在一處島上發現的，不是我家的島，是在上陽村東南方很遠的一座島。秦大人，那島也是淮侯的嗎？」

「當然是了。」秦大人想都沒想就先認了下來。

荒島的歸屬不好說，總之若是那島上真有黑石礦，就算不是淮侯的，也得給它變成淮侯的。

原本秦大人想去視察城牆的，現在倒是被這黑石給勾走心神。

「玉容姑娘，看來明日得麻煩妳和令妹隨著本官出趟海了。」

玉容聽小妹說過，從那荒島回家，坐船可是坐了一整日。這一來一回兩日都在船上，依著小妹最近那倒楣運，她真是怕得很。

「秦大人……」

玉容有心拒絕，結果小妹搶先問了一句。「秦大人，我帶你們去找這黑石頭，有賞錢嗎？」

「哈哈哈哈哈！」

秦大人將懷裡的玉竹交還到玉容手上，很是爽快地應承道：「當然有，若是真有我要找的東西，賞錢可不少，放心吧，小財迷。」

不難聽出秦大人那勢在必行的決心，玉容頓時也不好說什麼了。

「明日一早，我會乘船去妳們島上接人，記得早些過去，官船進村實在有些擾民。」

秦大人說完便開開心心地回了府衙，準備出行一事。

玉容則是抱著妹妹回到集市上和二妹會合。

海帶賣得太好，幾人一直忙活到午時，三筐海帶全賣光了才歇下來，個個累得腰痠背痛，哪兒還有心思去想秦大人的事。

一直到晚上姊妹倆躺到床上，玉容才哎呀一聲坐起來。

「明兒得跟船出海，衣裳什麼都還沒有準備呢！」

第七十七章

玉玲趴在床上，看著長姊披著衣裳就下了床，翻箱倒櫃地收拾，只覺得一頭霧水。

「長姊，妳明兒要跟誰的船出海？我怎麼不知道。」

「問妳那好妹妹去。」

玉容滿腹怨念。她倒不擔心自己，就怕小妹又在路上出什麼岔子，前幾日提心吊膽的，真是把她嚇得不輕。說不去吧，可秦大人發話了，她們不過升斗小民，自然是不好推拒。

玉玲鑽進被窩裡，將幾乎快睡著的小妹搖醒了過來。

「小妹，妳明兒是要去哪兒？長姊說叫我問妳。」

「明兒？明兒個……要跟秦大人出海去。二姊，我好睏，我還要睡……」

玉竹打了哈欠，連眼都沒有睜開，轉個身就繼續睡了。

「長姊，怎麼突然就要出海了？要去幾日啊？什麼時候回來？去幹什麼？」

玉容一邊忙著收拾東西，一邊還要回答二妹。

「我瞧著沒個三、五日恐怕回不來，島上的事就由妳跟陶木看著了。我跟那幾個村子談好的收沙蟹的事妳也知道，明日應該就會有一批上來，錢——」她像是想起什麼，趕緊將雲銳付的貨款都拿了出來。「錢妳自己收著，照著咱們之前說好的價格給就是。」

等玉容收拾好東西再回來時，兩個妹妹都睡熟了，她一躺下去，兩個妹妹都會朝她靠過去，一家子擠成一團，讓她無比安心。

但姊妹仨這一覺都睡得不怎麼好，早早就起了床。

玉竹坐在廚房門口，靠著門框一個勁兒地打瞌睡。廚房裡頭已經忙活得熱火朝天，都是在做一路要吃的乾糧。

雖然秦大人那船上肯定不會短了她們的吃喝，但外頭的吃食和自家的當真是差得太多。玉容主要是擔心小妹吃不慣，一早就忙活做餅、炸小魚。

本來是該昨晚上準備好的，誰讓她們回來太累都忘了，只能早早起來準備。也是巧了，她們剛做完，秦大人的船就到了。

島上的人全都瞧見了那威風凜凜的大官船。雲家的貨船和官船一比，那氣勢瞬間就要矮上一半。

船隻停留了一會兒，不到一刻鐘便又拔錨啟航了。

玉竹還沒見識過古代的官船呢，得了秦大人允許後，上上下下將這兩層的大船轉了一遍，還找著了秦大人為她和姊姊準備的房間。

大概就是個小艙房，比不得雲銳之前的那間屋子，倒也十分乾淨精緻。

左右只是在這船上睡上兩、三日，姊妹倆都沒什麼不滿意。

第二日，天剛矇矇亮的時候，玉竹瞧著遠處岸邊的山脈很是眼熟。她的記性很好，立刻想起這是那日自己獲救後在船上瞧見的風景。

可是照道理來說，應該要午時前後才能到的。

玉竹細想了下，暗罵自己豬腦子。

官船的速度能和貨船一個樣嗎？

幸好差得不太遠，不然天黑的時候路過那海島，她不知道會將秦大人帶到哪兒去。

玉竹反應過來，立刻跑去找秦大人，讓他們改了方向。

小半個時辰後，眾人便瞧見了那荒島的影子。這座島可比玉家的那座大了兩、三倍，真真實實的大傢伙。

秦大人背著手立在船頭，心裡盤算著地界。說起來還真不好算，北武的那位侯爺若是來爭，也是麻煩。

不過若是淮侯能……

這個想法一冒出來，秦大人就不自覺地笑了，不過很快又收斂了笑容，繼位一事還早得很，誰也不知道淮侯究竟能不能成……先撈了這島再說。

黑漆漆的大船慢慢靠了過去。船上只留了一半的人手，其他的都跟著秦大人下了船。

沙灘上還殘留著玉竹那日點煙的各種柴火，玉容一看到就想起小妹受的苦，心裡難受得很。

玉竹瞧出她不開心了，趕緊打岔道：「長姊，秦大人，我帶你們去看黑石頭。」

說著她便拉著姊姊往自己發現煤石的地方跑，秦大人一行緊緊跟在後頭。

那林子深密，玉竹沒敢進裡頭，只在外面扒拉了下，將底下的黑土地露出來給秦大人瞧。

秦大人回頭示意了下，立刻有懂行的上前拿著鎬子敲了幾塊仔細察看，越看，便越是欣喜，朝著秦大人不住點頭。

「大人是黑石礦！」

「再去裡頭和附近看看，這礦有多大。」

他直覺應該很大，不過也說不好，萬一只是表面，那就是空歡喜了。

好在，運氣不錯。勘察過後的人回的話，讓他很是滿意。

「小玉竹，這回妳可立了大功，等回去了，可得好好賞妳。」

笑咪咪的秦大人最是溫和無害，玉竹想都沒想就找他提了個要求。

「大人，我能不能跟著他們一起進去看看？」

玉竹指的是那些到處勘察的小吏。她想跟著那些人仔細看看這座島，看看有沒有什麼其他的果樹，到時候一起運回去。

這種小事，秦大人答應得很是爽快。

玉竹不是一般的小孩子，她不會吵鬧，做事有分寸，跟著一起進去不會耽誤什麼事。

小妹都跟人說好要進林子了，玉容也只能跟著。她從上船開始就是寸步不離地跟著妹妹，謹防她又出了什麼事。

姊妹倆跟在那幾個勘察的小吏身後，一點都不用擔心雜草太深會有什麼蛇蟻，左右各兩人，一條路很快清了出來。

那勘察的榮小吏忙著檢查土壤，玉竹便四下察看陌生的植株。不過她認識的畢竟有限，很多也是叫不上名字，認識的呢，要麼是很常見，要麼便是沒什麼用。

本來她都有些洩氣想帶姊姊回轉了，結果——

「等等！不要砍！」玉竹的心都跳到了嗓子眼，喊得話都破了音。

那開路的幾個護衛前面正有一片紅色，又長又尖的鮮紅果子正是玉竹心心念念的辣椒。

她飛快跑過去，護住那一片。「這東西於我有用，護衛哥哥你們就不要砍了吧？」

幾個護衛面面相覷，算了，往另一頭開路就是。這小丫頭秦大人很是看重，她既要這東西，留給她便是。

玉竹如願以償保住了那片辣椒，結果一轉頭就挨了長姊的一頓巴掌。

「不要命了是吧？刀下也敢攔啊？我看妳這屁股是不想要了！」

「姊、姊！疼、疼、疼！我錯了、我錯了！」

玉竹很識相地立刻認了錯。

長姊最是疼她，可真的生起氣，打起屁股那是絲毫不留情的。可辣椒這東西，若是等別人發現再傳進國內普遍種植，還不知道要多少年呢！如今自己有緣發現，自然是要把它們全都弄回去，讓它們物有所值。

有了這些辣椒，她的許多海鮮醬才能有靈魂。

玉容真是拿妹妹沒辦法，打也打了，訓也訓了，見她還是執意要這果子，只能幫著一起摘了。

一共二十來株，全都摘了個精光。

坐在外頭的秦大人一瞧玉家姊妹抱著堆紅果子出來，有興趣得很。

「小玉竹，這東西能吃的吧？」

玉竹彷彿遇上了知音，興奮地點頭道：「不光能吃，還非常好吃。秦大人，我給你放幾根在這兒，你待會兒能不能讓他們勘察的時候順便幫我找找呀，只是幫我記個位置，不耽誤他們事的，晚上我和姊姊就用這個給你做好吃的。」

這荒山野島的，也就好吃的能打動秦大人了。他沒怎麼猶豫就應承了下來。

不光讓人找，還貼心地將那些辣椒都摘了回來。一整日下來，足足摘回來了兩筐辣椒。有了這麼多的辣椒，晚上玉竹做菜便沒什麼捨不得了。

水煮魚片、香辣蟹、辣炒香螺，安排起來。

玉竹準備菜式的時候興奮異常，可真做起來又是苦不勘言。她忘了這裡沒有抽油煙機，通風也不好，一炒辣椒，整個後廚都是辣椒的味道，人畜都要躲避三舍，最後只堅持著做了水煮魚和香辣蟹。

船上後廚在她們之前已經做好了飯菜，玉竹姊妹倆做的完全就是添頭。一放上桌，幾乎所有人的視線都落到了那碗紅紅白白的水煮魚身上。

秦大人對姊妹倆的手藝有信心，非常給面子地第一個挾了水煮魚。

「欸！大人，小心……」辣。

玉竹話沒說完就瞧見秦大人已經吃了魚片，一開始還挺享受，眨眼間便紅了臉，直喊要水。

做這菜的時候其實已經放了很少的辣椒了，就是考慮他們從來沒有吃過，怕太辣了受不了，沒想到秦大人還是不能吃。

可秦大人喝了水，居然又一臉糾結地挾了一筷子的魚。

「小玉竹，妳這辣椒、味道、還真是特別。」

一開始喉嚨像是著了火一樣，可細細品來，卻別有一番滋味。而且越吃越香，對那點辣味，他甚至吃幾口就習慣了。

秦大人帶了這個頭，隔壁桌的那些手下，自然也一個個地伸了筷子。

除了個別實在吃不了之外，其他人無一不是一邊吐著舌頭都還要挾著吃，又香又酥的香辣蟹更是一點渣都沒有剩。

玉竹提醒了好幾次，叫他們別一次吃多了，結果也沒幾人聽。

別人她不知道，反正，秦大人第二日再沒有坐過凳子。

辣椒這東西有用得很，玉竹只做了那麼一頓，之後幾日直到回去，她都沒有再做過辣味的菜式。

秦大人知道她那些寶貝辣椒是要拿回去做種的，便沒好意思找她要，只是說了若是日後種出來，一定給他留上一些。天冷的時候吃些加了辣椒的菜式，祛寒的功效是真不錯。

官船將玉竹姊妹和兩籮筐辣椒放下就走了，雖然秦大人很想留下來吃頓便飯，但離開了這幾日，府衙定然堆積了許多公文，還有船上那大半船的黑石頭和荒島的歸屬問題都要趕緊處理好，所以只能有緣再來了。

等船一走，玉竹便招呼著十一他們過來幫忙將辣椒都搬到了廚房裡。

這些辣椒摘下來，被她和姊姊鋪在船上曬著，已經都曬得差不多了。這個季節不是最適合種辣椒的時候，所以這些辣椒要先存放起來。

玉竹只留了五斤沒曬過的辣椒做醬，其他的全都封存起來，打算等著天暖的時候再種。

時間過得飛快，一轉眼，雲銳也到了家。

一聽到他回來了，雲家家主雲宵立刻放下了手頭的事去了前廳。

「老三，你可算是著家了，這一年到頭想看到你一眼真不容易。多住些日子休息休息吧，成兒整天都唸叨著你。」

兄弟倆感情很好，雲銳也很是感慨，只是他這回卻不是回來休息的。

「大哥，這次回來，是有要緊的事。」

他拉著兄長一路進了書房，又喚了心腹守好門口，這才將自己在玉家島上所知之事講了出來。

「什麼?!竟然會有這樣的事?!」雲宵驚得癱坐在椅子上，半晌才回過神來。「老三，那你有沒有將那個叫十五的孩子帶回來？我瞧瞧去，這事可大了，得好好弄明白。」

「大哥你昏了頭，十五現在可是奴隸，我又不是他的主人，帶著他連碼頭都出不了。」

雲宵一頓。

「你確定那孩子長得和我一模一樣？」

「是，跟你十五、六歲那會兒當真是一個模子刻出來的。」

雲銳見大哥居然沒有一口否決，甚至都沒有確實的證據就已經開始猶疑，看來他對現在的千兒也是心存疑慮的。

「大哥，當年千兒出事的時候，我沒有在家，不知道具體究竟是個什麼樣的情況。你仔細想想，他當時到底有沒有什麼異常。」

「他……」

有是肯定有的，只是當時大家都認定孩子是被嚇壞了，後來又因為耳朵殘缺，脾氣才會變得格外不好。

「他當時回來的時候，耳朵受了傷，怕他太疼，你嫂子就讓郎中在他治傷的湯藥裡加了安神的藥，一直昏昏沈沈地到耳朵快好了，才停了藥。結果你嫂子去抱他的時候，他居然不讓抱，也不讓成兒他們近身，還發了好大的脾氣。再後來你就知道了，你嫂子不肯認他，一見他就要發症。」

其實雲宵心裡也是覺得對這小兒子不怎麼親近得起來，但這是自己的骨血，是自己從小寵大的孩子，再怎麼不親近，還是得管教著。

「以前千兒是最黏成兒的，自從受了傷回來，非說是成兒沒拉著他害他受了傷。兄弟倆有了隔閡，這麼多年都不見親近，我這心裡，唉……」雲宵嘆了一口氣。

「大哥，想弄明白很簡單，你去找個機會弄點千兒的血來。」

巫滄人有法子用毒藥將萬澤人的血變得和他們一樣，可他們沒法子改變自己的血脈，不然也不會一直躲藏在深山裡不見天日，只能行些鬼祟之事。

雲霄很乾脆地應了，也想弄明白，這個將家裡搞得雞犬不寧的千兒到底是不是自己的親生兒子。

雲霄一琢磨，想出了幾個法子，立刻叫來心腹安排了下去。

「大哥你聞聞。」

弄了點血裝在碗裡，味道也是明顯。

「他果真是巫滄人！」雲霄氣得直接砸了血碗，伸手就要去掐那假兒子。好在有雲銳一路，將他給拖了回去。

「他是巫滄人，自有官府收拾他，到時候日日戴腳鐐，餐餐吃不飽，能讓他這樣錦衣玉食長大的過得生不如死，你又何苦去沾這人命！咱們現在最要緊的是幫十五恢復身分，將他接回來才是。」

雲霄漸漸清醒過來，沒再說要動手殺人，只吩咐下去將人關進柴房裡，不許給他水米。

「老三……我、我這心裡難受啊……」弄清了真相，雲霄整個人彷彿老了十歲。「當年你嫂子罵我糊塗，認不清兒子，這麼多年都沒讓我進過門，我還怪她不念夫妻之情，不顧孩子。如今瞧著，卻是我大錯特錯了。」

千兒沒出事前，家裡夫妻和睦，兄弟友愛，多好的日子。可這好好的一個和美之家，都讓那巫滄的小混蛋給毀了，讓他如何不恨。

「我知道你心裡不好受，可這已是萬幸了。七年不算長，咱們把十五接回來好好教養，還是能恢復以前的日子的。」

雲銳扶著大哥回了主院。

「今日這事，我覺得還是要跟成兒說一聲。成兒如今成年了，是個能頂事的。再說，你不還得靠他來解開嫂嫂和你的心結嗎？若是嫂嫂知道你找到了真的兒子，肯定在偏院待不住的。」

腦子宛如一團亂麻的雲霄聽到弟弟這番話，頭不昏了，腦子也清醒了。是了，該告訴成兒，叫他去偏院請他娘出來。

兄弟倆風風火火地去了前院，可把雲成嚇得不輕。

什麼叫這個弟弟不是他的親弟弟，已經關進了柴房準備送到官府？什麼叫真弟弟被換去做了奴隸，日子過得很不好？

「爹，你該不會是和三叔喝酒喝多了吧？」

「這孩子，你爹會騙你，你三叔什麼時候騙過你？那小子現在就在柴房關著呢，你要不信現在去瞧瞧，再給他放點血。」

雲成好半天才消化了爹和三叔帶來的消息。

他又想起五歲時，小弟一直黏著自己要自己陪他玩的場景。這麼多年，不管那個弟弟多討厭，他都記著小時候的情分，記著他受那傷的苦楚，不願與他計較。沒想到啊……

「爹，我去娘那兒了！」

雲成跑得飛快，一邊跑、一邊笑，嚇得院裡的下人還以大少爺這是中了邪。

「娘、娘，在哪兒呢？」

「怎麼了這是，跑得上氣不接下氣的，快坐下來歇會兒。」

金氏慢吞吞地從屋子裡走出來，拿了茶壺正要給兒子倒點水喝，突然就聽到兒子說了一句。

「娘，爹剛剛和我說，現在的千兒是假的！他是個巫滄人，已經被關進柴房了！」

「你說什麼?!」金氏攥緊了手裡的茶壺，重重磕在桌子上。

「他不是說我這是症，是胡說嗎？他不是說那就是他的兒子嗎？那張老臉如今不知疼不疼！」

「娘，先別急著生氣，我還有個消息。據三叔說，那賣蟹醬的玉家，家中有一奴隸，長得和爹年輕的時候一模一樣，如今正好十一歲，名字叫十五，性子很好，也是他自己和主家說明了身世。」

金氏聞言，二話不說轉頭就進了屋子。

雲成好奇跟進去一瞧，發現他娘居然在打包袱。

「娘，這是做什麼？」

「當然是要去找你弟弟啊！等你那個爹，也不知道我那苦命的兒何時才能回家。」

金氏念了兒子這麼多年，聽到他的消息哪兒還坐得住。

第七十八章

「我的娘啊！妳要去找弟弟也不急在這一會兒吧？天都快黑了，有什麼妳等明日和爹他們商量了再說呀！」

「商量什麼商量？就你爹那個人，只怕商量十天半個月都出不了結果。你別攔著我，我自己去。」

金氏態度堅決得出乎雲成的意料。眼瞧著他娘這是來真的，雲成攔也攔不住，只能敢緊跑出去找爹。

結果是他爹也沒能攔下來。

「老方、老方！快給我備上兩輛馬車，點上五個護衛，隨我出發！」

方管事好些年沒見到這樣有精神的主母，激動得不行。

「夫人，這會兒天色已晚，入夜的路上也不安全，不如明早再趕路吧？」

「不行！照我的吩咐做，兩輛馬車和人手。」

金氏雖多年沒有出偏院，但餘威還在，又是當家主母，吩咐一聲下去便立刻有人忙活起來。

雲銳打心眼裡敬佩這個嫂嫂，也明白嫂嫂這是思兒心切。

「嫂嫂，這會兒出去實在太倉促了。不如明日一早和我一起吧，正好我給十五請的郎中也要明早才到。」

「郎中？那孩子生了何病?!」

「不是病，是中毒了。所以我一到碼頭便去信聯繫了擅長毒術的一位郎中，他住得比較遠，估計明日便能到咱們府裡了，嫂嫂且再等一晚上？」

金氏一旦決定的事情，那真是八匹馬都拉不回來，但也不是個不講理的人。小叔子話都說到了這個分上，她自然是願意再等等的。於是也不說什麼要車了，直接帶著自己那包袱又回了偏院。

「三弟，你看她！」

雲宵連句話都沒來得及插上，心中只覺得十分委屈。

「大哥，男子漢大丈夫，就要敢作敢當。當初是你錯了，如今就該拉下臉面去認個錯，好好哄一哄嫂嫂才是。難道嫂嫂還能吃了你不成？多年夫妻，你要那點臉面幹什麼？大哥你好好想想吧，我先去休息了，明日還得趕路。」

雲銳吩咐了方管事準備明日要帶走的東西，看都沒看大哥便回了自己的院子。

大哥哪兒都好，就是太過優柔寡斷，凡事又愛面子。

不過他也是奇葩，在外頭不管多低聲下氣，多不要臉面都行，只要能談成買賣；偏偏在家裡死要面子，從來就不肯在自己妻兒面前示弱。

若是二哥在家就好了，大哥最聽二哥的話。

雲銳躺在床上，想著自家三兄弟。

大哥就不說了，除了兒子被換一事，這小半輩子還算過得不錯。二哥嘛，和大哥只差了兩歲，感情自然比自己這個差了十歲的三弟要更好。

不過二哥前半生很是坎坷，每回訂親的人不是病死就是出了意外，生生落了個剋妻的名頭。如今都三十有五了，還未曾有妻室、孩兒，他比自己還隨意，三、五年的都不見得回來一次，也不知如今怎麼樣了。

被兄弟惦記的雲鋒一連打了好幾個噴嚏。

「鋒哥你著涼了？」

「沒有沒有，估計是老三在罵我。妳趕緊睡吧，明日再趕一天路就能到妳家了。」

姚文月點點頭，重新躺了回去。

第二日一早，該趕路的人都起來趕路了。

金氏徹夜未眠，天剛亮就收拾好了等在前廳裡，就怕那郎中出了什麼意外又不能來。好在辰時三刻左右，總算是等到了人。

雲銳和雲成也收拾了停當，一行人很快出發了。

此行到碼頭得走上十日，快些的話，七、八日也是要的；再加上水路，等到了玉家海島，路上要花費半個月的時間。

金氏真是恨不得變成天上的鳥直接飛過去，卻沒辦法，只能老老實實地坐在馬車裡頭等著。

這會兒玉竹還不知道島上將要迎來一批客人，正拉著十三娘和十七娘鼓搗著她的辣椒油、辣椒醬。

玉竹一個小孩子模樣，最是能教人放下心房，所以十七娘也會往她身邊湊。

「剛剛那辣椒油太辣了，不適合妳們吃，我給妳們做個沒那麼辣的。」她一邊說著，一邊將辣椒油都放進了櫃子裡頭，取了兩顆乾辣椒，把籽都拿掉，再研磨成粉放進碗裡。

十三娘一眼不錯地瞧著，心裡暗暗記下了所有步驟。

放一點辣椒粉、加蒜末、三大勺的蠔油、一點點鹽，攪拌均勻……就這樣？

「十三娘，幫我燒把火，鍋熱一下。」

玉竹舀了一湯勺的油倒進鐵鍋裡，等油熱得開始冒煙了，便舀起來澆在剛剛攪拌好的蒜蓉醬裡。滋一聲，嚇了十三娘和十七娘一跳，隨之而來的，是一股她們從來沒有聞到過的香味，像是蒜香，卻又更要香上許多。

「三姑娘，這、這就好了？」

「哪兒呢，這是做調味的。」

玉竹之前也做過蒜蓉蒸蝦、蒸鮑魚，只是那時候調味料沒有這麼用心而已。澆了熱油的辣椒蒜末和蠔油融合出來的味道，絕對要比之前蒸的味道好上幾十倍。若是秦大人今日在的話，只怕兩盤都不夠他吃。

說曹操，曹操就到。

一想到秦大人，秦大人就派人送錢來了，來的還是未來大姊夫魏平。

「小玉竹，妳沒事真是太好了，妳失蹤的那幾日，妳姊姊日日以淚洗面擔心妳。我這兒又請不了太多的假去幫忙，只能乾著急。」

「我現在不是好好的嘛，以後肯定會小心的，不會再丟。」

玉竹眼巴巴地望著未來大姊夫，那眼神真是太好懂了。

魏平笑了笑，從懷裡摸了錢袋子出來，在玉竹手上晃了一圈，又交到了玉容手裡。「小孩子家家的，手裡拿錢不好，給妳姊姊。」

這個玉竹倒是不介意，本來是該這樣。

「那你以後的月例也都會交給我姊姊嗎？」

「小妹！」

玉容紅了臉，拿著錢袋乾脆躲回了屋子裡。

魏平聲音特別大地回答道：「自然是全數交給妳姊姊，半點不私藏的！」

玉竹頓時樂了，拉著魏平去廚房，獎勵了他一盤蒜蓉蒸蝦。

魏平送了銀錢還得回城裡去覆命，只吃了盤蝦便又要離開了。玉竹和姊姊說了一聲，也跟著他一起回了村子。

因為二姊今日是跟著陶家人去看船的，午飯說好了要在陶家吃，她這一去有二姊照看著，長姊倒是不怎麼擔心。

魏平一直把玉竹送進了陶家，看著裡頭有人出來接了人，才放心離開。

「小玉竹，怎麼感覺每次見妳都變了個模樣似的，越來越好看了。」

瑛娘自己懷著孕，瞧著玉竹這樣的娃娃那真是愛得不行，好吃、好玩的通通都從屋子裡拿了出來給玉竹。

她不是真的小孩子，對這些東西興致缺缺，不過人家一番好意，她還是象徵地撿了幾塊糕吃了點。

結果吃了沒多久，肚子就開始一陣一陣地疼，想上廁所了。

陶家的廁所乾淨歸乾淨，但只有兩根木頭撐著，底下那麼大一個糞坑，實在讓她沒有安全感得很，她只能捂著肚子回家上。

一連拉了三次，玉竹都有些腿軟了。

出來之前她沒有吃過任何東西，包括那做好的幾盤蝦，都是分給了島上的人吃，只有回來的時候在瑛嫂嫂那兒吃了幾塊糕。

問題肯定出在糕點上。

她相信瑛嫂嫂肯定不是故意的，東西要麼是別人要害她，要麼就是她自己沒注意，放了太長時間變質了。

眼下，那些都不是最重要的，重要的是她有些頭暈眼花，肚子裡一絞一絞地疼，蹲久了起來更頭暈眼花。

長姊說得對，她今年真的倒楣，日後還是能不出島就不要出島了。嗚嗚嗚……

「小妹？瑛嫂子說妳肚子不舒服，去幫妳找了兩副藥，妳現在還難受嗎？」

玉玲一進門就在院子裡頭找，隱隱約約聽到吸鼻子的聲音，循著聲音找過去，發現小妹正一個人趴在桌上，眼紅紅的，臉白白的，好不可憐。

這豈只是不舒服，簡直就像是生了大病。

瑛娘給的藥，玉玲是不敢用了，她直接抱著小妹準備出門去下陽村看郎中。

「等、等等！二姊……」

玉竹哪肯就這樣出門，萬一等一下在路上沒憋住，那真是要出大醜了。

「二姊，我就是、就是吃壞了肚子，腹痛腹瀉，妳幫我去拿點藥吃就行了，我不想出去……」死也不能現在出去！

玉竹只差沒打滾撒潑了，玉玲拗不過她，只好將她放在家中，自己一路跑著去了下陽村找郎中買藥。

這一來一回差不多半個多時辰，可把玉玲累得不輕，生怕回來晚了，小妹出了啥事。好在回來的時候，瞧見陶二嬸正在家裡照顧小妹，她心裡才踏實了許多，趕緊去生火熬藥。

一副湯藥餵下去，不到半個時辰便止住了瀉。

玉竹癱在床上宛如一條死魚。「二姊，我好餓，想長姊……」

「郎中說了，妳要臥床休養，不宜見風。聽話啊，二姊這就給妳煮粥去。陶嬸嬸家今日做的麵，又是肉、又是海鮮，郎中說了不能吃，只能吃清淡的粥米。」

一旁的陶二嬸真是愧疚極了。

「小玉竹啊，這回真是對不住。妳瑛嫂嫂節儉慣了，買給她的糕點都捨不得吃，估計是放壞了自己又不知道，這才讓妳吃壞了肚子。」

玉玲抿了抿唇，不太高興。

就算知道瑛娘不是有心的，可那幾塊糕點差點去了小妹半條命。都這樣了，也沒瞧見她主動過來瞧瞧小妹，教人寒心。

方才回來時，若不是自己主動開口問，也不見她先告訴自己小妹不舒服。後來拿的那是什麼藥，多虧她長了個心眼帶去了下陽村，本是想看看能不能給小妹喝，結果那郎中說那就是些益母草，活血化瘀的東西。

敢情自己現在不敢用的藥，隨手一拿就給被自己無意害的人喝，就算是心安理得了？這是什麼人啊！要不是看在陶二嬸和陶木的面子上，她非得去罵上一通。

陶二嬸也覺得老大媳婦這回做得不地道，怎麼說小玉竹都是吃了她的東西病的，好歹要來看看，表表心意，道道歉。結果這麼久了也不見過來，真是。

玉竹拉肚子，吃了兩副藥，直到傍晚才算是徹底好了。受了這場災，她整個人都沒了精神，只趴在二姊的被窩裡懨懨地看著門口發呆。

下午，瑛娘倒是來了一趟，挺著個肚子、紅著眼，滿口的抱歉。玉玲只讓她在門口瞧了瞧便把人送出了院子。她現在根本沒工夫跟這樣的人計較，只想快些把小妹的病養好。

到晚上的時候，第三副湯藥吃下肚，又喝了一碗青菜肉末粥，玉竹這才感覺肚子舒服了些。

「二姊，這麼晚了，妳不睡覺在忙啥呢？」

「哪裡晚了，現在才戌時二刻左右，我之前的衣裳有些小了，我給改改，弄個圍兜兒給妳繫上。妳老在灶臺邊轉，總是蹭得一身的油漬鍋灰。」

圍兜那樣的？玉竹仔細瞧了下，二姊這做的不就是圍裙嘛！真是心靈又手巧，陶木可是撿到寶了。

長姊擅長廚藝，女紅也好，二姊嘛，雖然廚藝不怎麼樣，手工卻是很不錯，竹簍、竹筐都會編，還會掌船出海去捕魚。

這樣看起來，好像就自己沒用了些，等自己長大，就能像姊姊們那樣能幹了。

「對了二姊，上回我想幫妳洗衣裳，在妳衣櫃裡看到了個東西，像蛇一樣的，那是什麼東西呀？」

冷不丁聽到小妹說這話，玉玲心一慌，針便扎到了手上。

「哪有什麼蛇一樣的東西，小妹妳肯定看花眼了。我明知道妳怕蛇，怎麼會帶那東西回家呢？」

玉玲莫名心虛得不敢和小妹對視。

這樣奇怪的反應，怎能不教人疑心呢？本來還沒怎麼上心的玉竹，頓時來了精神。

「二姊撒謊！哼，我明明就瞧見了，還拿起來看過了，是個像墜子一樣的東西。二姊騙人，不跟妳好了！」

玉竹假裝生氣地翻過身，果然二姊立刻便過來哄她了。

「行行行，我錯了，我不該撒謊騙妳。」

玉玲見小妹當真生氣了，這才去衣櫃裡把東西翻了出來。最近家裡事多，小妹不提，她都要把衣櫃裡的這個東西給忘了。
「妳看看，是不是這個？」
玉竹轉過去，瞧見那黑色的蛇形墜子，點點頭。
「就是這個，二姊為啥不願意提呀？這東西有什麼忌諱嗎？」
「巫滄人信奉黑蛇，這東西想都不用想就是巫滄人的東西。原本我是想燒的，結果沒燒掉，便暫時收了起來，後來事一多就給忘了。」
「巫滄人的東西？」
玉竹拿在手上仔細瞧了瞧，完全看不出這東西是什麼材質。摸上去一陣冰涼像石頭，拿在手上看，那紋路又像是木頭，真是奇怪。
她拿手擋了擋，發現這東西居然在黑暗中還有螢光。綠瑩瑩的一條蛇彷彿將要從那墜子裡衝出來咬她一般，嚇得玉竹立刻將它丟在了被子上。
這東西感覺有些邪門。
「二姊，還是找個時間把它埋了吧！」
鬼神之說，寧可信其有。
「行，明兒我就去埋了它。」
玉玲把東西收起來，繼續去做她的圍裙。玉竹則是抱著被子看著二姊，慢慢睡了過去。
一個時辰後，玉玲的圍裙已經改出了兩件，收拾好了桌上的東西這才吹熄了油燈睡下。
姊妹倆睡得正香，另一頭的姚文月卻是剛剛到達昔日的村子口。

雲鋒沒讓妻子下車，自己帶著一個護衛去了最近的一家，敲了敲門。

「誰呀？」一道老邁的聲音傳出來，裡頭卻沒動靜，沒有開門的意思。

「老人家，我是過路的商客，車上乾淨水不多了，想著來村子裡買上一些。」

一聽說是商客，還要買水，裡頭立刻傳了出了一陣咯吱聲音，想來是那老人家起了床。

很快，門便開了，是個矮小的老婆婆。

她先收了錢，才放雲鋒兩人進院子。

即便看不怎麼清楚，也能感覺到，這院子十分凌亂。雲鋒又藉口說家眷想吃頓熱食，自己出糧食讓老婆婆幫忙燒一燒，照樣給了十分豐厚的銀錢。

瞧著他出手大方，又一臉正直，老婆婆心中警惕大鬆，十分熱絡地和他聊起了家常。

「許婆婆，我常年在外頭跑商，多年前曾來過明陽縣，和一個姓玉的商人做過買賣。那玉老弟是個實誠的，我這次還想來找他，不知道許婆婆妳知不知道他家在哪兒。」

「玉家？玉九郎？」

「正是正是。」

許婆婆搖搖頭。「那玉九郎啊，你是見不著嘍，早就死了。」

「啊?!死了？怎麼死的？那他可還有什麼家人，我這次特地給他家備了禮。」

許婆婆一副欲言又止的模樣，彷彿十分不好開口。雲鋒非常大方，又拿了五個銅貝給她。

得了錢的許婆婆頓時就打開了話匣子，將那玉家的事給抖了個乾淨。

「玉九郎是在船上出事淹死的，他一死啊，家就散了。他那老娘前腳發賣了他的媳婦，後腳又將那最小的女娃娃扔進了山裡，只留下兩個快要及笄的丫頭，等著賣錢。」

雲鋒聽到一半臉色大變。他知道文月最小的那個女兒才快四歲的樣子，如何能在山裡熬下來。

「然後呢？如此毒辣之人，里君、村長都不管嗎？」

「唉，管什麼管，村長是她兄長，里君也跟她家有親呢！又是女娃，誰開口了，難不成撿回來自家養不成。去年遭了大災，人人都顧著自家的肚皮，誰有心思去出那個頭？」

許婆婆想起那災荒的樣子，自己也擠出兩滴淚。

「不過好在那娃福大命大，讓兩個姊姊上山抱回來了。再後來就聽說兩個大的偷了家裡的銀錢帶著小的跑了，三個丫頭現在是死是活都不知道呢。」

雲鋒聽完這一番話，哪裡還能坐得住，連鍋裡的熱粥也不要了，拿了水便出了許婆婆家。擔心這許婆婆沒說真話，他特地又去問了兩家，答案幾乎是一模一樣。

他這才拿著水回了馬車上。

「怎麼樣，打聽到了嗎？」姚文月心急如焚，迫切想要知道女兒們的消息。

「她們……」

雲鋒實在不知該如何開口。滿心歡喜地趕來了這兒，卻發現女兒們一個個都生死不知，讓她怎麼承受得了。

「鋒哥，你告訴我吧，我有準備的。她們那個阿奶不是個好的，都能狠心將我發賣，只怕對她們也好不到哪兒去。你告訴我，我受得了。受苦了沒關係，咱們將她們接走，日後不教她們再受委屈便是。」

姚文月說是這樣說，可一想到女兒們遭受的苦難，她就心痛難受，立刻便要提裙子下車。

「不用去了，文月，她們……她們已經離開這兒了。」

「離開這兒？去哪兒了？她們也被賣了?!」

姚文月來不及聽解釋，一時心火上頭，轉頭就拔了護衛腰間的配劍。

「我要去殺了那老虔婆！」

「文月，妳冷靜點，沒有被賣，是她們自己逃了。」

雲鋒將自己打聽來的那點消息又講了一遍。

聽到自己如珠如寶地養大的小玉竹居然被丟進了山裡，三個女兒如同喪家之犬一般地逃走，茫茫人海竟無一絲蹤影去尋時，姚文月急火攻心，直接暈死了過去。

第七十九章

玉竹睡了一晚上已經好多了，不過起床後還是被二姊灌了一碗藥。隔壁的陶實哥早上也來了一趟，給她留了一罐蜂蜜做賠禮。

這東西可比糖要貴重多了。

姊妹倆本來是不想收的，結果拗不過陶實，只能暫時收下，打算等他孩子出生再好好回個禮。

「二姊，我昨天都忘了問，妳不是跟陶木哥哥去看船了嗎？看得怎麼樣了？有中意的嗎？」

說起這個，玉玲心情明顯變好起來，一邊給小妹梳頭，一邊回答道：「倒是有個中意的，所以得讓長姊再看上一眼，沒問題咱們就訂下買了。那船可比咱們現在的小漁船大多了，一船出去少說也能多裝個四、五百斤的貨。不過船大了，只有我和陶木是不行的，還得再多帶兩個人上船。妳常在島上，知不知道那些買回來的人裡頭，哪些會泅水？」

玉竹細想了下當初長姊他們買人時問過的一些問題，倒是有幾個說過會泅水的。

「我記得那劉家兄弟倆是會泅水的，等回去再問問就是了。二姊快點，長姊肯定已經伸長脖子在等了。」

姊妹倆很快收拾好了東西，帶著黑鯊上了船。

路上遇上了陶寶兒他娘，硬是塞了一堆海蠣螺給玉竹，說是陶寶兒說玉竹愛吃。姊妹倆哭笑不得，也不敢和孕婦推來推去，只能高高興興地收下。

兩人回到島上，免不了被長姊逮著說了一通，尤其是玉竹，這幾個月大概都出不了島。

玉竹這回倒是聽話得很，畢竟每次倒楣的都是她，受罪的也是她，她是真怕了，正好可以留在島上做她的新醬。

沙蟹醬目前只在淮城這一小區域買賣，最近才走了兩批貨給雲家。那點貨還看不出什麼來，但眼下，淮城內卻是快飽和了。

沙蟹醬的訂單越來越少，需要推出新的產品才行。

這件事，玉容和玉玲之前就商量過，和她想得差不多，卻又一時找不到什麼好的產品來代替，所以玉竹接下來幾日都在忙活著她的新醬。

三、四月正是小白蝦泛濫的季節，最近來島上送沙蟹的漁民沙蟹沒抓多少，船上的小白蝦倒是一筐接著一筐。

東西一多，自然就不值錢了。

玉竹問過了，像船上那樣一筐大概五十斤左右的小白蝦，賣出去差不多只能賣上五、六十個銅貝，甚至更低的都有。

所以漁民們大多都是留著自己曬成蝦乾，等著賣給官府。因為每年官府都會採購大量的魚乾、蝦乾賣到淮城以外的地方，價錢稍稍比新鮮小白蝦高那麼一些些。

不過今年不一樣了，玉家給了兩銅貝一斤的價格收購他們所有的小白蝦。

一時間，玉家島上來來往往的漁民真是一船接著一船，一筐又一筐的小白蝦如流水一般地搬進了玉家的倉庫裡。

至於玉家為什麼會有如此大的手筆，那是因為她們都嚐過了玉竹新製出來的蝦醬。蝦醬不需要加酒醃製，只需要和上鹽、搗成泥狀發酵即可，一般十五到三十天左右，便能做出成品。

玉竹做的蝦醬，鹽、蝦的比例搭配得剛剛好，醬質黏稠，氣味鮮香，沒有一絲腥味，比起略有些鹹腥的蟹醬來說，更合大眾口味。

蝦醬營養豐富，能涼拌、能炒菜，還能煮鍋湯，實在是道美味。

玉容幾乎是一嚐便知道，這蝦醬肯定能賣得比沙蟹醬還要好，才大量地收購了那些小白蝦。

只是這樣一來，島上的人手就很緊張了。蝦醬口感細膩，最重要的便是要磨得細。這不是現代，一個機器便能攪碎成泥，需要人先搗碎，再用石磨一點一點磨出來，有時候還要多磨幾次。

十幾個人守著五臺石磨輪流磨了一天，幾乎都沒休息，累得不行，就這樣也才磨掉一半的小白蝦。等到白日，還有更多的小白蝦送來，若是不能及時將現有的小白蝦處理掉，塞滿了倉庫，蝦都死了、壞了，那就不好看了。

於是玉容便託陶二嬸在村子裡雇了些村民上島來做事，有了村民替換，島上十幾個人這才歇了下來，不過馬上又開始忙活著加蓋倉庫，搭建草棚。

玉容、玉玲也沒閒著，每日不是去外頭訂裝醬的陶缸，就是來往各處送貨，島上可說是忙得熱火朝天。

玉竹還小，除了研究醬料、調配鹽蝦比例，別的她也幫不上什麼忙。左右無事，她便舀了盆蝦出來，坐在門口掐著蝦頭。

她打算用蝦頭熬點蝦油出來，再炸兩盆小蝦給他們添個菜。

島上最近是忙，但家裡的伙食也開得很好，吃過這裡的飯菜，要來這裡做活的人可多了。

玉竹坐在門口剛掐了半盆蝦，突然瞧見十五被人攙著回來了。

「十五這是怎麼了？」

「三姑娘，今日那船上換了大筐，一百來斤的蝦，十五去搬的時候沒注意摔倒，腳受了傷，大姑娘讓他先回來上點藥休息休息。」

十二說完便扶著十五回了他們的屋子。不過等他一走，受了傷的十五又蹦出來在玉竹身邊蹲下。

「三姑娘，我來幫妳吧。」

「去去去，不是受傷了嗎？趕緊去抹藥休息。」

玉竹不許他弄，但十五卻堅持得很。

「我是腳受傷了，手又沒有傷，處理點蝦還是可以的。」

和待在安安靜靜的屋子裡頭相比，十五還是更想坐在三姑娘身邊，這些活他一個人就能做完了，三姑娘還這麼小，實在不適合幹這些。

十五手上快得很，掐著蝦頭還能順帶去掉蝦線，小白蝦被他處理得乾乾淨淨。

玉竹見他傷勢沒有妨礙，也就不再堅持了。

她突然想到今日二姊帶上島埋下去的那個東西，忍不住問了問：「十五，你以前不是在巫滄待了好幾年嗎？有見過那種黑色的蛇形墜子嗎？像是戴在耳朵上的。」

一聽到黑色蛇形墜子，十五手上沒個輕重，直接將手裡那隻蝦給捏爛了。

「三姑娘見過？」

「見、見過一眼。」

玉竹沒說那東西就埋在島上。

十五面色複雜，好一會兒才開口道：「抓我的那個人，耳朵上就常年戴著那樣一個耳墜子。那年我逃跑的時候，他追出來，跟我起了爭執，我失手將他傷了，血流得太快，根本止不住。他什麼也沒說，只是將耳墜子取下來，扔進了河裡。」

河裡……

可二姊說，那墜子是在之前釣回來的一條魚肚裡取出來的。

也不是不可能，上陽村那條河便直通大海。十五被抓進去那麼久，那墜子流落到海裡被魚吞了也不奇怪。

玉竹想不明白的是那個抓了十五的巫滄人，死前為什麼要丟掉耳墜子？她想得太過入神，不小心被蝦頭扎了手，疼得哆嗦。

算了算了，先不想那麼多了，最近跟中了邪一樣的倒楣，她可不想再受傷了。

臨近午時的時候，十三娘和十七娘回廚房來做飯。

島上如今有四十多個人，若是要頓頓炒菜，一盤一盤的當真是累人，所以玉竹讓她們做大鍋菜，海鮮菜肉加了她秘製的醬料炒出來的鍋底煮的，還放了不少丸子，滿滿一大鍋，一人配上幾個乾餅，喝上兩碗湯，再飽肚子不過。

一家子正吃著飯呢，突然看到十三娘啃著個餅跑過來。

「大姑娘，有船來了，不是漁船。」

姊妹仨互相看了看，心裡頭倒是有些明白。算算日子，該是那雲銳來了。

玉容幾口吃掉餅、喝完湯，自己先出去準備招待人。玉竹趕緊也吃完，一起跟了出去。

雲家的船才剛剛靠到島上碼頭，遠遠便瞧見船頭站著個略微清瘦的婦人。一開始，姊妹倆以為是雲銳帶來的妻室，結果由他介紹後才知道，竟然是他的嫂嫂。

也就是說，這人很有可能就是十五的親娘。

玉竹仗著人小，仔細打量了下這位雲夫人。她的長相偏英氣了些，和十五大概只有嘴巴有那麼一點相似。真的是十五的娘嗎？

「玉姑娘，能否讓我們先見見十五？我這次還帶了一名郎中來，想讓他給十五瞧瞧。」

這是之前就說好的，玉容自然應允，立刻讓人去喚十五到院裡候著。

金氏心急如焚，裙子邊都要被自己扯破了，一雙眼直勾勾地盯著最前頭的位置，既盼望著看到人，又有些害怕。

一行人穿過樹林，來到湖邊的竹屋院子。十五腳受了傷，來得比較晚，客人們都坐下了才看到十二扶著他跳過來。

金氏幾乎是一瞧見十五便失態地站了起來，茶水灑了一身。

「千兒！」

雲成也是一臉激動。

十五那模樣，活脫脫就是年輕時候的爹，怎麼可能不是自家人？

「娘，他就是弟弟對不對?!」

「廢話！」

金氏擦了擦眼角的淚，穩住自己快要倒下的身子，朝著十五慢慢走了過去。大概真有母子連心這一說，十五也是紅著一雙眼睛望著金氏，一臉孺慕。

原本記憶裡已經模糊的臉孔，驟然又變得清晰起來。

他記得，這就是自己的娘！

母子三人抱在一起痛哭了好一會兒，才想起來這是玉家的島。金氏轉頭就過來拉住了玉容，聲淚俱下。

「玉姑娘，我確定十五就是我那苦命的小兒子，能不能麻煩妳將他的奴籍消了，腳鐐取了，讓我帶回家去？我雲家必定感念在心，永世不忘大恩！」

看著兒子戴著腳鐐，那真是猶如挖她的心肝。

玉容聽完一臉難色。雖然她相信十五不是巫滄人，可想消奴籍不光得她信，還得拿出證據來，不然官府那兒不好說話。

「夫人放心，若是十五身上的毒能解的話，那我等一下便帶他去府衙解除奴籍。」

她知道雲家此次是帶了郎中來的，不管怎麼說，先讓他瞧瞧再說。若是能解毒，那便是皆大歡喜。

「對對對，解毒！老三，老三，快請嫪郎中！」

金氏一邊叫著老三，一邊回頭緊緊抓住小兒子的手，生怕他再不見一樣。

雲銳很快帶來了嫪郎中，是個很冷面的老先生，根本不和任何人打招呼，只開了兩次口，說了四個字。

「伸手，張嘴。」

大概一刻鐘後，那嫪郎中才像是從睡夢中清醒過來一般睜開了眼。

「雲老闆，你這姪兒確實是中了毒，可惜我眼下解不了。」

雲銳最怕他說這樣的話。

他是北武州境內最有名望的研毒郎中了，若是他都說解不了，十五這後半輩子可怎麼辦。

「嫪郎中，眼下解不了是為什麼？是藥材不夠，還是什麼別的原因，你得說個明白，我們心裡好有個數啊！」

「這麼跟你們說吧，缺一味藥材，這味藥材只有巫滄國境內的祭壇周圍才有。當年咱們萬澤先祖踏破巫滄境內，第一個燒的便是那祭壇，所有烏木都付之一炬。若是你們現在能拿出烏木來，我自然能給他解毒。」
不知為何，聽到烏木兩個字，玉竹下意識就想到了二姊埋下去的黑蛇墜子。
她直接去廚房拿了小鋤頭，跑到埋耳墜子的地方挖了起來，挖到手顧不得髒不髒，直接遞到了嫪郎中手上。
「郎中爺爺，你說的烏木是這個嗎？」
所有人的目光頓時都落在玉竹手上的黑蛇墜子上。
嫪毒接過墜子拿袖子擦了擦，又聞了聞，難得地露出了個笑來。
「行了，東西我收下了，明日便可開始為他除毒。」
金氏喜極而泣，險些給玉竹跪了下來，嚇得她轉身就跑。她最怕的就是應付這樣謝來謝去的場面。
人家一家重逢想來有很多的話要說，她乾脆避開了去。
等十五身上的毒一解，身分一恢復，想來很快就會離開海島，到時候兩州相隔甚遠，再見也難了。這樣一想，怪捨不得的。
玉竹嘆了一口氣，吹了聲口哨，黑鯊幾息間便飛奔著出現在她的面前。
「走吧，咱們去巡視巡視咱家的領土。」
有家有島有狗，想那麼多幹啥呢？
玉竹帶著黑鯊從最近的荔枝樹開始巡視。她之前做了記錄，在這竹屋附近一共有二十五棵荔枝樹，現在都是掛了果的，隱隱有成熟之態，估計三月底的時候便能摘上一批了。

她對這些果樹可是寶貝得很，就連那些護衛都是輕易不能碰的。她沒有特意去施什麼肥，完全按照以前的生長模式照看。等這批果子熟了，嚐嚐味道，若是好吃，以後便這樣讓它自己生長；若是味道欠缺，那便要尋些果農想想法子。

不過她面前這棵掛的果，成熟後採摘下來大概就有六、七百斤的樣子，算算小帳，現在外頭市場上一斤橙子是十個銅貝，荔枝這樣稀罕的水果怎麼也能賣到十五。

那樣的話，一棵樹便能有差不多十個銀貝的收入，二十五棵樹……玉竹想想都覺得興奮得很。

等荔枝完了，還有芒果、榴槤、波蘿蜜、香蕉等等。哪怕家中做海鮮醬的買賣不景氣，日常開銷什麼的，以後也不會再拮据了。

最近家裡說要拿秦大人給的賞銀去買船，長姊嘴上應承得乾脆，心裡可捨不得了。每次她睡著後都能瞧見長姊一遍遍數著家裡的存銀，愁得不行。

又要花錢去找娘，還要養活島上一大家子，新製的蝦醬還沒賣出去，買蝦的錢卻是一筆一筆花沒了。長姊心裡擔心什麼，她心裡也明白。

還有一個月，島上的荔枝便能開始賣了，到時候，長姊就不用再為銀錢的事發愁，她們也會看到這座海島真正的價值。

玉竹喜孜孜地在這二十幾棵荔枝樹間轉來轉去，確認沒有什麼蟲害毛病，才帶著黑鯊去瞧別的果樹。

等她回去的時候，雲家眾人都已經安頓下來。

十五自然是和他那兄長、叔叔一起住，一家都暫時居住在雲家的那艘船上，想來是要等解毒後直接拉著長姊去給十五解除奴籍。

之後的事，玉竹便沒怎麼關注了。解毒她幫不上忙，恢復戶籍也不關她的事，她自覺跟十五也談不上有很深的交情，需要她依依送別。

至於雲家想買自家的蝦醬，也有長姊、二姊她們去談。

玉竹安安心心地窩在廚房裡，剝著蝦殼，準備她的香辣蝦乾。

桂皮、八角、茴香這些東西，城裡居然有賣，那她自然要買回來。配製好了，能做的東西可太多了。

第八十章

「小妹，雲家的船等會兒搬完貨就要走了，妳不去瞧瞧？」

玉容滿面春風地走進廚房。

雲家這次來，雖然讓她失去了一個奴隸，卻下了非常大的醬料單，價格給得更是十分地有誠意。

不過她不是個貪心的，只收了他們報的一半銀錢，這樣他們拉回去賣的話，還是有得賺。

報恩這種事，沒必要扯上買賣。

總之，此次雲家買走的醬料著實讓她賺了不少，所以這幾日她的心情可想而知了。

「十五怎麼說也在咱們島上待了這麼長的日子，比起我，妳跟他相處的時間好像更長吧？他這一走，都不知道什麼時候能再見了，好歹去送送唄！十一他們都去了，送了十五一大袋子的貝殼呢！」

「行吧，我一會兒去瞧瞧。」玉竹嘴上應著，身體卻是一動不動。

玉容也就是過來順口提一句，見小妹興致不高，她就不再說了，轉身出了廚房。

等姊姊一走，玉竹才坐直了身子朝外頭看了兩眼。

十五這娃挺可憐的，離開這兒也好，不過十一他們都送了禮，自己怎麼也得表示。

她在廚房裡看了看，很快找到自己需要的工具，去了林子裡。

兩刻鐘後，雲家訂下的所有蝦醬都已經裝上船，眼看著就要拔錨了，十五卻是一副心神不寧的樣子。

金氏還以為他是擔心回家後的生活，正準備寬慰他，卻瞧著他突然雙眸晶亮地盯著船下，整個人都活了。

不等她說什麼，兒子已經飛快地跑下了船。

「三姑娘！」

十五這幾日除了吃飯的時候幾乎都沒怎麼瞧見過玉竹，心裡挺失落的。原以為到走的時候都見不到她了，沒想她竟然來了。

玉竹提著兩棵果苗，根上還包著一大坨土，累得不行，一見十五就把兩棵果苗交到了他手上。

「十五，你馬上就要走了，我沒什麼好送你的，這兩棵荔枝苗送給你吧！讓它們在新的環境陪你一起長大。還有，以後你不是奴隸了，別叫我三姑娘了，叫我玉竹吧！對了，回家了，記得要好好進學哦！」

「謝謝三姑娘！我、我肯定會好好照顧它們的！」

十五寶貝一樣地摟著兩棵苗，一步三回頭地上了船。

他知道自己不能留在這兒，留在這兒便一輩子都只是個大字不識的奴隸，永遠都無法真正幫到三姑娘。

「娘，三姑娘送了我兩棵荔枝苗，船上有陶罐嗎？我想先把它們養起來。」

聽到這聲娘，金氏笑得別提多開心了。

「有，船上除了沒有三姑娘，什麼東西都有，去找你大哥要。」

十五不明白他娘的意思，轉頭去了艙裡找到大哥要了陶罐，剛安頓下兩棵苗，就感覺船身微微一動，船走了。

玉竹站在沙灘上，瞧著越來越遠的雲家貨船，心裡突然冒出來一個想法。

雲家在北武州雖說算不上什麼排得上名的商號，但他家和自家生意來往了這幾次，也算是合作得十分愉快。

他們家對自家有救命之恩，自家對他們家又何嘗不是？這樣恩情牽絆的兩家，若是有了合作，貌似挺不錯？

雲銳是個聰明又有信譽的商人，雲家的下一代裡，雲成瞧著也十分地穩重老成。十五就不用說了，他是個感恩念恩的人，與他家合作，被人背後捅刀子的風險將會大大降低。

自己家現在有貨源、有配方，苦於沒有商隊、沒有人手及店鋪，所以只能在沿海村落裡小打小鬧，最近兩個月賺錢的大頭，還是來自於雲家的訂單。

沒錢的時候，想著能幫著姊姊們賺點小錢，把日子過下去就好了，可隨著家裡的情況越來越好，她的心也越來越貪。

她不光是想要把日子過下去，她還想賺到大錢，給兩個姊姊備上一份豐厚的嫁妝，再蓋上一座石頭院子，兩個姊姊一人一座。

天，要賺的錢還真不少。

玉竹回過頭，瞧著自家這座寶貝海島，眉頭慢慢皺了起來。

這裡沒有一個能管事的人。

島上除了蘇十一稍微有那麼些管理能力，其他人都不怎麼樣。可蘇十一是奴隸，即便有自己這個主家吩咐，那些護衛依舊不會真正服他。

眼下島上有晾曬海帶、製作蝦醬的工作，果子馬上成熟了還要人手採摘，必定是要從島外雇進人手來。

沒有一個能管事的，絕對會亂的。

玉竹晚間睡覺的時候，提了幾句荔枝要熟的事情，玉容立時也想到了島上人手的問題。

「只怕要麻煩陶二嬸一陣了。蝦醬這邊我得盯著，晾曬海帶平時都是十一帶著十二他們在做，只是晾曬，活也不重，他們幾個就可以了。採摘荔枝的時候讓陶二嬸帶上村裡的大娘、大嬸們過來摘，小妹妳一旁盯著就好。」

說到這兒，玉容不免有些擔心。

她擔心荔枝賣不出去，或者不好賣，到時候小妹會難受。不過這個擔心在她半個月後，嚐過一個紅皮荔枝的時候，完全消失了。

皮薄肉厚核還小，果肉清甜中微微透著點酸，加上那豐沛的汁水，簡直完美！

玉容沒忍住多吃了幾顆。

要知道現在所有樹上紅了皮的一共才二十來顆，她可是打算先拿去探探市場的，能讓玉容多吃上好幾顆，還真是挺難得的。

最後剩下十來顆，拿去賣也不好賣，吃又捨不得，乾脆放一晚上，想著等摘了第二日熟了的，再一起拿出去賣。

結果第二天一看，那十幾顆荔枝竟然都變黑了。

玉容直接剝了一顆嚐了下，總覺得這荔枝也不如昨天的好吃了。

這宛如一盆冷水澆在了玉容頭上。若是這果子的保存時間這樣短，價錢可要大打折扣了。

「小妹，妳嚐嚐，看看是不是變味道了？」

玉竹沒吃，她明白荔枝殼變黑只是因為離了枝椏，也是荔枝名字的由來。

「長姊，不用擔心。今日成熟的荔枝連同枝椏，給它一起剪下來再放一晚上試試。」

玉容半信半疑地照做了，等第二日醒來便去瞧那荔枝，發現那荔枝皮居然一點都沒變黑，和那剛摘下來的時候一摸一樣。

原來只要帶上枝椏，便能延長荔枝的保存。

「走走走，今兒咱們跟著妳二姊賣荔枝去。」

姊妹倆帶著那剪下來一筐九成熟的荔枝，跟著玉玲今天要賣的海帶一起進了城。

交了錢後，攤子很快擺開了。

海帶過了最初那個火熱的階段，如今賣得已經沒有一開始那樣快了，不過生意也還不錯，一直陸續有人買。但那些買菜的人，都不怎麼對荔枝感興趣。

他們覺得買上這一斤十二銅貝的果子，還不如去秤上十個銅貝一斤的橙子實在，橙子還比荔枝要大那麼多。

即便是後來她們降價了，同樣的十個銅貝，也沒有幾個人願意買。大嬸、大娘們不看斤數，只看個頭，只覺得同樣的一斤，橙子更大，肉肯定更多。

玉竹這才覺得失策了。

平民老百姓才不管果子有多稀奇，他們要的是實惠。從一開始，她這路子就走錯了。不過，為時不晚。

玉竹很乾脆地拉著姊姊取了一籃的荔枝，去了姊姊上回賣珊瑚的那條街。這條街周圍住得都是些有頭有臉的人，有錢人多得很。

瞧瞧街上往來的人的衣著，跟市場那邊的不是一個等級。看來秦大人想要將這淮城發展起來，真是要花上一番工夫了。

玉竹花了五個銅貝，從一個賣香料的大嬸嘴裡打聽到了不少有用的消息。攤子都還沒擺起來，她就已經發現了好幾個目標。

一個是糧商家裡的採買管事，一個是帶著兩個丫鬟一邊逛街、一邊吃個不停的小姐，還有一個是被奶媽抱在懷裡正四下亂看的小少爺。

該先朝誰下手呢？

機會稍縱即逝，心念一轉，她便有了決定。

那採買的管事帶著兩個揹著筐子的小廝，人家要忙正經事，估計沒什麼耐心聽一個孩子說話。還有那個小少爺，雖然小孩子嘴饞好哄，但有奶媽、下人一起，肯定不敢給他吃這種來歷不明的果子。

就找那位小姐了。

玉竹帶著幾顆荔枝，趁著長姊不注意跑到了正在看小人偶的綠衣小姐旁邊。因為她人小，穿得也不差，那小姐身邊的兩個丫鬟便沒攔她。

「漂亮姊姊，這個小人偶妳也喜歡嗎？」

感覺到腿邊多了個人，秦六娘低頭疑惑道：「小娃娃，妳是在叫我？」

「當然啦，我方才和家人看了一條街，只有漂亮姊姊最好看。」

千穿萬穿馬屁不會穿，尤其是個小娃娃拍的馬屁。秦六娘的一個丫鬟非常有眼色地跟著應和起來。

「六姑娘您瞧瞧，這小娃娃可不會騙人吧？早上那會兒還說奴婢騙您，可見是冤枉奴婢了。」

「少貧嘴，站一邊去。」

秦六娘想笑又不好意思笑出來，轉頭找那攤主買下了小人偶給玉竹。

「小娃娃，我也覺得妳很漂亮，這個人偶妳喜歡姊姊送妳。」

玉竹哪裡能要，東西沒推銷出去還收人家禮，長姊知道豈不是又要訓她了。

剛想到長姊，立刻就聽到了她的聲音。

「姑娘，真是不好意思，家妹年紀小不懂事，不知可有冒犯？」

玉容方才在街對面，只瞧著兩人在說話，也不知道發生了什麼。

秦六娘沒能送出去禮物，心裡不太痛快，只淡淡說了個並無便要轉身離開。玉竹趕緊將自己手裡的荔枝遞了過去。

「漂亮姊姊，下回不知道還能不能看到妳，這個荔枝送給妳吃，淮城裡頭買不到的喲。」

「荔枝？」

秦六娘沒有伸手去接，這東西見都沒有見過，如何能輕易入口。

玉竹便給她現場表演了個剝荔枝。當那潤白晶瑩的果肉露出來時，秦六娘下意識地嚥了嚥口水，心癢難耐。這果子瞧著汁水就多，肯定也甜。

她咬了一口。汁水都流到手上了，核好小，肉好多。想吃……

「漂亮姊姊，很好吃的，妳嚐嚐看嘛。」

玉竹再遞過去的時候，秦六娘便順勢接下了。身旁的丫鬟立刻上前給她剝了一個，吃得她眼睛都瞇起來了。

好清甜的果子！吃膩了香蕉、橙子，這荔枝真是教人眼睛一亮。

秦六娘家中富裕又受寵得很，瞧見玉容籃子裡還有荔枝，立刻便說全要了。

「小娃娃，這荔枝是妳家種的嗎？」

玉竹點點頭，一臉乖巧。「我們家種得可多了，不過這裡都沒有識貨的人。漂亮姊姊，妳眼光真好。長姊，咱們給漂亮姊姊少算些錢吧。十五銅貝一斤如何？」

秦六娘一聽才十五銅貝一斤，想都沒想就讓丫鬟拿了錢袋出來。玉容去借來秤一秤，籃子裡整整八斤出頭，連籃子一起拿走，那丫鬟數了一百五十銅貝出來。

玉容收了錢，想起了妹妹的話。說這荔枝吃多了會上火，輕則咽喉腫痛，重則口舌生瘡、臉上冒痘，各種炎症，於是給籃子的時候提了兩句。

「姑娘，這荔枝雖然好吃，但不可多吃。一日最好不要超過十顆，不然會上火。」

原本都要走了的秦六娘聽了這話，回頭重新打量了下玉容。

「妳說這話，難道不怕我不買了？」

「自然是怕的，不過若是不說清楚，害得姑娘受罪就不好了。」

到時候這些人肯定都說荔枝有毒不能吃，那島上的二十幾棵樹就再也賣不出去了。孰輕孰重，玉容還是明白的。

秦六娘一挑眉，覺得這賣荔枝的姊妹倆真是合她的心意。小的說話好聽，大的又會做人。可惜了，瞧她倆這身打扮，家世雖不怎麼樣，卻也溫飽不愁，買進府裡當丫鬟是沒指望了。

「多謝提醒，不過這八斤荔枝拿回家都還不夠分呢，不會吃多的。」

說完她便帶著兩個丫鬟準備回去，走了沒幾步，想起自己後日生辰，要宴請很多小姊妹來家裡，水果就那麼幾樣，吃都吃膩了。剛剛那小娃說，淮城都買不到這果子，有這荔枝正好。於是轉頭又走了回去。

「後日是我的生辰，我要一百斤的新鮮荔枝，有貨嗎？」

玉容被這突然來的訂單砸暈了，好一會兒才反應過來連聲應道：「有的、有的，姑娘放心，保證是新鮮的。」

「那就成了，後日一早我會讓我這丫鬟在後門等著妳。我家是船商秦家，隨便一打聽就知道地方了。記得來早些，別等我開宴了才來。」

秦六娘讓丫鬟又數了五百銅貝給玉容當做訂金，這才走了。

「長姊、長姊！賺錢啦！」

玉容面上也是難掩興奮。這不是蝦醬、蟹醬，要原料、要醃製、要人工，這是無本的買賣。平時沒怎麼關注過的東西，突然一下就掙錢了，彷彿這錢是天上掉下來的一樣。而且這才多久，一百零八斤賣出去就有一個銀貝多的收入。

那樹上的果子豈只有一百斤，她瞧著七、八百斤都是有的。

玉容捂著錢袋，帶著小妹急匆匆地回到了集市上。那籮筐裡的荔枝和她們走的時候還是一樣多，玉玲正發愁要不要降價呢，就瞧見姊姊回來了，不過手裡的籃子卻沒了。

「長姊，妳們賣掉啦？」

「嗯，賣了不少，等回去了再和妳們說。這筐荔枝拿個繩子給我揹著，我再去那條街轉轉。」

玉容也察覺出來了，荔枝在這集市上根本賣不出去，除非願意降到一個非常低的價格。可是明明能賣十五，她為啥要在這裡賣五、六銅貝。還是去方才那條街轉轉，興許又能遇見什麼姑娘、夫人，瞧著新鮮買上一些。

玉玲也想跟著去，可是這邊的海帶買賣還要她來收錢算帳。「長姊，賣不掉就早點回來。」

玉容反手就擰了下二妹的臉，笑斥道：「怎麼就不盼點好啊妳！走了，小妹！」

姊妹倆帶著剩下的大半筐荔枝又回到了之前賣荔枝的位置。

玉竹扯了五顆個頭小的，拿去送給隔壁賣香料的大嬸，找她借了個小板凳給長姊坐，自己則是拎著幾串荔枝一邊晃蕩一邊尋著目標。

她嘴甜會哄人，轉挑那夫人、小姐模樣的下手，小的就叫漂亮姊姊，大的就叫漂亮夫人，被她盯上的人，幾乎就沒有失過手。

玉容帶來的大半籮筐荔枝不到半個時辰就全都賣光了。

當然，一種從來沒見過的果子，人家要買肯定要有人試吃過才行。玉竹今天為了賣這筐荔枝，吃了至少有八顆。

上火有多難受，她是最清楚的，所以回島後十三娘說要再給她剝荔枝吃，她是再不敢吃了。

晚上吃過飯後，姊妹仨又在床上數錢。

之前的錢她們都開始做帳了，每日進多少、出多少都清清楚楚，倒是不用再數，今日數的當然是那些賣果子的錢。

「最先賣了八斤，加上籃子，我收了一百五十銅貝。還有這五百是訂金，後日一早就要送到秦家的一百斤。剩下這些都是後頭賣的，零零散散我都特別記。不過有位夫人出手很是闊綽，買了五斤卻給了一個銀貝。」

玉容將一堆銅貝裡的銀貝撿出來，開始慢慢數。

「一、二、三……七百八十八、七百八十九、七百九十！天，我們今日賣了這麼多！」

玉容都要開心瘋了。這種天上掉錢的感覺簡直不要太舒服。

「二妹，再去拿個小陶罐來，以後專門來放果樹的收入。小妹，去拿根繩子給我，咱們把銅貝們都穿起來。」

姊妹仨點著油燈，湊在一起穿了小半個時辰，才將今日的收入都給穿好，放進了陶罐鎖進箱子。

臨睡前，玉玲覺得口渴，起來倒水發現茶壺裡是空的，便懶得再去廚房打水，直接取了桌子上的荔枝吃了幾顆。她還順手給長姊、小妹都剝了一顆。長姊很乾脆地吃了，小妹卻是猶豫不決的樣子。

「二姊，我今天好像已經吃了八顆了。」

玉玲非常乾脆地將那荔枝肉塞進小妹的嘴裡。

「明明很想吃，幹麼要忍著？再說，妳不是說不吃超過十顆問題就不大嗎？沒事的。」

玉竹嚼著嘴裡那清甜的荔枝肉，嗯嗯應了兩聲。

結果她忘了自己只是個孩童，第二天一早起來就覺得舌頭刺痛、喉嚨冒火，下巴也是又癢又疼。

「小妹，妳長痘了！」

第八十一章

「長痘了？」

玉竹摸了摸下巴，跑去照了下水，雖然不是很明顯，但確實是長了，而且還不止一顆。她對美醜倒不是特別在意，現在主要是喉嚨疼，舌頭也起疱了。

真是個豬腦子，明明就是個小孩子，還天天用大人的標準，今日可有得熬了。

玉竹欲哭無淚，老老實實地把長姊給她熬的蒲公英水給喝了。

「小妹今天還要不要去摘荔枝？我方才去樹下瞧過了，今日又紅了好多，少說也有兩、三百斤。」

玉玲挽著袖子躍躍欲試。

自從她知道荔枝也能賺錢後，對那二十來棵樹真是有著異樣的熱情。

「不摘了，讓它們在樹上待著吧，等明日去城裡的時候，再摘些去賣。」

荔枝的保鮮期當是真的短，所以能不過夜就儘量不要過夜。

玉容一邊幫小妹梳頭、一邊贊成。「荔枝不太禁放，今日不要摘了。明早妳們都早些起來，摘上兩百斤給我拿到到城裡頭去賣。小妹，妳就不要去了。」

「為什麼?!」玉竹還想著去城裡大展手腳呢。

「明天我要去賣荔枝，妳二姊要去送貨，另外還要去把咱們訂的那些陶罐拉回來，島上沒有一個主人家像話嗎？」

那倒是。玉竹沒怎麼掙扎就放棄了。

翌日一早，玉玲便招呼著眾人起來摘荔枝，一共摘了差不多三百斤出頭，都搬到了船上。

玉容自然不會傻到一個人帶這麼多荔枝去，她選了兩個護衛跟著，一是保護安全，二也是有兩個勞力幫忙。

卯時剛摘的荔枝運送到城裡已經快辰時了，幸好前日回島前玉容便已經打聽清楚了秦家的位置，不然今日還要費上一番工夫。

玉容帶著荔枝，很快到了秦家後門，不過大概是沒想到她會這麼早來，秦姑娘的丫鬟並沒有等在後門，一直到巳時才瞧見那個阿香帶著人出來。

一百斤的荔枝，前日已經給過了五百銅貝，今日玉容只收了一個銀貝。本來交了荔枝便要走了，阿香突然叫住她，要她稍微等一等。

玉容想想，都等了這麼久也不差這會兒，便應了下來。

阿香帶著那些荔枝回到了六姑娘的院子，又取了幾枝下來端去了姑娘面前。

「姑娘，我聽後頭的門房說，那賣荔枝的玉家姑娘辰時剛過就來了，等了一個多時辰呢。」

秦六娘正挑著首飾，聽到這話，心裡微微有些觸動。自己說不要誤了時辰，她便來得那樣早，可見是把自己的話放在了心上。

「賞她兩個銀貝吧。荔枝呢？」

前日拿來的荔枝祖母那兒送了點，爹娘那兒送了些，兄弟姊妹再一送，自己一共才吃了五、六顆，著實有些饞了。

阿香立刻將荔枝端了過來。

秦六娘剛要伸手去拿，突然注意到那荔枝的枝椏斷處還是新鮮的。辰時就來了城裡，這荔枝不知道是多早起來摘的，倒是讓她有些過意不去了。

「阿香，去賞她五個銀貝，另外再找她買上五十斤送去外祖家。」

阿香得了話，拿了錢很快又回到了後門。她拿了兩個銀貝給玉容，說是還要再買五十斤，剩下的錢便是姑娘賞的。

玉容拿著銀貝，心裡高興得很，誰會跟錢過不去。

「那就多謝秦姑娘啦！」

兩個護衛動作麻利地秤了五十斤出來交給阿香，這才又跟著玉容離開。

帶出來的三百斤這麼快就賣出一半，三個人的心情都變得十分輕鬆。哪怕多等了那一個時辰，只要東西能賣出去，無所謂的。

玉容帶著他們去了第一次賣荔枝的地方，剛把荔枝放下便有好幾家的下人湊了過來。

「玉姑娘，妳昨日是不是上別處去賣啦？」

「姑娘，給我秤上二十斤，我先來的！」

七、八個人圍著玉蓉的攤子，若不是有兩個護衛攔著，還不知道要擠成什麼樣。

玉容對其中幾個還有印象，他們正是前日跟著主家來買過荔枝的下人，想來這些都是回頭客了。

方才他們說了一句話，很是觸動了她。自家在城裡沒有店鋪。

玉容心動了，不過很快又將這點心動壓了下去。就算是家裡現在有餘錢來買店鋪，也沒人管理嘛。

島上都快顧不過來了，如何能再多一個店鋪去管理？所以她只是跟這些來買荔枝的人說好了，每逢單日便會到現在這個地方來擺攤。

一百五十斤的荔枝被他們二十斤、三十斤地很快瓜分個乾淨。還有幾人沒買到，一個勁兒地懇求著玉容明日再來一趟。

玉容想了想，明日正好二妹要過來複查病情，讓她帶上一些過來也無妨。

「那行，明日我二妹會進城一趟，我讓她帶些過來，還是這個位置，你們儘量早點。」

幾個人連連道謝，這才走了。

玉容收好了錢，轉頭去藥鋪買了些小妹需要的藥材，又秤了些肉。本來是要走了，結果路過賣牲畜的地方時，她居然鬼使神差地走了進去。

人家先是一瞧衣著，再看她身後跟著的護衛，立刻意識到這是個大客戶，臉上堆著笑就迎上來了。

「這位姑娘，想買什麼？我這兒雞鴨牛羊騾馬，應有盡有！」

本來只想看看牛的，一聽羊騾馬，她又動搖了。

說實話，不管是在村裡還是在島上，用牛翻地的情況，自家幾乎是沒有的，牛車對她的意義就是運送貨物。可運送貨物的話，好像是騾車要更適合一些。

像是魏平，有時候騎騾子從城裡到村上，最多只需要三刻鐘，拉貨的話肯定要慢一些，不過就算是慢，也絕對要比牛車快。

自家不務農，牛車沒什麼用，玉容立刻放棄了買牛的心思，轉頭去瞧騾子。

不過這家賣牲畜的，裡頭可是又髒又亂，腳下不注意就要踩上一堆屎，還有那難聞的味道，若不是想著家中實在需要，她肯定是立刻轉頭就走。

一頭頭騾子被關在欄裡，黑的、灰的都有，天氣都還沒有暖和，就已經有蚊蠅在四處亂飛了。她眼睛都看花了也沒瞧出什麼好壞來，還是身後護衛提醒，她才知道看騾子得注意什麼。

挑來挑去，玉容一共看中了兩頭騾子，一問價錢，五個銀貝一頭。價錢可能不是太誇張，但一定是貴了的。村長家裡前些時候新添了頭騾子，聽說才三個銀貝，這老闆有點黑心。

她也不說買，轉頭就從這家出來，去了對面的那家。

「欸，姑娘，貴了咱們可以再談談嘛！」

老闆著急得很，上來就想拉扯玉容，被她後頭的兩個護衛給擋了回去。

「姑娘，要不就三個銀貝？咱們再商量商量?!他那兒的騾子可沒我這兒的好。」

玉容沒理他，跟著對面的老闆去瞧了他家的騾子。

兩家一比，這家的環境比剛剛那家好得多，玉容已經滿意了半分，再看騾子，個個刷得油光水滑，十分漂亮。

這老闆也不坑人，直說玉容若是要買兩頭，便收她七個銀貝，另送她一副車架，這倒是省得玉容還要去買車架了。

玉容又在幾個牲畜欄前轉了轉，瞧見有隻母羊在餵奶，好奇地多瞧了兩眼。

老闆非常有眼色地介紹起來。

「姑娘可是想買羊？這個天氣就該吃些羊肉補補身子。還有那羊奶，小娃娃喝了可長個子了。」

最後一句玉容聽得真切。

「羊奶喝了真能長個子？」

小妹愁她的個子愁了好久了。

「那是自然，姑娘家中若是有小娃娃，只須連續喝上兩月便能瞧出效果了。若是不長，姑娘儘管將這母羊退回與我。」

老闆拍著胸脯保證，玉容被說動了，毫不猶豫地掏錢買下了母羊和小羊羔。那老闆又親自示範了一遍擠羊奶，玉容沒學會，倒是身後的護衛學會了。

等三人再從裡頭出來時，玉容已經坐上了自家的雙頭騾子車，兩隻羊被矇住了眼綁住，放在車上。

騾子花了七個銀貝，兩頭羊卻是一共才七百銅貝。

他們回去的時候，騾車放在了石頭院裡，由陶二嬸時不時照看著，只帶了兩隻羊上島。

玉竹一瞧見還在滴奶的母羊，樂得跟個瘋子似地抱著長姊又蹦又跳。

感天動地，有了羊奶，她肯定不會是小矮子了！

第八十二章

一天很快過去，秦家的生辰宴也完美收場。宴席上的那道荔枝出盡了風頭，給秦六娘賺足了臉面。

整個桌上，沒有一個小姊妹認識荔枝，全都要看著她的一舉一動學著如何吃，一個個都吃了不少，就連那跟她不對付的林家三娘面前的荔枝都少了兩顆。

於是短短幾日，玉家的荔枝便一躍成為了淮城裡最炙手可熱的水果。

玉竹在家整理了下，發現淮城內現在每日訂下的荔枝已經近四百斤了，而那些荔枝樹每日能摘得也差不多就是這個數。幸好長姊不是個貪心的人，沒有再繼續接單子，否則這些荔枝樹根本供應不了，到時候才是麻煩。

眼下島上的荔枝都陸陸續續地成熟，賣是不愁賣了，可惜賣不長，最多二十來天便會全部賣完。

很快就到了月底，玉家的荔枝只剩下最後那麼一點點，差不多三百來斤的樣子。

姊妹仨睡前，玉容突然把存放果樹收入的陶罐搬了出來。每次有一千銅貝她都會換成銀貝，這麼些日子，她也不記得自己換過多少次。反正荔枝不賣了，今晚正好清點清點。

因著銀貝不像銅貝那樣數量眾多，玉容便讓小妹去數。本以為好幾百的數字，小妹會犯難，沒想到，她一次就數清楚了。

「哇，這些荔枝一共賣了兩百七十五個銀貝！」

玉竹興奮得臉都紅了。

只靠著這二十五棵荔枝樹就能讓一島的人過上好幾年的舒服日子，更何況明年還有荔枝，後年也有，這是源源不斷的收入。哪怕現在不做蝦醬的生意，一家人也可以過得很富足。

姊妹仨歡喜得收拾好了銀錢，晚上睡覺睡得格外香甜。

第二天一早，玉玲帶著幾個人將最後一點荔枝都摘了下來。

城裡的各家府上她們已經提前通知過了，除了兩、三家小有怨言，其他府都表示理解，並且說了，明年還要繼續訂她們家的荔枝。

現在採摘下來的這些荔枝，玉家姊妹就沒打算賣了，留一小部分分給護衛和十一他們，另外的全都拿到村裡，一家分上幾斤，也算是答謝村裡。

如今村子裡在島上做活的不少，之前採摘荔枝，玉家也是在村裡找的人，如今還有荔枝分，村裡人都領了這份情，對玉家自然是更為親近了。

這個時節，野菜、青菜都長了起來，玉玲的海帶買賣也越來越不好賣，所以乾脆停了下來。她們打算曬乾海帶後密封起來，等冬日冷的時候再拿出來賣。

不用賣荔枝，也不用賣海帶，蝦醬每半個月又有雲家貨船來島上搬運，島上眾人和外界聯絡突然變得淡薄起來。

一直到六月中旬，玉家才知道淮城來了好幾個大商人，都是舉家從冀城搬遷過來的。

淮城又窮又破，除了本土的商人不離不棄，這麼多年，大家真是沒見過什麼外地大商人落戶淮城。

玉竹嗅出了一些不太尋常的氣息。

淮城現在雖然確實在慢慢發展起來，但絕對比不上冀城。究竟會是什麼，讓這些精明的商人放棄冀城來了淮城呢？

答案應是淮侯繼位了——

如果說淮侯繼位了，這些就都說得通了。

淮城是他的封地，也是福地、寶地，等他處理好宮裡頭的事，絕對是要恩賞淮城的。

玉竹不明白會有什麼恩賞，竟會讓那些商人捨得冀城的繁華，來了這兒落戶。

她是抓耳撓腮地想，卻怎麼也想不出來，只好等魏平來看望姊姊的時候纏著他打聽。

魏平即便是知道點什麼，沒有大人允許，他也不能將消息傳出去。

「還沒有確切的消息呢！不過秦大人前兩日收到平州來的消息就一直是笑呵呵的，心情非常不錯的樣子。」

說到這兒，能明白就明白，不明白他也沒辦法了。

玉竹當然是聽明白了。只是曾經跟自己同桌吃飯的侯爺突然變成了整個萬澤國的王，當真像在作夢一樣。

「要是侯爺真的做大王了，淮城會有什麼好處嗎？」

「當然了。妳瞧隔壁冀城就知道了，冀城在之前那代，正是老大王的封地，後來才又封賞給了冀侯。」

其實按理來說，大王們登基後都會把自己曾經的封地賞給自己最屬意的兒子，不出什麼意外，原本應該是冀侯繼任王位，結果……

魏平也是好奇得很。

知道了魏平帶來的消息，晚上姊妹仨都有些睡不著。她們不知道這些突然來到淮城的商人會給淮城帶來什麼樣的變故，也不知道對她們會不會有什麼影響。

而且秦大人應該會到平州任職吧？他一走，來的不知是什麼樣的牛鬼蛇神。是個好官還好說，萬一是個貪官，那……

「長姊先別愁啦，咱們先買地、買鋪子吧。」

要是等淮侯繼位的消息傳告天下，淮城裡的地皮、店鋪絕對要暴漲起來，到時候想買也難了。

自家雖說現在沒有什麼必須要在城裡開鋪子的生意，可誰說得準以後？萬一日後有了，那買起店鋪可貴得很。

「對，是該先買。買來租出去也行，總之得有個自己的鋪子。」

瞧見兩個妹妹都想買鋪子，玉容更是心動了，隔天一早便帶著她們進了趟城。

一進城便看到街道已經大大不同了，再不是之前那一到下雨天便泥濘不堪的泥路，而是填了海蠣碎殼又鋪了沙石、石板的乾淨石板路。

哪怕是最普通、最便宜的毛石板，那也要比之前的路好多了。

玉竹聽了一下，像是這路才修上兩條街，別的地方還在修著。是那落戶淮城的白、楊兩家合力為淮城百姓修砌的，大大的功德。

修路啊，的確是功德一件。不愧是大戶，就是看得長遠。損失一點小錢，卻賺回了大大的名聲。等他們的商鋪一開起來，還愁沒有客人嗎？

「長姊，這路修得真好，等以後咱們賺大錢了，也給村裡修上一條吧。」

玉玲眼饞得很。

她經常跟船也跟著送貨，最是明白一條好路有多重要。若是村裡到城裡那段路能有現在腳下的路好走，那來往的時間至少能縮減一大半，利己利民。

玉容笑了笑，摟緊了兩個妹妹。

「好哇，等咱們姊妹仨賺了大錢，便給村子也修上一條這樣的路。走走走，找鋪子去。」

開開心心的姊妹仨很快來到了一家房牙處。

在淮城做了這麼長時間買賣，玉容再不是一開始那個什麼都不知道的小姑娘了，對淮城裡的一些基本消息熟得很，幾乎有點名氣的房牙都知道。

眼前這家姓米，算是房牙中比較大的，聽說手下有近百家的房源。

「走吧，進去瞧瞧。」

玉容帶著兩個妹妹剛進院子就瞧見那米房牙笑咪咪地送了人出來，不過被他送出來的人臉色可不太好，嘴裡一直罵罵咧咧地咒著他。

「姓米的，你趁火打劫，早晚不得好死！」

「您啊，火氣消一消，等著我的好消息。」

米房牙笑著將人送出了院子又趕緊回來招呼玉容。

「喲，若是我沒瞧錯的話，妳們便是那賣海鮮醬的玉氏姊妹吧？」

玉容心中詫異，不知道這房牙是如何認識自己姊妹仨的，面上卻是笑著點點頭。「正是。」

「哎呀，今日是貴客臨門啊！玉姑娘我可是最愛妳們家的海鮮醬了，一日不吃都想得慌。妳們是來城裡買鋪子吧？快請進。」

米房牙十分熱情。

姊妹仨跟隨著米房牙進了正堂，一進去就瞧見兩側牆上掛滿了木牌，木牌上寫著密密麻麻的小字，玉竹都看不太清楚。

不過就算看清楚了，她也識不得幾個字。

「玉姑娘，請坐。」

玉容還在看著牆上那些木牌，好一會兒才回過神來坐下。

「米房牙，這些都是你手上出售的房子、店鋪嗎？」

「自然，不過，如今能賣的只有五家。」

「五家？為何？」

玉容看了下兩側的木牌，起碼有一百多家，難不成全都賣出去了？

「這五家，老實說，玉姑娘我還是看在妳為淮城獻過方子的原因才說給妳，不然我拿出去，這家親戚買一買，那家又買一買，很快就一家都不剩的。」

米房牙說到這兒，大家心裡都明白了。

也是，城裡突然遷來了幾個大富商，這麼大的消息，這些人精一樣的房牙子肯定也是猜到了原因。

「所以你這牆上的大多都已經賣出去了？」

「不不不，都還沒有。」

米房牙站起身，挑挑揀揀了好一會兒才取下了五塊木牌。

「這些都還沒有賣出去，只是不能賣了。這麼說吧，玉姑娘，若是妳的房子交給我，我現下給妳賤價賣出去。等過些時日，妳知道自己的屋子本可以賣更多的銀錢，會不會恨我？日後再也不會找我做買賣了。」

玉容恍然大悟，點點頭。是了，現在賣出去，人家到時候肯定會上門來鬧，不光是以後沒人跟他做買賣，砸了他家都有可能。

「那這五家是什麼情況？你不怕？」

「我既是敢賣，就自然是沒有麻煩。這五家要求的是急售，玉姑娘妳看，這家是買賣周轉不靈，急需銀錢，這家是要著急換錢去買更大的鋪面。這家，也就是妳們剛剛在門口遇見的那個人，他兒子在冀城賭錢，借得太多被扣下了，也是急需拿房子換錢。還有兩家也是差不多的情況。他們自己要求急售，就算日後漲價了，也怨不到我頭上。」

米房牙開誠布公地講了，玉容心裡也有了數。「那就麻煩說說這五家的情況吧！」

姊妹仨盯著五塊牌子，聽著米房牙介紹五處房產。

有兩處是在她們賣荔枝的那條街，也就是說客人大多都是小姐、夫人。另三處則是在集市附近，來往的大概就是大娘、大嬸了。

集市附近的三處，兩個只有鋪面，一個帶著院子。價錢嘛，米房牙都說了，鋪子只要三十銀貝，帶院子的卻是要八十五，至於另外的兩處，那就貴了。

一個鋪子就要九十銀貝，那帶院子、水井的，至少都要兩百三十銀貝。

玉容聽了心裡直打鼓，玉竹卻是絲毫不在乎。

不管現在多少錢買進來，等淮侯繼位的事傳告天下，她們都只賺不虧。

「長姊，買……」

兩個妹妹一起扯她的衣裳，玉容真是哭笑不得。

「買買買，沒說不買，咱們不還得先去看看房子嗎？」

米房牙一聽，臉上的笑容又真誠了幾分，轉身便從屋裡取了鑰匙出來，帶著姊妹仨出門去瞧鋪子。

他們先去了集市附近，看到要出售的是兩間挨在一起的鋪子，如今已經關門了。玉竹進去瞧了粗估一算，大概只有三十來坪，另一間也是一樣。

屋子裡有不少煙熏的痕跡，之前應當是做吃食買賣。

三十銀貝一間，略貴，但能賺錢。

玉容將這兩間鋪子暫時劃入了自己要買的一邊。一行人又去瞧了那帶院子的，眼見要到了，就看到兩個婦人在打架，言語之間粗俗不堪，一旁的幾個男人絲毫沒有要勸架的意思，反而是笑嘻嘻地看熱鬧。

這院子也不用看了，鄰居這樣的素質，日後雞毛蒜皮的麻煩事肯定不小，她可不想買個麻煩在手裡。

米房牙皺了皺眉，沒說什麼，又帶著她們去看了剩下的兩處。

玉容幾乎是一眼就瞧上了那座帶有水井的院子。

這裡雖然在街邊，卻沒有集市那邊吵鬧，只有偶爾能聽到幾聲叫賣。院子裡已經鋪了石板，乾淨又整齊，不過院牆是泥磚做的，稍稍有些遜色。

院子有正房兩間，東西又各有兩間，前頭門一關就是一個約四十坪的臨街鋪子，又寬敞、又漂亮。

米房牙見玉容很是心動卻又有些猶豫的樣子，立刻給她加了一把火。

「玉姑娘，這便是那要賣房子還賭債的房產，我也不瞞妳，他給的最低價是兩百二十。若是姑娘當真想買，我還能找他壓壓價，兩百一十應該是可以的。這屋子是真好，他們之前在這兒做的糧米買賣也不錯，若不是有那麼個賭徒兒子，是絕對不會賣的。而且，從旁邊的巷子往後去，沒多遠就是咱們淮城最好的應陽書院，姑娘日後成家生子，進個學也方便不是。」

玉竹一聽眼都亮了，心中驚嘆不已。這可是學區房啊！

「長姊，買！」

兩百銀貝而已，一季荔枝就能賺回來。這院子，以後不賣了。

玉容心裡是真的喜歡，又加上兩個妹妹在一旁鼓動，最後咬咬牙將院子買了下來。一起買下的還有集市附近的兩個鋪面，一共花了兩百七十銀貝。等於說，荔枝賺回來的錢一下都給花光了。

買了房子、鋪子，玉容再一摸錢袋，心裡只覺得空落落的。

買下店鋪後，玉容的心情很是低落了一陣。大把的錢賺進來，卻轉手又被她花了出去。她又開始焦慮了。

玉竹給二姊使了個眼色，兩人拉著姊姊去看了雜耍，又去吃了好吃的，還買了一堆漂亮的小珠花。

看到漂亮的東西，心情是真的會變好。等玉容回到島上的時候，心情已經恢復得相當不錯。

她想明白了，雖然錢花了出去，家裡卻有了長久的房產，怎麼說也是該開心的，現在就是等平州那邊的消息了。

半個月後。

玉竹正在家裡的小院和二毛、陶寶兒弄燒烤吃，突然聽到院門被拍得砰砰響。

「阿容，在家沒？小玉竹，是我，快來給我開門！」

是魏平的聲音。

「二毛，妳看著陶寶兒，別讓他亂撒調味料，我去開門。」

玉竹小跑地去開了門，外頭的魏平滿頭大汗卻又興奮異常。

「小玉竹，妳長姊呢？」

「長姊去山後頭撿柴火啦，一會兒就回來。魏平哥進來先喝點水吧？」

「不不不，不用了。」魏平轉頭又往後山跑去。

這麼不給面子的嗎，一聽姊姊在後山，連門都不進了。哼，算他有良心，不枉姊姊老惦記他。

魏平一路小跑去了後山，正巧碰上了下山的玉容，立刻上前將她背上的柴火接到自己身上。

「平哥，不是過兩天才來的嗎？怎麼今天突然來了？」

「阿容，平州那邊把消息傳告天下了！」

玉容一驚，心裡緊張得不行。

「淮侯繼位了嗎？」

魏平大笑著點點頭。「已經正式繼位了，連年號都改了，如今已是靖淮元年了。妳知道咱們淮城被封賞給誰了嗎？」

「聽你這意思，是沒給小公子？淮侯就一子一女，不給小公子，那就是燕翎……不會吧，他把淮城封賞給了女兒？」

從古至今還沒有聽說過哪個大王將自己以前的封地賞給女兒的。

第八十三章

魏平其實也很驚訝，不過這就是事實。

「咱們淮城現在已經是淮安公主的封地了。不過公主年幼，暫時無法接管內務，所以淮城由秦大人暫管，待到公主成年後再交還回去。」

「啊？秦大人暫管？」

那真是太好了！秦大人可是個不可多得的好官，有他在淮城坐鎮，玉容心裡不知有多踏實。

「那秦大人應該是升官了吧？」

說到升官，魏平突然伸手握住了玉容的手。

「秦大人如今已升至太守，我也升職做了縣尉，還分了新的房屋。阿容我……」

玉容知道他想說什麼，抽回了手。

「平哥，現在不是說那些的時候。你知道的，我娘還沒有找到，小妹也還年幼，我、我放心不下。」

魏平其實心裡早有準備，只是聽見她這話還是有些失望。不過他很快調整好心情，又拉住了玉容的手。

「妳放心，我不是要妳現在就嫁給我，只是想和玉玲那樣，先訂親。我可是聽說了，最近幾個月找上妳的媒婆可是多得很呢。」

「多是多，可我都拒絕了呀！」

玉容瞧見他這吃醋的樣子就忍不住想笑。

「行行行，訂親就訂親，等我回去選個日子。」

只要不是現在成親，那就什麼都好說了。

兩人一前一後地回了石頭院子。

玉竹正抓耳撓腮的，一瞧見兩人回來，立刻跟著到了廚房裡，纏著姊姊問東問西。

反正過不了幾日大家都會知道，魏平也沒瞞著玉竹，都告訴了她。

「燕翎成了公主？還做了淮城的主人?!」

玉竹驚了。那個會偷偷溜出家門的饞嘴丫頭，突然一下就成了一城之主。

畢竟這是封建王朝，世人看重的始終都是兒子。一個女兒能在幼時便得到封地，還是大王之前的封地，這樣的恩寵實在是前無古人。

玉竹替燕翎開心之餘，又為自家慶幸。

燕翎如今身分雖然是變了，但總有些小時候的情分在，更重要的是，秦大人會一直在淮城任職。秦大人與自家交好，對自家的發展是極有裨益的。

「對了魏平哥哥，除了大王繼位和公主封地之外，還有沒有什麼別的消息呀？」

「有啊，妳個小人精，妳姊都還沒想到呢！」

魏平一邊把柴火堆好，一邊說了另外一個好消息。

「大王是從咱們淮城出去的，如今他已繼位，淮城所有百姓皆可免稅三年，三年後，稅收減半又三年，直到六年後才會恢復之前的稅收。而且宮中會從咱們淮城採購各種海鮮，將咱們淮城的海鮮推廣出去。」

玉竹一顆心聽得怦怦跳。

這福利，難怪那幾個大商號肯舉家搬遷過來。

三年免稅，三年減稅，這可是普通人一輩子都碰不到的好事。而且淮城的海鮮若是能夠順利銷往內地，發展起來肯定快得很，不出幾年，淮城便能趕上冀城的繁榮。

今天真是個好日子！

玉竹開心地撿了幾根柴火出去，繼續和二毛他們弄燒烤。烤著烤著，她突然停了下來。

若是淮城做了燕翎的封地，那房價……還會暴漲嗎？

同一時間，新落戶淮城的白家大堂內，白家家主白遠朗正在和另外幾家商談今日收到的消息。

「真是失策啊失策，怎麼就讓淮城做了公主的封地呢?!」

「白兄，咱們這回損失可大了！」

「可不是嘛。」

另外三家唉聲嘆氣，很是後悔的樣子，看得白遠朗煩躁，大聲打斷了幾個人的話。

「能有多大的損失？免稅三年，減稅三年，光這前三年的稅收便能抵去這回的搬遷損耗吧？」

「可是，這裡以後只是公主的封地，根本沒什麼前途，還不如回冀城。」

「冀城？冀侯都被打成庶人了，還冀城。冀城的繁華只不過是表象，內裡早已腐朽不堪。冀侯一倒，你瞧那冀城往後還有沒有以前的風光，回去準備收拾爛攤子嗎?!」

白遠朗自知太不客氣了些，放低了語氣，苦口婆心道：「既來之、則安之，咱們都到淮城了，先把店鋪、酒樓開起來才是。大王出自淮城，日後肯定少不了淮城的好處，而且你們真以為淮城是個破爛？」他頓了頓，喝了口茶才繼續說道：「表面上看，淮城的確是破爛得很，就連城牆都是破爛的泥胚子。可我進城那日瞧過，淮城的城牆比普通的城牆足足厚了一倍，後來讓人去查了查，你們可知那泥胚下全是堅固的青石砌成的？」

青石蓋座小院都要好幾百的銀貝，眼下是一整片城牆，豈只千金。

淮城在世人眼裡一直都是貧窮的象徵，大王當年也是個不受寵的侯爺，根本沒有那麼大的財力用青石做城牆。淮城後來肯定是有了什麼別的變化，能夠賺錢了。

這些白遠朗自然是要查探清楚的，查來查去就查到了在冀城賣得大火的蠔油、增味粉都是出自這裡。

「如今的淮城早已不是以前的淮城了。拿出你們家主的魄力來，咱們在這淮城依舊能打出一片天來。」

白遠朗的話算是給另外幾家吃了定心丸，幾家人又商討了下開業事宜，臨近午時才各自散去。

等他們一走，白遠朗立刻叫來兒子。

「前些日子不是讓你打聽那玉家三姊妹的底細嗎？打聽得如何了？」

白秋實面露難色。

「爹，都打聽得差不多了。只是，她們的原籍在哪兒，怎麼也打聽不出來。」

「怎會？你沒給衙門使點錢？」

「使了，可那衙門的人一聽我要打聽玉家姊妹的底細，立刻就將銀錢還給我了，還警告我說若再發現我打聽她們的底細，就直接稟告給秦大人。」

白秋實委屈得不行。

從前在冀城，就連冀侯府的下人見了他都要客客氣氣，可來了淮城後，衙門的人根本不當他是一回事。

「你把他原話一字不漏地說一遍。」

「他說，錢你拿回去，玉姑娘的事你少打聽。若是再讓我發現你在偷偷打探玉姑娘的消息，我就報上去給秦大人，你好自為之。爹，咱們真不能回冀城嗎？在這兒一點都不好，誰都敢給我甩臉色。」

白秋實話音剛落就挨了他爹一腳。

「成日裡跟著你那些豬朋狗友混，別的沒學會，自以為是倒是學得挺不錯。你是個什麼身分，貴家公子還是官家兒郎？衙門的人憑什麼要給你好臉色？想要過被人吹捧的日子，那你回冀城去吧，我可以給你三千銀貝讓你回去自己發展。」

說實話，聽到三千銀貝，白秋實心動了，可是他知道自己的本事，那三千銀貝給他，肯定不出十日便會被敗光。他雖好臉面，卻不是個糊塗蛋。

「爹，我錯了，那玉家三姊妹還要打聽嗎？」

白遠朗搖了搖頭。

「暫時先別去打聽了，看樣子，玉家和秦大人頗有些交情。待過幾日家中辦個賞花宴，到時候客客氣氣地請她們來家裡看看。」

能夠只憑幾個方子便讓淮城起死回生的人物，他肯定要見上一見的。而且，她們現在做的那個醬料生意也很是不錯，就是量少了些，賣不出什麼花樣來。若是自家能買到她們的醬料方子……

白遠朗起先想過若是玉家不肯，自家便使點小手段，可現在嘛，她們既然和秦大人有交情，那便不好硬來了。

秦大人至少未來十年內都是淮城的最大掌權人，得罪不起。

白家打消了心思，可跟蹤白秋實的朱家人卻動了心。

他們只打探到白秋實去衙門是想摸清玉家三姊妹的底細，卻沒打探到兩人說的話，還以為白家打探到了什麼。

玉家三姊妹的事在淮城裡並不是什麼秘密，相反地，大家都經常感謝她們，朱家自然有所耳聞。

「好哇，這白老狐狸，自己偷偷摸摸想幹個大的，連個湯水都不給我們留。玉家的方子，不能讓他們先下了手。」

「爹，我打聽到了，那姊妹仨老么才五歲，最是受寵，只要拿了她，那玉家姊妹絕對會乖乖把醬料方子拿出來。」

朱福貴滿意地笑了笑。

「行吧，明日便由你去那玉家先談談，若是她們不肯賣……」

「放心吧爹，兒子有得是法子讓她們乖乖把方子心甘情願賣給咱們家。」

第八十四章

朱福貴哈哈大笑起來。不愧是自己的兒子，就是有勇有謀，哪像白遠朗那兒子，除了招貓逗狗就什麼都不會了。

這麼多年來，白楊朱余四家齊心協力，在冀城混得風生水起，攢下了豐厚的家業。可憑什麼做老大的是他白家，就因為一百多年前，他白家是主子？

朱福貴不甘心很久了，再是下人，也早就沒了奴籍，這麼多年幫著他白家賺錢，天大的恩情還也該還完了。只要自己拿到玉家的那些方子，何愁不能脫離白家？

朱福貴對玉家的方子勢在必得。

玉竹不知道自家已經成了香餑餑，一早起床便去林子裡瞧了下芒果樹和榴槤樹。芒果樹已經掛了不少的果子，只是個頭還小，至少還有一個多月才會成熟。榴槤樹也掛了很多果，她數了下，一棵樹結了大概有八十來顆。

這林子裡的榴槤樹沒有荔枝樹多，一共也就十棵，三棵還是小樹，沒有長成的。這點果子成不了什麼氣候，但物以稀為貴，榴槤又是水果之王，往上抬抬價還是可以的，就怕這裡的人吃不慣榴槤。

榴槤肉是越吃越香，這偌大的淮城裡總不可能全都聞不得榴槤味，若是實在賣不出去，那就只能拿去做酒了。

反正能賣就是意外之喜，賣不出去，有蝦醬、蟹醬生意撐著，家裡不愁吃喝。

玉竹到處察看了一番後回到了廚房裡，今早有她喜歡的蛤蜊蒸蛋，肚子這會兒已經饞得不行了。

「大姑娘，有船來了。」

聽到十三娘的話，玉容幾口喝掉了碗裡的粥，起身出去察看。

雖然那船還沒有靠近碼頭，離得比較遠，但玉容眼睛厲害，一眼就認出那不是經常來島上的船。

每次島上來人，玉竹總是要跟著看熱鬧的，所以一看姊姊出去了，她趕緊也快吃起來。等那船靠上碼頭的時候，她剛好吃完跑了出去，正好看到船上人下來。

「長姊，他是誰呀？」

看那領頭的穿著，一身錦緞華袍，氣質倒沒什麼氣質，可渾身都寫著「我有錢」。

「從來沒有見過。」

玉容主動迎了上去，正要開口，就聽到那領頭的嗤笑了一聲。

「我還以為傳說中的玉家姑娘是個什麼樣的人物，原來也不過如此。」

朱文斌想來個先聲奪人，將這沒見過世面的鄉下女氣勢壓下去。

在他看來，玉家沒有長輩，最大的也才十幾歲能有個什麼見識？只要自己稍微嚇一嚇，她們就會乖乖把方子賣給自己了。

玉容是沒多大見識，可並不軟弱。尤其是面對這樣一來就損她的人。

「喲，這是哪家的公子，今天忘了繫狗鍊了是嗎？」

「妳聽著，我乃……」朱文斌剛想自報家門，突然反應過來自己被罵了。「妳敢罵我?!」

「罵你怎麼了？這是我家的島，你自己上趕著來找罵怪得了誰？滾滾滾，這裡不歡迎你們！」

玉容回頭叫了一聲，七、八個護衛拿著棍子就跑了過來，一個個人高馬大的，挺能唬人。

朱文斌回頭瞧了瞧自己身後，只有五、六個人，怎麼瞧也打不過人家。

不對！他又不是來打架的，他還有正事呢！

想到正事，他那腦子才稍稍清醒了幾分，連忙轉頭陪著笑道了歉。

「玉姑娘，妳大人有大量就不要跟我計較了，要不妳帶我去島上瞧瞧？咱們邊走邊談談買賣？」

「買賣？什麼買賣？」

「談……方子的買賣。」

朱文斌放低了聲音還特地湊近了一些，顯得很曖昧的樣子。玉竹一陣惡寒，抓了一把沙就朝他扔了過去。

「長姊，他長得好難看，不要跟他說話！」

「啊！我的眼睛！臭丫頭！」

朱文斌慌裡慌張地揉著眼睛，難受得直流眼淚。

玉容忍住笑，開始趕人。

「這位公子請回吧，我沒有什麼方子要賣，也不會賣方子。島上不歡迎你們，以後別再來了。」

她說完也不聽那公子哥兒再說什麼，直接抱著妹妹回了林子裡，留下七、八個護衛監督那些人上船離開。

回到船上的朱文斌總算清理乾淨眼睛，心裡怒火是倏地往上漲。那玉家姊妹，大的居然敢罵他，小的居然敢丟他沙子，都是不識相的東西。

既然軟的不吃，那就別怪他不客氣了。

「江成，你們兄弟倆等一下下船回去帶幾個人出來，給我死死盯住上陽村的碼頭，只要那玉家小丫頭一上岸，不管你們用什麼辦法，都要給我綁回府裡！」

「是，大公子。」

朱大公子紅著一雙眼，悻悻地回到了府裡，見到他爹自然是添油加醋地說了一番自己如何如何有誠意，而那玉家姊妹又是如何如何不知好歹。

「既然她們如此不識抬舉，那就照你之前的想法來，綁了那個小的，看她賣不賣。」

玉竹就這樣被盯上了。

雖然她大部分時間都和姊姊們住在島上，但每隔三、五天也會回村子裡一趟，一個月裡還會跟著姊姊去城裡逛兩次。

今日正好是魏平家搬家後宴客的日子，作為未婚妻的玉容自然要帶著妹妹去吃上一杯酒的。

因為魏春如今肚子大了，坐車顛簸實在不安全，所以娘家遷新居的酒，她就沒打算去了，不過把兒子交給了玉容姊妹。反正有弟弟接送，又有陶木和黑鯊跟著一路，她是放心得很。

玉竹也樂得有個小傢伙一路陪她說話。

一路上說說笑笑，一家子好不歡樂。

跟在暗處的人瞧著那一車子的人，實在是找不著什麼機會下手，只能繼續跟著騾車一直到了城裡。

魏家這宅子如今可是真好，寬巷近街，路也修得好好的；屋子亮堂又寬敞，除了不是石頭屋子，其他的已經很不錯了。

魏平他娘笑得嘴都快合不攏了，拉著玉容不許她幹活。

「平兒買了人呢，有他們忙活，妳就陪我坐會兒。」

兒子一升職，月例漲了不少，上個月彷彿還領了什麼獎賞。如今家中寬裕了許多，本來是叫他存著娶妻的，結果他不聲不響就買了兩個人回來。

買都買回來了，余大娘也就受了這份孝心了。

玉竹偷偷去廚房看了看，是個四十來歲的大嬸和大叔，瞧著做事挺麻利的，她放心不少。若是魏平敢買個年輕小姑娘放在跟前日日相處著，她肯定要鬧騰。

今日魏家待客，大門是沒有關的。玉竹跟著人走到了大門邊，如果不出什麼意外的話，長姊以後很有可能會在這裡生活一段時間呢，她想好好看看這裡的路，瞧瞧這裡的人如何。

隔壁那個叫蔡婆婆的，應當是個挺有生活情趣的人，她家的院牆上爬滿了牽牛花藤，漂亮極了。

玉竹向前走了兩步，走出了大門，想看看蔡家那院牆的全貌，結果突然聽到身後傳來了兩道急促的腳步聲，正要回頭，就被打暈了過去。

江成兄弟倆一得手，立刻用麻袋套了人扛起來就跑。

院子裡的黑鯊聳了聳鼻子，又豎了豎耳朵，突然拔腿就往門外衝去，那凶神惡煞的樣子嚇著了不少的人。

陶寶兒和魏平瞧見了，上前叫了兩聲，結果黑鯊理都沒理他們，很快便跑了個沒影。

「沒事，黑鯊最聽玉竹妹妹的話，等一下讓玉竹妹妹來門口喊一聲，牠就會乖乖回來的。」

陶寶兒拉著舅舅回了院子，轉頭就去找玉竹。找了一圈沒找到，便跑去問玉容。「玉姊姊，妳有看到玉竹妹妹嗎？」

玉容正應付著魏家那邊的親戚，也沒覺得有什麼不對，直接指了指廚房。「她方才說要去廚房瞧瞧，定是被好吃的吸引住了，你去廚房看看。」

陶寶兒聽話地去廚房裡找了又找，連水缸裡都瞧過了，還是沒有。他又跑了出去，拉了拉玉容的袖子。

「玉姊姊，廚房沒有。」

「那興許是去屋子裡睡覺了，早上起得早，來的時候還在喊睏。」

陶寶兒又跑到了屋子裡，幾間屋子都找遍了，也沒找到人。

「玉姊姊，是不是妳把玉竹妹妹藏起來了呀？我找不到她。」

玉容心裡咯噔一下，立刻起身滿屋子地找了一遍，越找就越是心慌。小妹一向懂事，絕對不會這樣突然就消失了！

第八十五章

這頭，魏家找得人仰馬翻，帶著玉竹一路狂奔的江成兩人也被黑鯊追上了。

「大哥，有條狗一直追著我們。」

江成又不是聾子，當然聽得到身後那越來越近的狗叫聲。

「我先帶她回去交差，你把那狗攔一攔，別驚動了旁人。」

江成才不管弟弟是什麼反應，一心只想快點把人帶回去領賞，腳下跑得飛快。沒跑多遠就聽到弟弟一聲慘叫，想來定是被那狗咬了，嚇得他扛著麻袋趕緊跑出了巷子。

街上有他們的車，只要上了車就好了。

黑鯊聞到主人的氣息越來越遠，立刻鬆嘴，放棄了眼前人，追了上去。

人來人往的大街上突然竄出來一條凶神惡煞的黑狗，幾乎所有人都下意識地拿身邊的東西來防身。

江成混在人群裡找到了自家府裡的車子，上車前還高喊了一聲，說黑鯊是條咬死過人的瘋狗。這話立刻惹得群情激憤，一個個都拿著手裡的東西去打狗。

等被打得東躥西逃的黑鯊逃出人群時，發現街上已經沒有那壞東西的影子了。不過，還有一個壞東西……

馬車一路顛簸，很快就到了朱府後門。

江成開開心心地扛著人進府去交差，領了賞錢，領了錢出來才想起自家弟弟被扔下了，趕緊又叫了人回去找。

江業拖著傷腿跑出來時又遇上了黑鯊，黑鯊當然是拖著他死死不讓走，正好被出來找人的玉容他們抓了個正著。

「我就說黑鯊當時瞧著不對勁，肯定是去追抱走玉竹的賊人了。這人不用說，一定就是他抱走玉竹的！」

衙役喬安抓賊是抓慣了的，抓起人來順手就給他綁上了繩子。

「說！你抱走的那個小女孩呢?!」

「什麼？什麼小女孩？我不知道。」

江業痛得冷汗直冒，可他知道大少爺沒有發話說現在就要通知玉家，所以他絕對不能供出大少爺，否則下場肯定比被狗咬慘十倍。

「不知道？若不是你抱走的，她的狗會這樣追著你咬？趕緊交代出來！」

「我真的、真的不知道。我好好地走在路上，突然牠就撲上來咬我。你們放開我，我要去瞧郎中。」

江業流了不少的血，唇色都變得白了不少，但他一口咬定自己只是個無辜路人，死活都不肯承認自己綁走了玉竹。

「魏大哥，這傢伙嘴巴瞧著有點硬，我把他帶回衙門查一查，看看是個什麼來路。」

魏平點點頭，叫了玉容過來拉住狗，喬安這才順利將人帶了出去。

「阿容，妳們最近有沒有得罪過什麼人？」

玉容一聽這話，腦子裡瞬間冒出昨日上島來買方子卻讓自己趕走的公子哥兒，連忙告訴了魏平。

「他可有說姓什麼、叫什麼？」

「沒有，還沒來得及說呢，就被我趕走了。」

玉容急得眼淚直掉。

「肯定是他讓人把小妹擄走的！小妹昨日還丟了沙子在他臉上，他肯定記恨得很！平哥，小妹會不會挨打?!」

「別慌，肯定不會的。他們抓走小妹很有可能只是為了威脅妳賣出方子，妳們在淮城賣海鮮醬也不是一日、兩日了，他們現在才動手，很有可能是那新落戶淮城的幾家大商。妳別擔心，我即刻回府衙一趟向秦大人稟告。」

魏平安撫好了玉容，轉頭就往府衙跑。

「什麼?玉竹被擄走了?!」秦大人一把扔下手裡的書簡站起來。「何人膽敢在城中如此放肆?!」

「具體是哪一家，屬下不清楚，不過昨日有一家少爺上了玉家的島想買方子，卻被阿容趕了出來，興許便是由此結了怨。方才玉竹養的黑鯊追出去後，死咬住一人不肯鬆口，已經被喬安帶回了府衙查問。」

秦大人氣得不行，大王才剛傳信要他好好對待玉家眾人，玉竹便在他的地盤出了事。

「簡直目無王法！」

「走，去瞧瞧問出什麼了沒有。」

他和魏平想得差不多。玉家來了淮城這麼久，早不出事、晚不出事，偏偏冀城來的幾家商戶一安頓下來便出了事，必定和他們脫不了干係。

只要查出那被抓到的人是哪家的，這事就明白了。

秦大人帶著魏平急匆匆趕去了刑房，正巧撞見從裡頭出來的喬安。

「喬安，如何？可有問出什麼？」

「回大人，問出來了。那小子瞧著挺硬，結果帶他看了下咱們刑房的刑具，立刻就嚇懵了，已經招了，正是那冀城來的朱家指使他兄弟倆幹的。現在人應該已經進了朱家宅子了。」

「朱家？」秦大人不是很有印象，只記得領頭的白遠朗並不是個糊塗的。朱家和白家同氣連枝，此事難道白家也有參與？

「魏平，帶上人，隨我去趟朱家。」

秦大人沈著臉，先行出了門。

淮侯能夠在一眾侯爺裡被先王挑中做繼位者，別人不知道是何緣由，他卻是知道的。

皆因淮城在歷代君王手裡都是窮得拿不出手，唯有在淮侯手上有了起色，甚至蒸蒸日上，讓先王終於看到淮侯的能力。加上淮侯進獻的那塊寶香使先王的頭疾得到緩解，又拿回了傳國玉玦，種種因素相加，先王的心這才越來越偏向了淮侯。

而此種種無一不和玉家相關，所以淮侯認定了玉家乃是他的福星，雖不能大肆封賞，卻得護著她們周全。

這也是秦大人留在淮城的最大原因。

結果這才多久，玉竹小丫頭就出了事！秦大人是又惱又急，來不及備車，直接騎馬帶人到了朱家。

朱福貴一聽秦大人來了，樂得跟什麼一樣，立刻召集了全家出去迎接。

這真是天大的面子，要知道秦大人還沒去過白家呢！

「秦大人，不知秦大人大駕光臨，真是有失遠迎啊！」

朱福貴樂呵呵地迎上去，瞧見的卻是秦大人的一張冷臉，心裡頓時打起了鼓。怎麼瞧著有點來者不善的樣子？

「朱家家主，朱福貴？」

「正是正是，秦大人有何指教？」

秦大人回過頭，示意魏平帶著玉容上前來。

「瞧瞧，這裡頭有沒有眼熟的？」

玉容仔仔細細地看了看面前的一大群人，搖搖頭。「大人，沒有瞧見昨日那人。」

秦大人皺了下眉，轉頭去問朱福貴。「朱福貴，你的所有家眷都在這兒了？」

「這……還有犬子，今日略有不適，正在房中休息。」

「本官想見一見他，著人去叫來。」

朱福貴再傻也聽出不對勁來，但他不敢撒謊，戶籍上都有登記，瞞也只能瞞一時而已。問題應該是出在兒子身上，但他不覺得秦大人會為了個小丫頭興師動眾，所以只想著兒子是不是還犯了什麼別的事。

「大人，可是犬子有何得罪之處？」

秦大人沒見著人，根本就不搭理他，只冷著臉在眾人臉上一一掃過，看得朱家一眾人等瑟瑟發抖，幾個膽子小的甚至嚇得掉了淚。朱福貴莫名心虛不敢抬頭，暗暗抹了把冷汗。

一炷香的工夫，才聽見廊下傳來幾道腳步聲。那朱文斌剛露出半截身子，玉容便激動地要衝過去抓人。

「大人！就是他！」

魏平怕她傷著，立刻將她攔了下來。

「阿容別急，有大人在，若真是他幹的，大人絕對饒不了他。」

秦大人冷了半晌的臉看到朱文斌時，突然笑了笑。

「朱家主真是好福氣，令郎儀表非凡一看就是成大事的人。」

「大人，犬子他……」

「本官府衙今日抓到一個擄掠小孩子的賊人，此人名叫江業。朱家主想必聽著很是耳熟吧？」

朱文斌一聽江業的名字從秦大人嘴裡吐出來，頓時兩腿發軟，心頭發虛。他怎麼也沒想到，玉家人居然會這麼快就報官，還請動了秦大人！

朱福貴也暗道不妙，不過到底比兒子能經事些，知道江業被抓自家已是無法辯駁，腦子一轉就編了一個謊話出來。

「大人可是誤會了？江業是犬子派去請那玉竹小姑娘來家裡做客的。昨日犬子一回來便直誇那玉竹姑娘玉雪可愛，招人疼得很。」

「哦，做客？行，那你們現在把小玉竹給我請出來。」

秦大人也不著急問罪，先看到人再說。

朱福貴點頭，轉過身去，拉長了臉示意兒子去把人帶過來。朱文斌情不自禁地打了個哆嗦，低著頭趕緊往後院跑去。

結果打開房門一瞧，之前還昏在床上的丫頭居然不見了！

再仔細一看，發現窗下有個凳子，窗外被扔了一地的枕頭、褥子，上頭好幾個小小灰腳印。

她跑了！

朱文斌心慌得不行，立刻叫下人翻窗出去找。外頭不遠就是街道，她一跑，自己可怎麼交差？

第八十六章

一炷香過去了，沒有看到人出來。

玉容緊張得衣襬都要扯爛了，正要不管不顧地衝到裡頭自己去找時，突然聽到朱家大門外傳來了一道熟悉的聲音。

「朱家殺小孩啦！嗚嗚嗚……」

朱福貴臉色大變，顧不得秦大人還在，急急忙忙朝大門跑去。玉容跑得比他還快，一瞧見街上那個熟悉的人，整個人這才放鬆了下來，腿都軟了。

是小妹！她沒事！

玉竹這會兒表演得起勁，也沒注意到姊姊在朱家，自顧自地哭得很是傷心。

聽到殺小孩子便圍過來的人群裡有那看熱鬧的，也有真正關心的，一個個都問玉竹究竟是怎麼回事。

「小姑娘，妳先別哭，到底怎麼回事？」

「我昨日瞧見過那朱老爺，很是慈眉善目，還很客氣跟我們說話，小姑娘妳可別冤枉人。」

「對呀，先把話說清楚，朱家可是冀城來的大戶，怎麼會殺小孩呢？」

幾個人七嘴八舌地問著一個孩子，有那看不過去的站出來說話了。

「瞧著才四、五歲的丫頭呢，你們一個個不先哄她，還一個勁兒地問。」

玉竹暗暗掐了自己一把，眼淚霎時又冒了出來。

「嬸嬸妳真好，我只跟妳一個人說。」說是只跟那大嬸一個人說，玉竹的聲音卻大得很。「那朱家少爺說喜歡我，要我給他當小妾，我要回家，他們就要殺我。嗚嗚嗚嗚……」

「天啊！」

圍觀的人聽到這話，一個個都忍不住嘖嘖起來。原來朱家少爺竟有如此癖好，當真是人不可貌相。

人群裡有一個余家下人，聽完此話，立刻拔腿就往府裡跑。朱家少爺居然是這樣的人，大姑娘怎能嫁過去！

「住口！胡言亂語！」

朱福貴氣得臉都紅了，下臺階都變得不索利，險些栽下去。這小娃在門口這樣胡說一通，若不掰扯清楚，朱家的名聲都要臭了！

「玉竹小姑娘，我兒明明是請妳來朱家做客的，妳可別亂說話。」

「請客？哪家請客還會打客人的？」

玉竹捲起褲腿，露出左邊的小腿，那腿上紅腫了一大片，還隱隱發青。

「我說要回家，他就打我……哇！」她哭得更大聲了。

一聽說小妹挨了打，玉容頓時怒火中燒，擠了進去，瞧見小妹腿上的傷，心疼得也跟著一起落了淚。

「大人，求您為小妹做主！」

玉竹乍一看到姊姊，嚇得眼淚都停了。她逃出來的時候只聽到有人說秦大人進了朱家，沒想到長姊也在。完了，這回嚇到姊姊了。

「長姊……」

「別怕，姊姊在這兒，魏平哥哥也在，秦大人也來了，不會讓妳受欺負的！」

玉容抱起妹妹走到秦大人的身邊，惡狠狠地瞪了朱福貴一眼。兒子不是什麼好東西，老子也好不到哪兒去，只會睜著眼睛說瞎話。

朱福貴真是有苦說不出。江業還在府衙，這小丫頭又滿嘴胡話，萬一秦大人信以為真那可怎麼好？

「秦大人，您可別聽這小丫頭胡說，我兒當真只是請她來做客而已。」

「朱家主睜眼說瞎話的本事可真不小，既然請我妹妹做客，為何不先通知我這個做姊姊的，偏偏在人家大門口悄悄把小孩子抱走，分明就是偷孩子！」

有了姊姊幫忙出頭，玉竹只需要埋頭在姊姊肩上裝哭就行了。

「前幾日老槐家的閨女說是走丟了，不知道……」

「欸，這麼一說，我記得一個月前附近也有人丟了閨女。」

朱福貴額頭青筋直跳，這屎盆子一扣不得了，一個月前的事都能往他家裡安。

「大人，興許我兒請人的方法確實不太妥當，但他絕無惡意，更無那齷齪的念頭！大人明鑑！」

秦大人心裡跟個明鏡似的。玉竹確實是讓他們家擄走了，為的就是玉家手上的方子。朱福貴那兒子不是什麼好人，卻沒有小丫頭說的那樣，是個喜歡玩弄小女孩的。

這朱家是被玉竹訛上了，不過也是活該，他正愁找不到拿來立威的呢！

「朱家主，你是想說這個只有四歲多的孩子在撒謊？」

朱福貴想說是，可他一瞧那小丫頭哭得慘兮兮的模樣，自己都有些懷疑起兒子是不是真的有那麼混帳。

「大人，這其中定然是有什麼誤會，不如咱們進府叫來犬子當面對質如何？」

「不必了，此事如何本官再明白不過。你們朱家目無王法，光天化日之下強搶幼女已是事實，魏平，進去拿人。」

「大人！誤會！只是誤會而已！」

秦大人理都沒理那朱福貴，轉身走到玉容面前伸手將玉竹抱了過來，還拿自己的衣袖給玉竹擦了擦眼淚。

「玉家可不是什麼無依無靠、好欺負的人家。」

朱福貴傻眼了。

秦大人居然親手抱了那丫頭，還給那丫頭擦眼淚？而且聽他那話，玉家背後的靠山正是他，那自家這次豈不是在老虎嘴巴上拔毛了？

朱福貴傻眼的工夫，魏平已經抓著還在四處找人的朱文斌出來了。秦大人也不多說什麼，直接帶人回了府衙。

「小丫頭，今兒這齣戲演得可痛快？」

玉竹正瞇著眼看著街道兩旁的店鋪，突然聽到這話，便坐直了身子。秦大人這老狐狸居然一眼就看出來了，他會不會治自己的罪呢。

應該不會吧，若是要治罪，還抱著自己做什麼……

回府衙的一路上，玉竹的心是忐忑不安的，秦大人卻是再沒有說什麼話，到了府衙便將她交給了姊姊，還派人送了藥給她，當真是讓她琢磨不透。

「嘶……疼疼疼，長姊，輕點嘛！」

「不能輕，揉重些藥才能進去。」

玉竹眼淚汪汪地咬著牙，甚是後悔。

若是早知道姊姊和秦大人這麼快就來了，她才不跳窗。那地上扔了被子跟枕頭，結果跳歪了，自己還是撞到了石頭上，估計三、五日都不會消了。

玉竹這兒疼得直叫，朱家卻是半點動靜都沒有，直到半個時辰後，朱福貴醒了，才又鬧騰起來。

「快！去請白、楊、余三家的老爺過來！」

朱福貴知道自己不夠聰明，如此困境只能靠其他三家幫著想想法子了。結果請人的小廝都還沒有出門，就碰上了已經得到消息來到府裡的三家家主。

三個人都沈著一張臉。

白遠朗帶頭走在前頭，心裡頭亂糟糟的。朱家現在這樣，基本是救不了的。官府不插手還好，偏偏秦大人插手了，還擺明了要較真。他現在真是無比慶幸自己之前做的決定，沒有去招惹那個玉家。

「白兄！你可得救救我兒子啊！」

朱福貴白著一張臉，一點沒有平時那目中無人的樣子。

余、楊兩家瞧著爽是爽了，難免又有些兔死狐悲。秦大人這一出手就對付了朱家，下一個會不會就輪到他們了？這是要給來淮城落戶的商家一個下馬威？

「老朱，你跟我說實話，外頭傳得是不是真的？你們綁了那個叫玉竹的小姑娘？還……還打了她？」

「綁是綁了，但肯定沒有打的！白兄，文斌是個什麼樣的人，你可是看著他從小到大，難道你真信他會是那樣不堪的人？」

白遠朗沒有說話，一旁的余敏中卻冷哼了一聲。

「難怪你兒子平日裡對我的芙兒不冷不熱的，原來竟是這個緣由。朱老弟，咱們兩家的婚約我看還是不要勉強了。」

一聽這話，朱福貴立刻炸毛了。

「好哇姓余的，你這是要在我朱家傷口上撒鹽啊！咱們幾家交好這麼多年，現在我家遭了難，你們不說幫忙，還來落井下石，算我朱福貴看走了眼！」

楊家家主趕緊出來打圓場。「現在不是說這個的時候，是要想法子把文斌救出來，還有你家這名聲。你都不知道，剛剛我們三個到你家門口下車的時候，門口丟了多少爛泥巴。白大哥，你想個法子？」

白遠朗皺著眉頭，嘆了口氣道：「還是我先到府衙去見見秦大人，探探口風，瞧瞧能不能用銀錢脫罪再說吧！」

怎麼說，他白家也是冀城排名前三的大商，落戶淮城大家都有好處，秦大人怎麼也會給他兩分面子。

「白兄，你可一定要把文斌救出來啊！要多少錢都可以！」

「真的要多少都可以？你朱家產業全由我做主了？」

瞧見白遠朗沈著個臉，不像是開玩笑的樣子，朱福貴一下就成了啞巴，還是他夫人乾脆，一口應了下來。

「只要能救出文斌，就是朱家所有產業都給出去也沒關係。」

白遠朗提著一顆心獨自到了府衙，守衛通報後，很快就放了他進去。見到秦大人的時候，只見秦大人坐在案桌後頭，桌上堆了厚厚的一疊竹簡。他趁著拜見的空隙偷瞄了一眼，發現那竹簡上刻的居然是萬澤律。

這是擺著給自己看的嗎？

「秦大人……」

「白家主，請坐請坐，哎呀，我這兒剛抓到了一個人，卻又一時想不起他該判個什麼罪，所以一回來就忙著翻找，這不桌上亂成了一團，白家主可莫要見笑。」

白遠朗心裡呵呵兩聲，忙說不會。

「請白家主稍等片刻，我這兒很快就找著了。」

秦大人在竹簡堆裡翻來翻去，足足翻了兩刻鐘，才拿著竹簡站起身笑道：「總算是找到了。這擄掠幼女……呀，竟判得這樣重。杖五十，還要苦役三年。」

白遠朗瞧著秦大人這浮誇的表演，確定了，人家就是說給他聽的。

「秦大人，草民的來意想必您也知道。朱文斌並不是什麼窮凶極惡之人，若是朱家願意拿銀錢來贖的話，不知大人能不能從輕發落？」

「白家主慎言，既是犯了罪，那便有國法懲治，怎可用銀錢脫罪？」

白遠朗心裡暗嘆了一聲，朝秦大人拜了拜。

「朱家誠心落戶淮城，願出三成身家為城中鋪設道路，修葺危房。另增設善堂兩座，並賠償玉竹姑娘一百銀貝壓驚。」

秦大人聽完眼裡都是笑。

「朱家竟有如此大善，看來之前的傳言有誤呀！」

第八十七章

白遠朗在府衙待了一個多時辰，近午時的時候才一臉愁容地走出來。

「老爺，瞧您這樣子……是不成？」

「不好說，先回朱家再說。」

白遠朗上了馬車靠在車壁上細想了下今日和秦大人說的所有話。看來他並沒有要打壓外來商戶的意思，純粹是朱家自己先動了歪心思，自找不痛快。

這樣的話，他就放心多了。

朱家嘛，賠上三成身家也不算多，往日在冀城便不知收斂，早就該有人收拾收拾他們了。

這回朱家元氣大傷，得趁著他還沒緩過來趕緊把買賣做起來，讓他只能看卻沒能力插上一腳。

白遠朗心情大好，不過下馬車時又恢復了一臉愁容，嚇得朱福貴夫妻倆還以為兒子救不出來了。

「先別急著哭，文斌能放出來，但是有條件。」

一聽這話，朱福貴眼淚瞬間收了回去，忐忑問道：「有什麼條件？」

「我在秦大人面前說了，你朱家願出三成身家為城中鋪設道路，修葺危房。另增設善堂兩座，並賠償那玉竹小丫頭一百銀貝壓驚。」
「什麼?!三成身家?!」
朱福貴光聽就已經有割肉之痛了。三成身家，十幾萬的銀貝，他要賺多少年才能賺得回來？
「白兄，你到底是如何同秦大人說的？當真沒有別的法子了？」
「你當府衙是集市，還能討價還價？若是不滿意我去談的這個結果，那你便自己前去。擄掠幼女依照萬澤律是杖五十和苦役三年，你們若是捨得，那我也沒什麼好說的。總之，我盡力了。」
白遠朗會過來，一半是擔心朱家，一半則是擔心秦大人會對他們冀城來的商號下手。不過現在看來，秦大人並沒有那個意思，朱家自己也談好了條件，這裡就沒什麼好留的了。
他走得很是乾脆，余、楊兩家自然也跟著一起走了。
朱夫人急得不行，開始翻找起家中的存銀來。
「夫人，先別急著拿錢，待我再派人去打探打探再說。」
「你閉嘴！關進牢裡的是不是你兒子？杖五十打下來，那還能有命嗎？苦役三年，你就不怕兒子熬不下來？只是三成身家，十幾萬而已，給了再賺便是了。再說了，如今咱們家這名聲，拿這些錢去修橋鋪路也是功德，能賺回名聲的。當初白家叫你跟他們一起做，你不肯，後來瞧見人家名聲好了，不是很羨慕嗎？就當這十幾萬是當初拿出去跟白家一起合夥鋪路了。」

朱福貴在家心痛了兩日，實在是扛不住妻子和老娘的連番眼淚痛罵，最後還是拿了寶箱鑰匙出來，取出一百五十金貝和一百銀貝去了府衙。

秦大人早就和玉竹姊妹倆商量好了，收了一百銀貝，此事便不再追究。

朱福貴萬般不捨地將錢袋交給了秦大人，這才領了兒子回家。

經此一事，玉家可算是在淮城商圈裡徹底出了名。大家都知道她們家有秦大人在撐腰，誰也不敢動什麼歪心思，有那心思活絡的，甚至已經開始琢磨著要和玉家來弄個合作了。

整個淮城的蝦蟹產量其實很是驚人，卻只有小小一部分被玉家收走，做了蝦醬、蟹醬；而那些做好的醬料，一半賣給了雲家，另一半則是被附近村民、商販直接消化，連城裡都不怎麼好買，就別提那些更遙遠的地方了。

秦大人是不好開口。畢竟之前幾乎算是白拿了人家兩個方子，如今人家靠著蟹醬的買賣過日子，他哪好意思再去找人家買那方子。

可是，看著城裡一批批新鮮的魚蝦蟹賤賣出去，他心裡又著急得很，恨不得變出大筆錢來讓玉家趕緊多收些、多做些，將淮城的魚蝦蟹都變成寶貝賣出去。

之前他還發愁呢，現在倒是不太擔心了，這白家來得正好。

那白家主先前在府衙的時候，就有意讓自己為他和玉家牽橋搭線，玉容也說要回去商量，並沒有太抗拒的意思。若是能將這兩家說合，那淮城可真是要發了。

一個財力雄厚，一個手握秘方，加起來，就是淮城之福。

玉容自然明白秦大人的意思，只是她只算得上是個小商人，哪兒做過什麼大買賣？白家，冀城排行前三的財富之家，跟他們那樣的大商號打交道，她真是怕自家被吞得骨頭都不剩。

尤其是做此買賣並不是一年、兩年的事情，等再過幾年自己成婚了，二妹成婚了，要管家、管孩子，恐怕分不出多少心神在做買賣上頭。

其實說白了，她就是志不在此。

若不是為了要賺錢找娘，她帶著妹妹們住在海島上，只靠著一季的荔枝便能舒舒服服過日子，何苦要風裡來、雨裡去的做什麼買賣。

玉容帶著妹妹從府衙回家後的第一晚，便把秦大人的意思告訴了兩個妹妹。玉玲聽了姊姊分析利弊，自覺做不起那麼大的買賣。

「我還是喜歡跟陶木待在漁船上，撒撒網、捕捕魚、送送貨。那些人都是老狐狸，咱們心眼可沒他們多。」

長姊不願意，二姊也不願意。

玉竹想拍著胸脯說自己可以，可是她低頭瞧了瞧自己的身板，也知道自己一個稚童說要出去和人談買賣是件多可笑的事情。

「長姊，我覺得既然秦大人會來開口，那肯定是件好事，他不會害咱們的，要不先一起合作試試看？」

玉容笑了笑，摸摸妹妹的頭將她抱進懷裡。

「小丫頭，這可不好試，一試就停不下來了。一想到跟他們合作要面臨的各種問題，我頭都大了。妳說這合作，得一起看鋪子、裝潢，還得一起招工。我就一個小村女，哪兒懂那麼多彎彎繞繞，到時候還不是人家說什麼就是什麼，矛盾可多了。」

「那要是分開呢？」

玉竹坐直了身子，很是認真地道：「那就把看鋪子、裝潢、招工人那些事都交給白家如何？咱們還是留在島上，只負責出醬料。」

「那，店鋪裡就沒有自己人了呀。」

「長姊，妳沒明白我的意思。我的意思就是還像之前一樣。鋪子什麼的咱們不沾手，都是白家的，咱們只負責出醬料，他們負責賣。他們能賣多少就從咱們這兒拿多少，咱們收錢就給貨，至於貨拿去，他們怎麼賣、賣多少，咱們都不管。」

其實和現在跟雲家做買賣的模式差不多，只不過若是要加上白家的話，做醬料的就不可能再是這十來個人了，到時候不光得擴建倉庫、廠房，還要多招上許多人手。

一說雲家，玉容就懂了，她也是被秦大人給說暈了，一直說什麼合作合作，像雲家那樣不就成了。

不過，和白家做買賣的話，島上的這點地方實在太小，果樹占了不少的地方，現在的小作坊都是在夾縫裡找地方建起來的，而且她也不想有太多的人上島來。

「行了，早點睡吧，過兩日我再去城裡一趟，再跟秦大人談談。」

玉竹欲言又止，最後沒說什麼，乖乖上了床睡覺。她有預感，長姊的決定將會改變很多人的一生。

三日後，玉容一大早就坐著妹妹的船去了城裡，島上只剩玉竹一個主人在。先前出了被抓那事，她都有些不敢出門了，十幾個人陪著才有安全感。

「十三娘，昨兒個我瞧見有個芒果好像快能吃了，妳陪我去瞧瞧吧，要是能摘咱們就摘了，嚐嚐是個什麼味。」

這裡的荔枝比她在現代吃過的要好吃得多，不知道芒果味道如何。

玉竹心癢癢坐不住，拉著十三娘和十七娘去了林子裡。

「三姑娘，妳有沒有聞到啊，最近林子裡總覺得有股臭臭的味道。」十三娘聳聳鼻子，感覺那股味道更濃了。「是不是有什麼死雞、死蛇啊？」

十七娘也覺得臭臭的。

玉竹心想，這才到哪兒，最臭的時候還沒來呢！等榴槤快成熟的時候，林子裡估計到處都是臭味，也不知道她們受不受得了。

「還好吧，我倒是覺得挺香的。」

主家說香，十三娘哪兒還敢抱怨臭，看了十七娘一眼，兩人都沒再說臭味的事。

玉竹帶著兩人在芒果樹下轉了又轉，才找到兩顆略微有些發黃的芒果。現在這樣的還不能吃，得捂軟了才行。

「三姑娘，奴去摘吧。」

十七娘和她們獨處的時候變得活潑不少，說完便抓著樹幹爬上了樹。先前那荔枝成熟的時候，她也跟著一起爬樹摘果，現在倒是練出了一身爬樹的本事。

不過再有經驗的老馬也會有失蹄的時候。

「十七小心——啊！」

十三娘瞧見十七娘腳滑了下，下意識就要伸手去接，結果有個人比她還快，趕在她之前將十七娘接到了懷裡。

玉竹嚇得心都快跳出了嗓子眼，定睛一看抱著十七的那人，頓時大喜過望。

「秀姊姊！」

第八十八章

鍾秀聽到這聲秀姊姊，笑得大白牙都露了出來，立刻放下抱著的十七去抱玉竹。

「小丫頭，我都走了好幾個月，妳怎麼還是這麼點重？瞧著都沒有長高。」

「哪有！我最近在喝羊奶，而且衣服都小了，肯定長了。」

玉竹稀罕地摟著鍾秀將她上上下下打量了一遍，發現她脖子上有條傷口，手上也添了好幾道傷，心裡很是難受。

「秀姊姊，這次回來能不能不走了呀？」

鍾秀沒怎麼猶豫地點了點頭。「好，不走了。」

玉竹開心得都不知道說什麼好了，抱著鍾秀就是一頓猛親。

鍾秀於她是個亦師亦友的存在，而且，自己好像也是在她走了之後開始倒楣，現在她又回到自己身邊了，以後肯定不會再倒楣的。

只是才高興了一會會兒，她又想到了鍾秀的身分。

「對了秀姊姊，妳不是大王的護衛嗎？能離開很久嗎？不用回去了嗎？」

「以前是，現在不是啦。當日王宮爭鬥之時，我救了王后一命，宮中穩定後，王后本是要封賞我做她的貼身侍衛……」

鍾秀回想起當日的情景，都為不知好歹的自己捏把汗。當時也不知道是哪裡來的勇氣，她居然就那麼拒絕了王后。

「我拒絕了王后，選擇回淮城休養，大王和王后都允准了。所以，如今已是自由身了。」

「自由身？那真是太好了！」

見識過這個時代的各種制度，她明白一個自由身是多麼珍貴。在王宮裡當王后的貼身護衛固然風光，可有句話說得好，伴君如伴虎，誰知道哪日會觸怒了主子，受什麼責罰，會不會丟小命。

在她看來，鍾秀這個決定是非常非常明智的。

「秀姊姊，前些時候島上要擴建倉庫，順便把屋子也多建了兩間，有一間是特別留給妳的，我帶妳去看。」

鍾秀看完了屋子放下行李，又去瞧了瞧島上在做的醬，玉竹順便帶著她給島上的護衛認認人。

「我走的時候，妳們還沒買島呢！這才幾個月的工夫，不光島買了，小作坊也辦起來了，妳姊姊她們真的好厲害。家裡應該有做好的醬吧，帶我去嚐嚐？」

離開幾個月，除了玉家姊妹仨，她最惦念的就是玉家的廚房了，因為玉家廚房裡總是會有好多好吃的。

兩個人在島上轉了一圈便一起去了廚房，拿了一大堆的東西。

「十三娘，中午不用做我們的飯啦。要是長姊她們回來了，就跟她說我帶秀姊姊去島後燒烤去了。」

「三姑娘，要不讓十七跟著一起去幫忙吧？」

玉竹搖搖頭拒絕了，提著一籃子的瓶瓶罐罐出了門。

「妳們去煮十一他們的午飯吧，我有秀姊姊幫忙呢！」

鍾秀已經迫不及待了，提著個鐵架子，一手把玉竹抱了起來，省得她慢慢走。

「秀姊姊，妳先找點柴生火，我去把昨天放的竹筒收幾個上來，最近正是吃小章魚的時候，一筒能有好多隻呢！」

「柴火滿地都是，不著急，我跟妳一起去。」

玉竹記得竹筒的位置，帶著鍾秀去提了四個出來。那一個個竹筒都被小章魚擠得滿滿的，多的有五、六隻，少的也有三、四隻。

玉竹蹲在一旁看著鍾秀拿竹籤串著小章魚，動作乾淨俐落。

「秀姊姊，妳老實說，是不是王宮裡的伙食不好，妳才會回來的。」

一句話把鍾秀給逗樂了。「是是是，王宮裡吃的都沒妳家好呢，我想得不行，實在受不了，這才跑回來的。」

玉竹嘿嘿笑了笑，轉頭把自己的寶貝們一一擺到石頭上。這裡除了小作坊裡每日產出的蝦醬、蟹醬，還有她自己秘製的少量鮑肝醬、辣椒醬。當然，還有最受歡迎的蒜蓉醬，以及小瓶裝的五香粉、辣椒粉、椒鹽粉。

鍾秀只見過蝦醬，聞得出一罐有大蒜，別的就都不認識了。

玉竹取過兩根串好的小章魚，先在火上烤了烤，然後開始刷油，等烤得九成熟了，再撒上準備好的調味粉。

五香粉是她用姊姊在藥鋪幫她買的藥材配的。椒鹽粉更容易，花椒、胡椒炒香了，再和炒過的食鹽一起碾碎成末，收起來就行。唯有這辣椒粉，種子種下後，一共就得了十來斤的貨，用一點、少一點，還不知道收成怎麼樣，所以她撒起來那真是小心了又小心，力求不浪費一絲一毫。

「咳咳咳……這個紅的是什麼東西？聞著有些嗆人。」

「這個叫辣椒，我不知道妳能不能吃辣，一樣一根，妳嚐嚐看。」

玉竹親手烤的，火候跟味道都掌握得剛剛好。鍾秀先吃了那根不辣的，只差沒把舌頭吞下去。

「這比以前刷蠔油烤的肉香太多了！」

她剛剛只瞧見刷了油，又撒了兩樣粉，沒想到居然這麼好吃。

鍾秀盯著地上那幾個小瓶子，眼睛都快冒光了。要是有了這些小東西，平時吃飯時候加一些，是不是也會這麼好吃？

「秀姊姊，來嚐嚐辣的。」

「辣是什麼感……」

她話都還沒說完，就被嘴巴裡那瞬間蔓延的灼燒感打了個措手不及。幸好玉竹及時遞給她一片白菜葉子嚼，嘴裡的感覺才漸漸消褪下去。

「這感覺好奇特啊！」鍾秀不死心地又小小咬了一口。

那種火辣辣的感覺直接從嘴巴蔓延到臉上，再到整個腦袋。一點都不熱的天氣，她吃一串燒烤，竟然冒了一頭的汗。這東西吃了好暖身啊！

「怎麼樣？秀姊姊，能吃辣嗎？」

鍾秀又咬了兩口小章魚，細品之後才回答道：「能。第一口吃不太慣，不過多吃幾口，感覺味道挺新奇的，滿好吃的。」

「什麼東西那麼好吃啊？」

秦大人的聲音突然冒出來，嚇了玉竹一大跳。回過頭一瞧，不光是秦大人來了，身邊還跟著兩個陌生人。

「秦大人，你怎麼來了？」

「咦，這不是跟著王后去平城的鍾護衛嗎？妳是什麼時候回來的？」

「大人，如今我已不是護衛了，王后已經准了我出宮回來做個自由人。」

秦大人聽完之後很是詫異。

「聽聞鍾姑娘英勇不凡，在宮亂之時捨身救主，本官還以為妳會留在宮中做個總領。沒想到姑娘竟能捨下富貴榮華，回到這小小漁村。」

跟在秦大人身後的白遠朗看著抱著玉家小姑娘的鍾護衛，迅速在心裡重新評估了玉家的分量。

玉竹在一旁聽著兩人說話，好一會兒才注意到秦大人身後的人。

「大人，他們也是府衙的人嗎？」

秦大人彷彿這才想起自己帶著人一樣，轉頭說了聲抱歉。

「這兩位可是冀城來的大富商。這是白家家主，這是楊家家主，妳叫叔叔就成。今兒妳姊姊不是去找他們商量買賣嗎，我那府衙沒什麼好招待的，人多嘴雜，便跟著妳姊姊她們上島來了，乾脆就在島上商量。」

如果秦大人在說這話的時候沒有盯著自己手裡的章魚串的話，玉竹大概會信他這話。

自從上回在船上給他吃了辣椒，也不知道是打通了他哪根筋，總是變著法地想從她手裡拿點辣椒走。

種在島上的辣椒他也問過了好幾遍，生怕種出來不給他一樣。那些辣椒可是她的寶貝，還不知道產量如何呢，就被人盯上了。

玉竹哭笑不得地烤了兩串帶辣的小章魚給秦大人，至於另外兩個，她捨不得放辣椒，只撒了些椒鹽跟五香粉。也是怕這兩位錦衣玉食的大商在島上吃壞了肚子，萬一像秦大人那樣，幾日都坐不了凳子，那她罪過就大了。

兩串香噴噴的小章魚被兩人接了過去，油滋滋的，還帶著一股特殊焦香，瞧著就讓人食慾大振。儘管只是撒了點椒鹽和五香粉，卻也足夠他二人吃上一驚。

白遠朗是含著金湯匙出生的，從小到大什麼珍饈美味沒吃過，還是被嘴裡的小章魚給驚到了。那別具一格的香味襯得他平日裡吃的都顯得寡淡起來。小小一口章魚嚼在嘴裡，居然有些捨不得嚥下。

他看了看身邊的楊袠，發現他和自己一樣，也被這味道給驚到了。這小小一口章魚，他不光吃到了新鮮，還吃到了商機。

那小姑娘烤小章魚的時候，他也有瞧著，只是刷了油又撒了兩樣粉。只加了三樣東西便能將小章魚變成這樣一道美味，那兩樣粉，絕對不簡單。

白家經營範圍甚廣，吃穿住行都有涉獵，主營的還是吃的方面。不過以前他們都是將外頭的美食賣到冀城，從來沒有和本地居民有什麼買賣。因為海鮮很難保存又腥得很，賣出去也賺不了多少錢，便從來沒有考慮過。

但如今有了增味粉和蠔油兩樣不愁賣的的寶貝，又有玉家味好能保存的海鮮醬，加上秦大人的支持鼓勵，他說什麼也要把這買賣談下來。這玉家並沒有他表面上看到得那麼簡單啊。

白遠朗厚著臉皮找玉竹要了一串和秦大人一樣的小章魚，因為他瞧著秦大人的小章魚是多撒了一種粉的，他想嚐嚐看玉家的這些調味料到底還能給他多少驚喜。

當然，驚喜是有了，驚嚇也不少。辣椒的滋味很少有人第一口就能習慣。

兩個客人被嗆得上氣不接下氣，鼻涕、眼淚一大把，狼狽得不行，好半晌才去了辣味平復下來。

這下白遠朗是再不敢提那加了辣椒粉的小章魚了。

秦大人回過頭，略有些炫耀地說道：「這辣椒啊，一般人受不了那個味。」

幾個人正說著話，端著一堆東西的玉容也過來了。

「大人，廚房狹小又沒來得及整理很是雜亂，所以我把鍋子搬出來了，就在這裡吃如何？」

「客隨主便，玉容姑娘說在此處吃那就在此處吃。今日天朗氣清，又無烈日，在這裡吃是再適合不過了。」

秦大人一點沒有官架子，還主動起身幫著搬鍋子、凳子。他都去幫忙了，白遠朗和楊袞哪好意思坐著吃現成的。

所有人都忙活了起來，正好抓上來的小章魚也吃得差不多了，安置完又一起追著潮水去趕海。

今日秦大人起了興，脫鞋子、脫襪子都乾脆得很。玉竹看著格外放鬆的秦大人，心念一動，試著邀請道：「大人，其實平時閒暇下來出來走走還是挺開心的，也能放鬆一下。正好島上的芒果就快熟了，不如過些時日帶夫人來島上轉轉？」

她想著名人效應嘛，秦大人都來島上摘芒果了，可見是很好吃的水果。那些富貴人家的消息可靈通著呢，知道秦大人在她這兒買了芒果，就不用姊姊再去城裡挨家詢問，一個個都會自己上門來。

芒果量少，價錢自然要比荔枝高，到時候家裡又能有大筆進帳了，玉竹想想都樂得不行。

秦大人費勁地從石頭縫隙裡掏出一個螺，回頭就瞧見她笑得這副模樣，忍不住也跟著笑起來。

「瞧妳笑得這樣，肯定又在打什麼主意。」

不過，帶著夫人來，倒是個不錯的建議。自己成日裡忙於公務，鮮少陪伴家人。夫人也是被家中事務絆得脫不開身，不是在處理府中事務便是在照顧孩子。好在元嘉如今大些，懂事了，不然夫人還要更為煩惱。

這小丫頭說得沒錯，出來走走確實能教人心情放鬆不少。過些日子，休沐一日帶夫人來轉轉也不錯。

「若是妳這芒果比那荔枝更為美味的話，我可以考慮看看。」

「那肯定不能讓你和夫人失望。大人，咱倆可說好啦，等芒果成熟了，我就送個信，到時候你帶著夫人來親自摘，可有意義啦。」

白遠朗離得不遠，也聽到了這一番話，很是心動，可他不好意思說也想帶著夫人來。

畢竟秦大人是官，自己可沒他那個分量。就算玉竹小姑娘礙於情面說了自己也能去，兩家撞一起，自家夫人肯定不自在得很。

算了算了，還是抓螃蟹吧。

第八十九章

今日晚飯用的火鍋，是十三娘在玉竹指點下研製出來的簡易版火鍋底料做的。當然沒有現代那樣配料齊全，但對秦大人他們這樣沒吃過的人來說，已經是非常出色的美食了。

濃香滾騰的火鍋，放進了各種各樣的海鮮，還有廚房那邊特地醃製過切來的肉片，放到鍋子裡燙上片刻便能熟透，又香又滑又嫩，實在是妙不可言。

即便是白遠朗不想承認，卻也不得不說，自家高價請回去的大廚那手藝跟這兒一比，簡直太不入眼了。

一堆人擠在一起，放菜的放菜、搶食的搶食，半個時辰後才算吃完了午飯。

秦大人美滋滋地喝了一杯菊花茶。方才他那碗裡加了特製的辣椒油，吃得很爽，但肚子會抗議的，所以喝些降火清涼的菊花茶是再好不過了。

「飯吃完了，該談正事了。」

他招呼著玉竹坐到他的身邊，看著玉容問道：「玉容姑娘，我之前問過妳，知道妳這裡頭賣得最好的是蝦醬。如今妳這作坊，一日能做出多少來？」

「一日的話，大概能有兩百多斤的量。」

一聽玉容說只有兩百斤，白遠朗下意識地皺了皺眉頭。這量也太少了些。

「白家主，這個量對你們來說肯定是遠遠不夠吧？」

「的確是少，而且比我預期得少太多了。聽說玉姑娘和北武那邊的雲家也有做這個蝦醬的買賣，那到時候恐怕能賣給我們的就要更少了，所以擴建是勢在必行的。」

白遠朗回想了下在這島上看到過的樹林、竹屋，還有分布在各個樹間的倉庫，島上恐怕並沒有那麼大的地方來擴建。

「玉容姑娘可有什麼想法？」

玉容捧著茶杯細想了下自己和兩個妹妹商量過的話，這才回答道：「擴建的話，島上不行，只能在村裡選一塊地，到時候應該也是就近從村裡招收人手。不過白家主，你能保證這個買賣能長久做下去嗎？若是我花了大價錢買地擴了作坊，還請了村裡的人做事，結果你一、兩年就不做了……」

「不會！」白遠朗有信心得很。「玉容姑娘不必擔心，這擴建怎麼說也是為了我們的合作，所以擴建的費用我白家會出一半。另外，咱們可以當著秦大人的面簽訂契約，這個海鮮醬的買賣，白家願和玉家簽訂十年。當然，也希望玉容姑娘看著白家如此有誠意的分上，答應不再將海鮮醬賣給別家。」

果然，老狐狸是不會願意吃虧的。

看似他們簽訂十年保了玉家十年的買賣，是玉家占了便宜，可也將玉家牢牢捆在白家身上。而且不賣給別家海鮮醬，那就只有白家一家獨有，這其中的彎彎繞繞可多了。

玉竹瞧著長姊那心動的樣子，暗嘆一聲。

雲家好慘，先是在府衙裡沒買到名額，被斷了貨源，然後在自家這兒開始買進海鮮醬，結果眼瞧著也要斷了。

「白家主，你的誠意我明白了，但是這些海鮮醬不賣別家……你也知道我們和雲家是有合作的。」

玉容對這個十年契約非常心動。在她看來，十年契約簽訂後，村裡很多人都能有穩定的收入來源，自家也是一樣，再不是只靠著雲家那點大頭過日子了，是件皆大歡喜的事。

但雲家就很倒楣了，這讓她十分過意不去。

畢竟自家最缺銀錢的時候，是雲家一直在她這兒下單，如今一有更強大的合作夥伴就把他們踢開，實在有些不好。

「不知那雲家一月訂貨量是多少？」

「他們一月來四次，總共的話，一月有三千多斤吧。」

「那這樣，給他們減到兩千如何？其餘的便全部由我白家吃下，再不賣旁人了。」

白遠朗不是個趕盡殺絕的人，既然玉容有心和雲家繼續買賣，自己又何必做那個惡人？兩千斤而已，等村子裡的作坊建起來，只能算個零頭而已。

人家都這樣給面子了，玉容當然不會死拗著不放，很痛快地應了下來。談好了價錢，約定好明日一起去府衙簽訂契約後，白遠朗突然又道：「玉容姑娘，在下還有個不情之請。」

「白家主儘管說便是。」白遠朗瞟了一眼桌上收拾好的各種調味料，笑得很是真誠。

「白家除了想販售玉家的海鮮醬之外，還想販售這些調味料。」

玉竹愣了下，看向桌上自己的寶貝們，下意識就想說不要，不過想想還是沒開口。那些調味料除了辣椒粉、辣椒油比較難得，其他的都好調配得很，既然能賣錢，為何不賣？

她當初也是想過要賣這些東西的，只是沒想到白家家主腦子轉得這麼快，先提了出來。別人不知道，玉容卻是知道，那些調味料是小妹花費不少心思弄出來的東西，要不要賣，還得看小妹的意思。所以看到小妹點頭後，玉容才跟著點頭應了下來。

「其他的都可以賣，唯有辣椒粉和辣椒油暫時不行。主要是沒有貨源，種下去的一批雖然馬上要收了，但還要留著做種。等什麼時候貨源充足了，再供貨給你們。」

白遠朗對辣椒印象實在深刻，他是不太能吃的，所以這個東西不能賣也無所謂，他關注的是另外的兩樣，還有那個讓他回味無窮的蒜蓉醬。

那東西一嚐就能嚐出來是用蒜末做的，可大蒜碎末他也有吃過，從來沒有哪次像這回吃過的好吃。

一點沒有吃生蒜的辛辣，反而是多了更濃重的香味，裡頭加了什麼東西，他實在是吃不出來。但不可否認的是，這東西肯定好賣，他現在就想買一大罐回去，蒸魚、蒸蝦吃。

幾個人談著買賣談得火熱，一旁的楊家家主便顯得有些格格不入了。玉竹瞧著那楊家主還挺坐得住的，聽到白家把所有的買賣都攬了過去，也沒有露出不滿來。

那他來這兒是做什麼的？

這個問題，一直到秦大人他們離島時，玉竹才明白了。

「玉容姑娘，今日島上一日遊實在令人開心，希望咱們日後也能合作愉快。對了，楊袤以後會負責我們白家所有貨物運送，到時候擴建的材料也會由他送到村上，玉容姑娘見到楊家人去運貨，可不要不給貨啊！」

「怎會？白家主放心。」

玉容笑呵呵地將秦大人幾人送上了船。

等送走了人，姊妹仨才有空慶祝鍾秀回來的事，鬧到了深夜，姊妹幾個才互相摟著一起睡了過去。

第二天一早，已經習慣早起的玉竹早早就跟著鍾秀起來，圍著海島跑步練武，滿頭大汗地回來再喝上一杯熱熱的羊奶、幾片小魚乾，她的早飯就解決了。

「三姑娘，昨兒個摘下來的芒果變軟了呢！」

十七娘很是興奮，小心翼翼地拿著芒果過來找玉竹，生怕把皮捏破了。

「妳瞧！」

她輕輕在芒果上按了一下，果皮立刻便凹了進去。

玉竹一想到芒果的香甜，下意識地嚥了下口水，拿過芒果對半切了，劃成了格子狀，全都剔進了碗裡。

金黃色的果肉水潤潤的，還帶著香甜的氣息，是個人看到都會想吃上一口。

鍾秀從未見過這樣的果子，雖然小玉竹說這東西能吃，但謹慎慣了的她還是攔住了即將餵到玉竹嘴裡的果肉。

「妳也說了，這東西外頭都沒賣，先拿去餵點給雞看看，萬一不能吃呢？」

「不會啦，這個真的能吃。」

玉竹想抽出手，結果手沒抽出來，勺子上的果肉先掉到了另一隻拿著碗的手上。

好可惜呀。

她還在可惜那地上的果肉，一旁眼尖的十七娘卻突然驚呼起來。「三姑娘！妳的手起紅斑了！」

玉竹低頭一瞧，這是過敏了。

今日若不是秀姊姊攔了下，沒讓她吃芒果，現在她大概是要橫著出去了。

完了，那樹上那麼多的芒果，她豈不是一顆也吃不了？

這件事情對玉竹的打擊太大了。

玉容才不管她心情怎麼樣，知道妹妹不能碰芒果後，連芒果樹都不讓她再靠近了。而且到時候賣的話，也要先讓人試試抹了手背才能賣，免得吃出毛病了，惹出一堆官司。

玉竹悶悶不樂了好幾天，一直到收辣椒的時候才開心起來。

當初從那島上帶回來的辣椒取了種子，一共有半斤左右，她全都讓人種了下去。島上並沒有規劃農田，所以都是種在林子裡，零零散散地幾乎種遍了全島。如今放眼望去滿眼都是鮮豔的紅色，當真是漂亮極了。

她作夢也沒想到，那半斤辣椒種居然能種出這麼多的辣椒來。

「三姑娘，剛剛摘下來的那筐秤過了，有一百一十二斤呢！」

十三娘知道自家姑娘最近心情不是太好，立刻帶著好消息過來哄人了。才開始摘了一小片就有一百一十多斤，等全都摘下來，那不得有六、七百斤？姑娘肯定會高興的。

玉竹聽了這消息何止是高興，興奮得嘴都要合不攏了。等這一批的辣椒曬乾取種，那得有好幾斤吧？再種下去，收的可就是千斤了。

不行，不能種在這島上，太零散了，不好打理，她得找姊姊去。

「什麼？妳要買地種辣椒？」

「嗯，好姊姊，妳就幫我買上一畝吧！只種一畝，咱們年年的辣椒就不用愁了。辣椒粉烤的食物妳不是也挺喜歡的嗎？還有辣椒醬，羹裡、麵裡加上一點又香又辣，多好吃，肯定不愁賣的。」

玉竹眨巴著眼，十分期待地看著玉容。

玉容頓時糾結起來。

小妹的這個要求其實不算什麼，家裡一畝地的錢還是拿得出來，她只是怕小妹太操勞，傷著自己。

眼下家裡馬上要和白家合作製作海鮮醬，又要出島上的各種水果。芒果馬上熟了，榴槤也差不多快了，椰子也趕在了一起，到時候，家裡只怕要忙得團團轉，小妹還要買田種辣椒。

人都說小孩慧極必傷，她真是擔心極了。

「好姊姊，就給我買一畝嘛！」

軟磨硬泡了兩刻鐘後，玉容敗下陣來。

「行行行，明日我去買地時順便給妳買上一畝。臭丫頭，就知道鬧我。」

「長姊最疼我了！」

玉竹撲上去，狠狠親了姊姊兩口又跑出去繼續看她的辣椒了。中午的時候已經全部採摘完畢，裝了大半個倉庫，足足有六百多斤的辣椒。

這辣椒嘛，新鮮有新鮮的吃法，她留了一筐新鮮的，其他的全都讓人拿去晾曬起來。她想做一缸剁椒醬，裝起來給秦大人他們送去，還有村裡陶寶兒家、二毛家都送些嚐個新鮮。

幾個人窩在廚房咚咚咚地剁了一下午，眼睛都被熏紅了，才把一筐辣椒全都剁完。剩下的薑蒜剁完加到辣椒裡，再撒上鹽，攪拌均勻便能封蓋了。

新鮮的剁椒醬又香又辣，對愛吃辣的人來說，實在是一種不可缺少的美味。

「三姑娘，這兒還有點辣椒，是晚上做菜用的嗎？」

玉竹點點頭，將那一把辣椒都拿過來順手切了。

「晚上做個水煮魚片，這個十三娘會，別的就由我和姊姊自己做。」

切完辣椒，她的眼睛也是辣得不行，出去晃了一圈才好受了些。

走到林子外頭，發現海面上有兩人，原來是長姊正在教秀姊姊使筏子。武功厲害得不得了的秀姊姊使起筏子來卻是笨得很，拿著根長長的竹竿一個勁兒地在水上打轉。

玉竹看著挺有意思的，乾脆坐在沙灘上休息，一邊瞧著秀姊姊學划竹筏。這個天氣不冷不熱，加上之前有些累，她在沙灘上迷迷糊糊就睡著了。

本來玉容還想再多教一會兒的，可是瞧見小妹在沙灘上睡著了，自然是要先把她抱到屋子裡睡覺才是。

於是兩人一起拖著竹筏上了岸。

剛放置好了竹筏，準備回頭去抱玉竹的時候，突然瞧見她頭頂上的椰子葉抖了抖，接著一顆又大又圓的椰子直直朝地上砸了下去！

「小妹！」

兩人離得比較遠，只能眼睜睜看著那椰子朝她砸下去。

玉竹睡得迷迷糊糊的，聽到有人叫她，一睜眼就聽到聲響，一個大大的椰子就落在自己身旁不到一釐米的地方，嚇得她頓時睡意全無。

這要是再偏上一點點，今兒自己這腦袋就要開花了。

「小妹，妳怎麼樣？有沒有被砸到?!」

玉容心慌地把玉竹抱起來翻來覆去檢查了一遍，確定沒受傷才鬆了一口氣。

「以後別到這椰子樹下來坐了。」

驚魂未定的玉竹呆呆地點點頭，好一會兒才回過神來，往自己剛剛坐的地方跑去，玉容拉都拉不住。

玉竹當然是去撿椰子了。難得有個送上門的，不喝白不喝。

這個季節椰子其實能喝了，不過她想著八月開始熱的時候再賣。那時候天氣正熱，把這清甜解暑的神器一推出去，絕對是一搶而空。

想想接下來真是有得忙，要把辣椒種弄出來，還要跟著長姊去看地，芒果眼看著要摘了，椰子也熟了，林子裡的榴槤味道越來越重，也是緊接著就要賣的東西。不過她覺得，榴槤可能比芒果要難賣些。整個島上十幾個人裡，居然找不到一個和她臭味相投的人。

「小妹，不是說了，不許一個人來這樹下嗎，跑回來幹什麼？」

玉竹神秘兮兮地笑了笑，直接抱著椰子回了廚房。這裡沒有什麼吸管，直接拿刀砍了將椰汁倒進碗裡喝。

「長姊，妳嚐嚐？」

碗裡的椰汁雖然還帶著一點點碎殼，卻清亮見底，瞧著和燒開的湖水沒多大的區別。

玉容試探地小口嚐了嚐，一雙眼頓時亮了。

「好甜啊！」

玉容幾乎是只喝了一口就喜歡上這個叫椰子的東西。沒想到樹上的果子竟然能結出水來，真是教人驚奇。

「阿秀也嚐嚐！」

廚房裡的人見者有份，一人都喝到了一小口。不過就這一個椰子，喝上一圈就不剩多少了。

第九十章

很快，島上的人就知道，原來椰子這種果子是種會生很多甜水的果子。那些來島上做事的村民自然也都聽了幾耳朵。

玉竹沒有刻意隱瞞這個消息，反正最遲一個月，大家都會知道，玉家海島上不光有荔枝，還有芒果、椰子。

因此玉容姊妹幾個最近都很少回村裡，因為一回來就要應付一堆熱情的村民。

冀城白家，那可是響叮噹的大商號，他們居然跟玉家合作，要在村子裡建一座製醬的作坊，那肯定得招上很多做工的，有心想求得這份工的人可不就得上門來混個臉熟了。

玉容真是哭笑不得，這地都還沒定下來，作坊也都還沒建起來，要談工人還早著呢！她只能好聲好氣地打發了那些村民，這才帶著妹妹去了村長家。

前幾日，她來找過村長，但一直都沒有談好到底要買哪塊地，倒是把小妹要的那一畝種辣椒的地先看好了。

玉竹跟著他們去瞧了下，是在後山腳下的一片坡地上。不過沒有一畝，只有半畝。這麼大的一塊地，遇上了當然先買下來。

既然小妹覺得沒有問題，玉容便很乾脆地掏錢買了下來。

隨後姊妹仨又跟著村長去看了看村裡適合建作坊的空地，因為製醬的作坊裡，用水量肯定非常大，所以她們是沿著河邊看地，有兩處比較合適。

一處是靠近碼頭的地，建在那兒的話，魚蝦蟹收進來一轉頭就能進作坊，離出村的大馬路也近，送貨也很是方便。

另一處是在山腳下，周圍樹木茂盛，只有一條小路進去；從裡頭出來走到海邊碼頭的話，差不多要走上一刻鐘，來回要兩刻鐘左右。

玉竹想都沒想就選了山腳下那塊地。

建在碼頭附近固然是方便收貨、發貨，可颱風一來就是現成的靶子，周圍都沒個什麼遮擋，實在費力。而且每日漲潮、退潮時候，海邊總是會有很多的村民來來往往，到時候你進來看看、我也進來說說話，還不好攆得很。

山腳下的那塊地臨水夠方便了，又只有一條小路出去，到時候把作坊建起來，再拿籬笆圍一圍，村裡的人也不會天天特意往那邊跑。至於收貨、運貨，一臺獨輪車就能解決，大不了再把路擴一擴便是。

最關鍵的是這裡樹木茂盛，可以對颱風發揮一定的攔截作用。雖不能說一絲風都漏不進來，但比起碼頭附近建的肯定能抗風得多了。

玉容和二妹商量了下，都覺得小妹的建議好。仔細瞧過那塊地後，確定沒有什麼問題，玉容便掏錢將地都買了下來。

兩大片地，一共花了她近三百銀貝。

玉容前腳剛買下地，吃過飯，白家就來了人。確定了地方後，便和她商定好，三日後便把建作坊的木材、石料都送過來。

這下，村裡是不能離人了，但島上還得有人看著。

「二妹，妳自己看看，是要留在島上盯著，還是在這裡。」

不等玉玲想好，玉竹先開了口。

「長姊，我要回島上，我還要盯著他們把果子給摘了呢！」

玉玲一聽小妹要留在島上，立刻也跟著說道：「那我也還是住島上吧。平時若是小妹想出來，我還能划船帶她出來。」

「行，妳們在島上我也放心，至於阿秀，等她從城裡回來，我先留她跟我在村子裡住上幾日。」

一個人住在這大大的石頭院裡，說實話，玉容心裡還挺虛的。

「長姊，妳晚上睡覺要是害怕的話，就去叫陶嬸嬸來陪妳嘛。黑鯊也在院子呢，別自己嚇自己。」

玉竹雖然很想留在村裡陪著姊姊，可島上的果子是真的不能等，她得回去盯著才能放心。

「對了，我帶來的剁椒醬還沒給陶寶兒跟二毛送過去，二姊妳陪著長姊忙吧，我先去給他們送了再玩一會兒，傍晚再回來。」

「去吧。」玉容很痛快地放行了。

玉竹高高興興地揹著她的小背簍出去。

陶嬸嬸家是二姊未來的夫家，辣椒是早就送過的。村子裡她玩得好的，就陶寶兒和二毛還沒有送。她先去了二毛家。

往日她家的大門總是關得嚴嚴實實的，今日卻敞開了一半。剛走到門口，就聽到裡頭一陣的數落聲。

「陶寶兒你是不是傻，魚骨頭那麼尖的刺怎麼能給狗吃？」

「是是是，下次記住了。」

「還有哇，火太大啦，等一下炒出來的蛤蜊都是一股糊味，你是要全都吃了嗎？」

「知道啦，馬上給妳弄小火。」

玉竹站在門口，有點丈二金剛摸不著頭腦的感覺。

二毛跟陶寶兒最近關係這麼好嗎？不對，陶寶兒啥時候這麼勤快，還會幫著二毛做事了？

「二毛？」

聽到門口的聲音，灶臺前的二毛甩了鏟子就朝玉竹撲了過來。

「停！我這簍裡的東西可禁不起妳這一撲。」

「小竹子！妳個沒良心的，妳都多久沒來看我了！我一個人無聊死了！」

「二毛，我不是人嗎？」

二毛斜斜瞪了陶寶兒一眼，扠腰道：「你是朋友，小竹子是好朋友，那能比嗎！」

說完，她又轉身過來幫著玉竹把背上的小背簍取了下來。

「小竹子，這兩個陶罐裝得是好吃的？」

「嗯，是我們島上做的剁椒醬。上回給妳拿的辣椒，妳不是說能吃嗎，這回辣椒一收我就做了醬，給妳和陶寶兒家都準備了一罐。」

玉竹抱著其中一罐給二毛。

「這個特別辣，妳要是吃麵什麼的加一點點就行了，炒菜也只加一點點。還有，這個裡頭加了不少的鹽，要是拿來炒菜，鹽少放些。」

「辣我不怕，我可是很能吃辣的。」

二毛興奮地跑去拿刀砸開了封蓋上的泥，一股鮮辣的味道直衝鼻子，聞著就教人嘸口水。正好她鍋裡炒著蛤蜊，二毛直接拿勺舀了一坨丟進去。

一時間，整個廚房都瀰漫著辣椒的味道。

陶寶兒這個不吃辣的，嗆得眼淚直流從灶前逃了出來。

「小竹子，我阿奶回她娘家吃酒去了，今天妳要不在我家一起吃？」

「不用啦，我都吃過了。在妳家待一會兒，等一下還要送辣椒去陶寶兒家。」

雖然陶寶兒現在就在眼前，讓他帶回去也不是不行。但她好久沒去瞧過陶寶兒娘了，人家大著肚子，以後是親戚，多去看看是應該的。

「好吧，妳吃過了，陶寶兒也吃過了，那我只好一個人吃了。」

二毛的午飯就是一碗再普通不過的粟米粥，加上一碗辣炒蛤蜊。

玉竹和陶寶兒就坐在一旁，看著她吃飯。

「二毛，現在不能熬蠔油了，妳都在家忙什麼？」

「我？我在家餵雞、餵鴨，順便種種菜呀。」

「妳要不跟我上島吧？」

玉竹這話是經過深思熟慮的。

二毛現在沒有爹娘，只有個不怎麼親近的奶奶，若是自己手裡頭沒有點錢，到了年紀，肯定又是被草草配出去成親。

做蠔油是能掙些錢，但清明之後，海蠣都不怎麼肥了，要等到一、二月的時候才是旺季。這中間有大半年呢，總得給她找點事做，再掙些錢。

村子裡馬上要建起作坊，倒是缺很多人，可那些搗醬、磨醬的活她一個孩子根本做不了。正好島上現在要忙的事可多了，這才想著叫上她一起。

總之，有了錢，她阿奶才會聽她的話。

二毛聽了，放下碗筷，定定看了玉竹好久。

「小竹子，我現在不缺錢，妳不用……」可憐我……

她話沒說完，但是玉竹懂了。

也是，二毛一直都是這樣的性子，雖然家裡出了變故，但她骨子裡還是有著以前的傲氣，寧願吃苦受累地賺踏實錢，也不願意別人來可憐她、施捨她。

「我是真需要妳幫忙。」

島上連十七娘都是忙得團團轉呢，她是真需要做事勤快的幫手。

第九十一章

二毛見玉竹神情不似作假，來了興趣。「那我上島能做什麼？」

「能做的可多啦！」玉竹掰起手指數了起來。「眼前吧，收上來的辣椒馬上都要曬乾了，到時候得一根一根把裡頭的籽剝出來；幾百斤的辣椒呢，要費好多工夫。還有做蒜蓉醬，那麼多的大蒜要一個個剝開。另外，這不是要跟白家合作了嗎？他們除了買我們家的海鮮醬，還買了我的調味粉。那些調味粉的原料要整理、要分類磨成粉。這些妳跟我上島就知道了，絕對沒有忽悠妳。」

二毛能聽出來玉竹是認真跟自己說著這些活，並不是因為可憐自己，但也的確是因為自己是她朋友才格外關照。

朋友嘛，有福一起享，有難一起當。

「好！那我等一下收拾收拾跟妳上島去。妳什麼時候走，記得叫我。」

「妳們都走了，我一個人多無聊啊。」

一旁的陶寶兒很是不開心。

之前玉竹去島上長住了，好歹還有個二毛陪他打打鬧鬧。等二毛再一走，他在村子裡就沒有好朋友了，想想心裡就難受得很。可是二毛家裡沒有能頂事的人，如今有個掙錢的法子是好事，他沒理由不讓人去。

「陶寶兒，要是你有空，我歡迎你到島上玩，做工就不必了。」

陶寶兒聽了這話，心情才略有些回升，想著回去便跟阿奶她們說說，過幾日就去玉家的海島上玩。

「好啦，妳先吃飯吧，我把這罐剁椒醬給陶寶兒家送去。陶寶兒，你回去不？」

「不了，我才剛出來一會兒呢，等一下還要跟二毛去洗衣服。」

陶寶兒突然變得這麼賢惠，真是讓她大吃一驚。

「行吧，那我自己去了。」玉竹重新揹起了她的小背簍，直接去了陶寶兒家。

「這不是小玉竹嗎！好久都沒瞧見妳了。」

陶奶奶熱情得很，一見玉竹便將她抱了起來，裡頭聽到動靜的魏春也撩了簾子走出來。

「小玉竹？是來找寶兒的嗎？他去找二毛玩了。」

「我知道，剛剛才從二毛家出來呢！我是來送辣椒醬的。」

玉竹拍拍小背簍，掙扎著從陶奶奶身上滑了下來。

魏春一聽辣椒，口水都開始忍不住往外流了。

幾個月前，玉竹平安回來後，曾給自家送了一份加了辣椒的肉醬。她打懷孕後就一直食慾不振，偏偏就著那肉醬能吃上兩大碗的飯，可惜分量不多，吃完後再抓耳撓腮也買不到。

「好大一罐辣椒，小玉竹妳來得可真是時候！」

魏春挺著個肚子一時不好抱她，只能拉著玉竹的小手愛憐地摸個不停。

「要不說咱們兩家親呢，妳們有啥好的都想著我。玉竹啊，春姊姊偷偷問妳點事好不好？」

偷偷？玉竹眨巴眨巴眼，點點頭。

魏春拉著玉竹進了屋子，拍拍床褥將她抱到床上坐好，這才開口道：「妳姊姊……哦，我是說妳長姊她有沒有跟妳們提過，打算什麼時候成親啊？」

「成親？」

玉竹愣了下，想起姊姊說的話。長姊說，之前回絕媒婆的時候都是說要找到阿娘了才考慮成親的事，話都放出去了便得照著做，免得落人口實。

「春姊姊，我娘的事妳知道嗎？」

「妳娘……不是逃荒的時候失散了嗎？」魏春心裡突然咯噔一下，想到了之前玉家姊妹拒絕媒婆的傳言。「妳姊姊不會真的要等找到妳娘才成親吧？」

「是的。」

玉竹剛點個頭就見魏春臉色變了變。

其實她能理解，畢竟魏平這個年紀在這時代已經算是大齡青年了，守著個未婚妻，還得等她找到娘了才能成親，而且這個娘一點音信都沒有。作為家長，魏春不高興也是情理之中的事。

玉竹都做好了被冷臉攆出門的準備，沒想到魏春卻是什麼也沒說，還往她兜兜裡塞了兩顆糖，好聲好氣地送她出去。

好奇怪呀，這一點都不像魏春的性格。

想不明白的玉竹回了家，正好長姊還沒出門，她便將自己剛剛和魏春的談話告訴了姊姊。

玉容聽完倒是沒什麼驚訝的樣子。

「傻丫頭，妳不知道，魏平他半個月前破了一樁販賣幼童的大案，剛剛又升職啦。」

「又升官啦?!」

難怪呢，自家弟弟這身分越來越高，她當然不怎麼喜歡一個商戶孤女做弟媳婦了，尤其姊姊還一直拖著不肯成親。

不過魏平倒是沒有什麼意見，他也一直說要先以事業為重。所以，魏春的那點心思應該沒什麼關係吧？

傍晚的時候，玉竹便帶著二毛坐著二姊的船回了島上。

玉竹念著二毛剛來，肯定有很多地方不熟悉，人也不認識，便先帶著二毛去了島上特地留出來的客房，放好東西又去瞧了廚房。

「這是十三娘和十七娘，島上除了我們姊妹就她們兩個姑娘家。要是有時候我沒在妳身邊，妳有什麼事都能找她們。」

玉竹先給二毛介紹了人，又給兩人介紹了二毛。

十一那幾個戴著腳鐐好認得很，至於那些護衛，倒沒有必要特意認識，反正二毛的工作區域就在這一塊。

帶著二毛簡單地把林子到碼頭的路轉了一圈後，玉竹看著一株株辣椒，腦子裡突然冒出來個想法。

一家獨大是不行的，自家島上這麼多的果樹，別人都沒有，眼紅的肯定會越來越多，倒不如把一些果苗拿出去，是賣是送都好，總之讓這些水果傳揚出去。

海島上的果苗並不是很多，之前種下去的荔枝到現在只成功活了一半，還是一群幼苗。玉竹打算等它們大了點再說，先把林中現有的那些已經長成的小樹苗拿去賣。

荔枝、芒果、榴槤，這些都是種下果核便能發芽成苗長大的，只要多給她幾年時間，她的小果園就能發展起來了。

二毛本來還擔心著上島後玉竹會不讓她幹活，結果第二天一早就被拖起來去了林子裡——挖樹苗。

「不是用鋤頭挖，用這個小鏟子，沿著我給妳畫的這一個圈慢慢刨下去，挖出來的果苗是要帶土的哦。」

玉竹把自己選好要挖出來的荔枝樹都畫了圈圈，正好家裡還有一些小陶缸，挖出來裝進去，這樣明兒個就能讓二姊拿出去交給長姊賣了。

這些水果反正也不可能一輩子都被自己藏在海島上，乾脆大家一起種好了。

兩個人挖了一上午，一共刨了二十棵小樹苗出來。

荔枝的有六棵應該挺好賣，剩下芒果和椰子、波羅蜜的苗，現在外頭還不知道有這樣的水果，只怕一時也賣不出去，所以她打算種兩棵在自家石頭院裡，另外送給陶嬸嬸和村長家幾棵。

等明年種出來的果樹多了，再給村裡其他人送。只要它們能種活，那整個村子的人就都能吃上不花錢的水果了。

玉竹幹勁滿滿，下午又和二毛忙著把果樹裝到小陶缸裡再填上土，十三娘她們有心幫忙，但自己手上的活也不少。她們要忙活島上所有人的飯食，還有洗衣打掃，只能各忙各的，互不打擾。

現下玉容在村裡監督著搭建作坊的事，島上製醬的事卻不能耽誤。因為和白家商量好了，等村裡的作坊開始製作海鮮醬後，雲家一個月就只能拿兩千斤的貨，所以這陣子是最忙的時候。

玉容想著在作坊建好之前多給雲家備些貨，也算是自家的一點歉意。

玉家姊妹這廂忙得團團轉，那頭的魏春再也坐不住了，也不顧自己幾個月大的肚子，硬是給牛車墊了厚褥子，坐著進了城。

一聽到女兒進院子的聲音，余大娘當真是嚇得不輕。

「胡鬧啊妳！有著身孕還不消停，不老老實實在家待著，來我這兒做什麼？」

「娘，我來當然是有要緊的事，咱們進屋說。」

魏春還是頭一次見到弟弟給娘買的兩個僕人，對他們自然不信任得很，拉著娘便往屋子裡頭走。

余大娘一動不敢動，生怕自己撒手會讓女兒磕了碰了，只能順著她的意思跟她進了屋。

「好了，有什麼話就說吧，藏著掖著做什麼？」

「娘，我這次來是為了小弟的婚事。他這不是又升官了嗎——」

到底是自己的女兒，一聽這話，余大娘就知道她想說什麼了。

「打住打住，我知道妳要說啥。」

余大娘沈著個臉，一把將自己的手抽了回來。要不是顧忌女兒還懷著身孕，她真想一巴掌拍過去。

「平兒的婚事，自有我這個當娘的做主，妳一個外嫁的姊姊，還是不要插手太多得好。容丫頭很好，我就喜歡她，妳弟弟更喜歡，我們什麼想法都沒有，妳啊，先顧著妳的肚子吧！」

「娘，我知道，玉容那姑娘是不錯，可一直拖著不肯成親，那要弟弟等到什麼時候去？這幾日，好幾個媒人來找我呢，說得都是咱淮城裡的官家女兒。妳也不瞧瞧，和他一般大的，孩子都滿地跑了。」

說到孩子，余大娘心裡顫了顫。她又何嘗不想容丫頭早日和兒子成親，再生個可愛的小人兒給她帶。每次去上陽村聽著寶兒奶奶一口一個乖寶兒的，她都羨慕得想哭。

可是想是想，但有些念頭就是不能動。

「容丫頭是要找娘才耽擱親事的，這是為人子女應該做的事。她孝順，我喜歡。反正我認定了她這個兒媳婦。那些媒人既然會去找妳，自是在我和平兒這裡吃了閉門羹才去的，妳怎麼就沒長點腦子？當初平兒沒有升官的時候，個個都嫌我拖累，不肯嫁過來，唯有容丫頭與我親近，半分嫌棄都沒有，逢年過節對妳、對我哪一次不是備了厚厚的禮？如今妳弟弟不過是升了兩階，有什麼好得意的？」

魏春被說得臉上有些掛不住。

她當然知道玉容是個好姑娘，可再好，那也是個商家孤女。弟弟如今風華正茂，焉知日後會不會升得更高，兩人之間，實在難以匹配。

若是玉容肯痛痛快快地成親，那她倒不說什麼了。可她一直拖著，若是一直找不到娘，那就要二十才成親，小弟就要再等四年。

魏春最介懷的就是這個。哪有一個二十四、五，事業有成的男人還沒成親生子的，豈不是要讓人笑掉大牙。

「娘，我知道我這麼說是不太厚道，但妳想想小弟都多大年紀了，她若真心和小弟好，又何必非要拖那麼久？」

「好了，不必再說了，妳若不是我的女兒，現在就該將妳打出去才是。容丫頭和平兒已經訂了親，那她就是我們魏家的人，妳的弟媳婦。別再想那些有的沒有，安心養胎好好把孩子照顧好才是正經事。」

魏春嘆了一聲，只能把話都嚥了回去，吃過飯便又坐著牛車回了上陽村。也不知是心裡不舒服，還是一路顛簸到了，回家便開始稱病臥床休息，再沒見她出過家門。

三日後，海島上的芒果已經熟了一大片。

玉竹早早就給秦大人去了信，邀請他今日帶著夫人上島摘芒果。秦大人這個人守信得很，肯定會來的，所以島上這兩日可忙了，草坪上亂七八糟的東西都給清理得乾乾淨淨，屋子也全都打掃了一遍，就連進林子到湖邊的小路都修整過。

巳時剛過，眼尖的二毛就發現海上來了一艘船。

「小竹子，那應該就是秦大人他們的船吧？」

玉竹看得不太真切，不過這個時間過來的，差不離了。

「二毛，妳跑得快，幫我去叫下二姊。」

招待客人還是要有家長在才行，她一個小孩子未免失禮了些。

一刻鐘後，那艘漁船漸漸靠到碼頭上。來的的確是秦大人與夫人，不過他們身後還跟著一個略微白胖的男人，瞧著一起說笑的樣子，關係挺不錯的。

互相見了禮後，秦大人才介紹道：「這位是我的大舅兄元宏文。因為我這大舅兄家中是開果園的，對這個芒果很是好奇，所以便跟著一起來了。玉姑娘不介意吧？」

玉玲忙笑著搖搖頭。「當然不介意，都是貴客呢，裡面請。」

一行人穿過了林間小路，來到了玉家島上的大本營。

元氏從來沒瞧過這樣奇特的地方，一路上那雙杏眼忍不住往兩邊直瞧。

「夫君，此處的屋子怎麼都是用竹子做的？」

「看著是竹子，裡頭其實還是泥胚砌的，只是外頭加了這層竹子，下雨天牆面就不會掉泥了。玉家的這幾個丫頭，心思玲瓏著呢！」

秦大人對玉家幾個姑娘評價都很高，元氏平日裡也聽了不少，對玉家這幾個姑娘早就心存好感。尤其是那個最小的，小大人的樣子最是可愛。

今日夫君說要帶她出來放鬆心情，所以家中那個小壞蛋便沒有帶出來。這會兒瞧見個小女娃，她就想到了自家女兒長大了會不會也是這個樣子，心裡變得更加柔軟起來。

第九十二章

「小玉竹，我能抱抱妳嗎？」元氏直接將玉竹摟進懷裡抱了起來，雖然有點壓手，不過就一小段路，她還是抱得動的。「小玉竹，聽說等一下是由妳帶我們摘芒果是嗎？」

玉竹滿腦子都是夫人好香、夫人好軟、夫人聲音真好聽，好半晌才呆呆地回了個是，把一旁的秦大人都逗笑了。

「夫人，看來以後得少帶妳出門才是。瞧瞧這才剛上島，就迷住了一個。」

元氏也跟著笑了。

玉竹帶著秦大人他們先在院子裡小坐了一會兒，喝了兩杯花茶後才去了後頭的果林裡。

「夫人，裡頭有種果子的味道有些臭，要不要先把鼻子捂起來？」

玉竹實在不忍心這如花似玉的夫人聞到那臭臭的榴槤味。

「臭？沒有啊，我倒是聞到了一股很香的味道，是你們說的那個芒果嗎？」

元氏好奇地牽著玉竹往裡面走。

走在前頭的秦大人已經聞到了榴槤味，忍不住拿衣袖捂住了口鼻。元宏文也好不到哪兒去，鼻子捂得嚴嚴實實的，若不是玉竹一開始就說了讓他們心中有了準備，這會兒他肯定轉頭回去了。

究竟是什麼水果，竟然會發出臭味呢？

「夫人不覺得臭嗎？」

「沒有啊，反而覺得越來越香了呢。」元氏還很享受地深吸了一口氣。

「大人到啦，這些就是芒果樹啦！」

這樹上黃澄澄的芒果一個個又大又飽滿，看得她直流口水。可惜她過敏，一口都不能吃。

玉竹彷彿一點都聞不到臭味似地穿梭在那幾棵芒果樹間，幫著找了一顆熟芒果最多的樹。說好了要讓秦大人他們親自動手摘果子，所以籃子什麼的都是早早就備好了的。

當然，還得給他們試試過不過敏，萬一過敏了，可不是開玩笑的。

也是秦大人脾氣好，才容得了她這樣那樣地提要求。好在與芒果無緣的人畢竟是少數，秦大人三人都是能吃的。

玉玲當場便摘了兩個回去，切在碗裡又送了過來。

「好甜啊！一口下去，滿滿的汁水爆出來，太好吃了吧！」

元宏文吃得最多，最後乾脆直接把碗給搶了過去。

秦大人笑著數落了他兩句，也不跟他爭，拿著自己的籃子去摘玉竹說的那棵樹上的芒果。元宏文吃完果子，卻是對果苗來了興趣，逮著玉竹一個勁兒地問著這些芒果的花期、果期，心思已經是昭然若揭了。

等玉竹應付完秦大人的大舅兄，一回頭發現秦夫人不見了蹤影。秦夫人今日穿得明豔，好找得很，她沒走多遠就在榴槤樹下發現了人。

「夫人，怎麼一個人到這兒來了？」

「我聞著香來的呀。這個就是妳說的那個臭果子吧，熟了嗎？」元氏摸了摸榴槤那帶刺的外殼，躍躍欲試。

「還沒呢，至少還有半個月才熟。若是夫人當真受得了它的味道，等它熟了，便給夫人送到府上嚐嚐？」

玉竹難得遇上臭味相投的人，直戳她的心上，這會兒別說是送榴槤了，就是夫人要這一棵樹，她都能毫不猶豫地送出去。

元氏一聽這話便開心地笑了，連忙應好。

這丫頭小小年紀，說話真是有點小大人的樣子，想都不想就往外送東西。不過她喜歡這小丫頭，一見她就覺得親切，不說當她是女兒一樣地喜歡，卻也有一半了。

她抱著玉竹轉回到芒果樹下，跟著自家丈夫一起摘了滿滿兩大籃芒果。摘完果子便去找大哥，叮囑又叮囑，不許他讓小丫頭一家子吃了虧。

大哥上島的原因她也知道幾分，無非是為了那些他果園裡沒有的荔枝樹，他就是為了買荔枝苗來的。

元宏文保證了又保證才去找玉玲說了自己的來意。

「本來呢，我是想買荔枝的苗，不過現在我改主意了，不知玉姑娘能不能將那芒果苗也勻一點給我呢？」

「買樹苗？這事啊，你不該找我，我連那林子裡一共幾棵果樹都不知道呢。我們家的果樹都是小妹在管的。」

玉玲笑嘻嘻地把自家小妹推了出來。

元宏文當場就愣住了。就這麼個小人兒？談買賣？

「元叔叔，你想買多少苗呢？什麼時候要？」

玉竹一點都不怯場。這林子裡有多少果樹、多少果苗，她心裡都記得清清楚楚。

元宏文眨眨眼，看看妹妹又看看妹夫，見他們都是見怪不怪的樣子，這才強壓下心中的怪異感，坐到了玉竹對面和她談買賣。

「我那果園有點大，果苗當然是越多越好了。我想買荔枝和那個芒果的果苗，小玉竹，妳這兒有多少？」

玉竹搖搖頭。「芒果的都沒有了，荔枝倒是有幾十株，不過要等上一個月，現在還不能移植。」

聽到沒了芒果苗，元宏文心裡有那麼一絲失落，不過有荔枝也不錯，芒果的明年再說。

「那就要荔枝，下個月能拿多少是多少。」

「那價錢呢？元叔叔，價錢不合理我可是不賣的喲。」

元宏文想了想剛剛小妹和自己說的話，難得地大方一次。「外頭的橙子、香蕉苗，一棵是按五十銅貝來算的，不過荔枝是以前外頭都沒有過的水果，價錢呢，我當然要給高一些。七十銅貝一棵如何？」

七十銅貝一棵，她下個月大概能挖出四十來棵，全賣出去也才近三個銀貝，太過廉價了。

「不行、不行，太低了，不能賣。」一棵荔枝樹成年後一季有那麼多的果子，只賣一棵就能賺一個銀貝，七十銅貝差得太多了些。

「元叔叔，你說的價我不同意，不過看在秦大人、秦夫人的面子上，我可以給你個實誠價，兩銀貝一棵荔枝苗。」

元宏文驚得手裡的茶杯都掉到桌上了，回頭十分委屈地看著妹妹。「她說什麼？兩銀貝一棵苗？」

元氏不懂果苗的價格，不過能讓大哥露出如此心痛的樣子，想想也是好笑得很。

「大哥，這做買賣講究的是你情我願嘛，人家小玉竹都說了價，你能買就買，不買就算了。」

這還是親妹妹嗎，淨幫著外人說話！他轉頭又去看妹夫，發現他也是一副愛莫能助的表情。

「兩銀貝一棵，這也太貴了，小丫頭妳可別亂喊價，我到時候找妳長姊談去。」

找長姊？玉竹才不怕。「島上的果樹都歸我管，賣多少都是我說了算，長姊是不會多說什麼的。」

她笑著端了一盤切好的芒果放到桌上。「元叔叔，你要是買了我家的荔枝苗，來年等開春了，我再送你一些芒果苗，保證不讓你吃虧。」

芒果……元宏文看著眼前水汪汪的果肉，嚥了嚥口水。

行吧，兩銀貝就兩銀貝，誰讓它們那麼好吃呢？

「妳個小滑頭，可不許騙我啊。」

這意思就是應下了。

玉竹喜上眉梢，飛快地在心裡盤算了下，下個月起碼能賺八十多個銀貝，好多好多的私房錢呢！

秦大人一行一直在海島上玩到傍晚才帶著滿滿兩籃的芒果回家。

短短幾個時辰，元氏已經和玉竹打成一片，臨走的時候捨不得，只能再三叮囑，日後去城裡的時候一定要去府裡瞧瞧她。

玉竹自然是連連答應，還給元氏塞了好多好多的東西，除了一些常用的調味醬料，還把數量很少的鮑肝醬送了一些給秦夫人，還有椰子也挑著大的讓人摘了幾個。

接下來的兩日，島上風平浪靜，二毛和玉竹上午趕趕海，照看果樹，下午就剝辣椒籽，一天安排得明明白白。

玉玲就是兩頭跑，上午回村裡瞧瞧，下午回來守著島。不過今日她回來的時候，還帶回了玉容。

「長姊，今天怎麼有空回來啦？」

玉竹丟了手裡的螃蟹就朝著姊姊飛奔過去。好幾天沒看到姊姊了，真是怪想她的。

玉容格外享受小妹對自己的熱情，抱著她一路走回去。「今天回來呀，是好事。」

今日一大早，玉容本是想雇幾個種田的好手把小妹買的那半畝田給翻一翻，拾掇一下，結果剛出門就遇上了秦府的採買管事。

之前賣荔枝的時候，她和這管事見過幾回，不算臉生。那管事一見她就非常自來熟地和她打招呼，笑她不夠厚道。

玉容一問才知道，原來秦大人的夫人日前辦了一場賞花宴，邀請了淮城各大府的夫人、小姐一起品嚐新出的芒果。

秦夫人如今可算是淮城裡地位最高的女人，她的邀請自是沒人敢不賞臉的，所以各家女眷都去了。雖然試過敏的時候，席上好幾個人都對芒果過敏，但這一點都不妨礙眾人對它的追捧，所以那管事便一早被打發到上陽買芒果。

玉容和那管事說個話的工夫，又找來了兩家，都說要買芒果回去，最少都要買上五十斤。

芒果樹可不比荔枝，一棵樹有六、七百斤，島上那些一棵不過兩百斤左右，這家要五十，那家要一百，可不夠賣。所以玉容將管事們都安頓在院裡，自己回來瞧瞧，看看今日能摘多少芒果。

「小妹，我先帶人去摘芒果，妳想想這些要賣多少錢一斤。」

聽完了來龍去脈的玉竹傻呵呵地笑了笑。「知道啦。」

秦夫人真好呀，雖然自己一開始就是打著讓秦大人做廣告的目的，請他們夫婦來島上摘芒果的，可她萬萬沒有想到秦夫人會這樣貼心，還親自辦了賞花宴把芒果推銷到各府面前。

說實話，她一直都挺擔心賣芒果的事。因為總得先知道人過不過敏才好賣給人家，所以得先在人家手上做個試驗，可一般人誰願意傻傻地伸手弄些汁水在手上，萬一沒反應還好，起了反應，遇上那不講理的說不定還要說這果子有毒，找討藥費。但秦夫人來做就不一樣了，她的地位最高，那些人也不敢說什麼。

如此一來，目前最困擾她的事算是圓滿解決，家裡這幾百斤芒果只怕用不了幾天就能都賣出去。

該賣個什麼價錢好呢？玉竹細細琢磨了下，訂了價錢。

「長姊，一斤咱們翻倍，賣三十銅貝一斤。告訴他們芒果稀少只夠賣五天，全憑自願。」

玉容想都沒想就應了下來。她瞧過了，林子裡的芒果確實不多，至多能出個一千斤左右，賣十五銅貝當然太少了。

「好啦，我先帶兩百斤回去給他們，明日午時前妳們再多摘些芒果送到碼頭上，我會讓人去搬。」

玉容都來不及坐下和兩個妹妹吃頓飯，又風風火火地走了。

時間過得飛快，島上的芒果從成熟到賣出去，不過是一週的時間。這回島上是一點存貨都沒有，自己都不夠吃，就別提送村民。

一千斤左右的芒果一共賣了三十二枚銀貝，這些都進了玉竹的小口袋。這是玉容、玉玲姊妹倆早早就說好的。

等忙完了芒果的買賣，島上的榴槤也熟得差不多能賣了。

最近整個島上都飄蕩著榴槤的味道，除了玉竹泰然處之外，其他人一靠近榴槤樹，都要拿布帶將鼻子給捂住綁起來。

玉竹先摘了一個，略捂了下，等那殼上的尖刺都變軟了才打開。

一打開就驚了。

這榴槤的品種可以啊！看著有些像貓山王榴槤，殼薄肉大，薑黃色的果肉看著就比那淡黃色的有食慾。

玉竹先摁了下，果肉已經非常軟了，能吃！

她把其中一瓣倒進碗裡，拿了個勺子，大大挖了一勺。

「二姊，來嚐嚐嘛！」

玉玲的頭搖得跟個撥浪鼓似的。

「不吃、不吃。」一邊說一邊還往門邊退，生怕妹妹餵到了自己嘴裡。那榴槤肉不光臭得厲害，顏色也……

不能想，一想就快吐了。

玉竹拿著勺子又看向了二毛。二毛大驚，嚇得拔腿就跑，躲得比玉玲還遠。

「妳饒了我吧，我可不吃。」

玉竹很是無奈。怎麼就沒有人信呢，榴槤真的好好吃的！

「十三娘、十七娘，妳們呢，要不要來一口？」

十三娘尷尬地扯了扯嘴角，不敢拒絕卻也不敢開口說要吃。倒是十七娘夠義氣，站出來說可以吃一口，那視死如歸的樣子真是太讓玉竹感動了。

「就吃一小口，要是感覺味道不對會噁心，妳就吐出來。」

十七娘就著玉竹的手，把那一大勺的榴槤都吃進了嘴裡。入口軟爛的口感加上讓人窒息的臭味，十七娘忍不住嘔了兩下，不過很快地，一股帶酒香的味道和其他香味冒了出來，真是越吃越香。

眾人瞧著她那一臉的痛苦漸漸變成享受，一時心癢難耐。榴槤當真是聞起來臭，吃起來香？

玉竹拿十七娘做例子蠱惑著二姊和二毛過來嚐嚐，兩人禁不住勸，一人嚐了一小口，結果吐得昏天黑地，從此一見榴槤便要退步三舍。

唉，這等美味，二姊和二毛竟然無福消受，真是可惜。

最後那一整顆的榴槤都被玉竹和十七娘瓜分了。

晚上，玉竹一個人坐在火堆旁，看著不遠處那一棵棵榴槤樹發起愁來。

這可怎麼辦呀，不喜歡榴槤的實在太多了，她認識這麼多的人，只有自己和十七娘還有秦夫人喜歡吃。

這麼多的榴槤若是賣不出去，只靠自己吃，那得吃到什麼時候去？

要不，明兒摘上幾個捂熟了拿到鎮上去試試？

玉竹愁死了。

這東西也不能讓秦夫人拿去做廣告，太臭了，實在有辱秦夫人在那一眾女眷心目中的形象。

怎麼辦呢？

第九十三章

玉竹想得頭都疼了，都沒有想出個好辦法來。

不過，很快就不用她想辦法了。因為，颱風又來了。

這次的颱風來得實在古怪，幾乎沒有任何預兆，先是烏雲密布了整個上午，讓人以為是要下大雨，結果下午來的卻是颱風。

那些颱風來臨前的徵兆一個都沒有出現。

玉竹坐在屋子裡，聽著外頭噼哩啪啦的雨聲，當真是心急如焚。這麼大的颱風，樹上的榴槤一點防護都沒有，颱風一過不滿地都是？

「小妹，這是天災，沒有辦法的。等明年，明年還會再長的嘛！」

玉玲只能口頭安慰安慰，外頭那麼大的颱風，她們不可能讓人給榴槤做什麼防護。只能等颱風過了，再去瞧瞧，看看還有沒有什麼能補救的。

玉竹當然明白，就是心裡不好受。那麼多的榴槤眼看就要摘了，卻遇上這麼件事。想想心頭就要滴血，也不知道這颱風究竟還要颳多久，真是愁上加愁。

晚上，姊妹倆窩在被子裡聽著風聲雨聲閒聊，不知怎麼就說到了十三娘他們。

「二姊，十三娘他們對咱們真的挺盡心的，他們的腳鐐就不能取下來嗎？」

「腳鐐？」玉玲笑了笑，摟住自家的傻妹妹。「那東西取不取得由官府做主，咱們可做不得主。」

「啊？那是不是只要秦大人開口，十三娘他們就不用戴腳鐐了？」

玉竹是真想幫十三娘他們解開那東西。被打成奴隸，終生沒有自由已經很慘了，還要天天戴著腳鐐；若是個惡人也就罷了，十三娘他們勤勞又忠誠，實在不必天天戴著腳鐐。

「秦大人若是開口的話，不好說。不過沒有誰家會去解開奴隸的腳鐐，妳就算是去和秦大人說，他大概也是不會同意的。小妹，其實咱們對他們已經很好了。妳還記得之前去買人的時候，妳看到的那些場面嗎？那才是一個奴隸日常的狀態，妳再看看十三娘他們，吃得好、睡得好，白日只需要做一些不太重的體力活就可以了。」

玉玲把萬澤國多年以前的奴隸史拿出來又仔仔細細說了一遍，玉竹也是頭一次了解這些。

萬澤就是奴隸翻身的典範，他們也怕，怕巫滄人有一天也會像他們那樣，所以腳鐐是每個奴隸必戴的東西。

「好吧，先不說這事，以後有機會我去問問秦大人就是了。」

玉竹暫時將這個問題丟到了一邊，又問起家裡作坊蓋的進展，還有自己買下的那塊地究竟什麼時候才能種下辣椒。

到了第三日，風小了，雨也小了。玉竹一醒過來就披了蓑衣跑去瞧她的榴槤。

現場簡直慘不忍睹，一共就那麼幾棵榴槤樹，大半的榴槤都被颳到了地上，人走過去都沒個地方落腳。

「小妹……」玉玲擔心小妹難過，上前牽住了她。「我跟十三娘他們看過了，這些榴槤還有很多都沒有破，拿來捂上幾日肯定還能吃。」

玉竹露出個比哭還難看的笑。

就算捂上幾日還能吃又能怎樣，她一時該去哪裡找那麼多的買家？何況這東西，那麼、那麼地臭。

算了，好歹沒有全吹落，總算是給她留了點。

「沒事，二姊，反正像妳說的，今年不成還有明年嘛。」

玉竹心裡隱隱有了個想法，只是需要試驗一下。

認真說起來，她當初也是一聞到榴槤就想吐，可是做成了蛋糕或糕點後，它的那股味會被其他材料減掉，吃起來就沒有那麼臭了。這裡沒有能做蛋糕的材料，不過她可以試試其他糕點。

玉竹不是個擅長做糕點的人，但有一道她自己特別愛吃的炸牛奶是做得爐火純青。把牛奶換成榴槤肉攪和成泥、裹上粟米糊炸，先試試看是個什麼味。實在沒有人愛吃，那就只能丟海裡餵魚了。

「行吧，妳能想通最好。」

瞧著小妹臉色好了很多，玉玲這才放了心，轉頭跟著十三娘她們一起把掉在地上的榴槤都搬回了倉庫裡。

破掉了三十來個，放也不能放，只好丟進了海裡。

捂了兩天後，倉庫裡的那些榴槤熟了十幾個，玉竹挑了五個讓二姊去村裡的時候，把那五顆榴槤讓人給秦夫人送去。剩下的則是拿到了廚房裡，讓十七娘幫著把榴槤肉剁了碾成泥，準備拿來做實驗。

快到中午的時候，二姊玉玲沒有回來，反而是鍾秀被陶木送上了島。

「秀姊姊，妳不是在村裡陪長姊嗎？」

「對呀，晚上我再回去陪她。這不是好長時間沒見著妳了嗎，聽說島上這兩日損失不小，順道回來看看。妳這是在做什麼？」

鍾秀捂著鼻子靠近一看，那堆黃黃的肉都被攪成了泥狀，還在不停翻攪。怎麼辨，她有點想吐了。

「秀姊姊，我這會兒忙著做好吃的呢，這個妳聞不慣，妳還是出去吧。」

「哦、哦，好，等妳們做完了我再來。」

鍾秀如蒙大赦，調頭就出了廚房。只是那味道實在霸道，離開廚房還是熏人得很。所以她乾脆出了林子，一個人去了海邊，沿著沙灘走路。

有海風陣陣吹著，她身上的味道很快散了。正當她想調頭往回走的時候，突然瞧見海上飄來了一塊木板，板上還有一個人。

前兩日才颳過颱風，這人很有可能是沒來得及返航的漁民。

鍾秀立刻跑到岸邊，解開了竹筏的繩子朝那人划了過去，將人拉到了竹筏上。但這人的穿著並不像是普通的漁民，倒像是行商的商人。

「喂，醒醒！能聽見我說話嗎？」

鍾秀試了下脈搏，還是活的，又去拍那男人的臉，卻一直都沒有什麼反應。這可怎生是好，島上也沒個郎中。

鍾秀只好先划著筏把人帶上了岸。

治個什麼跌打損傷的她在行，但這溺了水的，她確實沒什麼經驗。所以放下人便去找了玉竹和十三娘她們，看知不知道怎麼救溺水的人。

玉竹一聽說岸邊漂來了一個男人，哪還有心思折騰榴槤，立刻洗乾淨手跟著鍾秀一起來到了岸邊。

瞧見那躺在沙灘上的人時，她臉色都變了。

儘管那人的臉色慘白，鬍渣大片，頭髮也是亂七八糟的，她還是一眼就認出來，那是和自家有生意來往的雲銳。

「雲叔叔?!」

玉竹仔細檢查了下他的情況，發現他腹腔並沒有積水，昏迷應該是因為其他原因。

「咱們島上沒有郎中，還是得讓郎中給他瞧瞧才行。秀姊姊，要不妳帶上兩個護衛把他送到村子裡？長姊會帶他去看郎中的。」

鍾秀正要應下，突然發現地上的人手動了動，接著便看到那人的眼皮子掀開了一條縫。

「好、好、好臭……」

好嘛，前些日子剛臭暈了兩個，今兒又臭醒了一個。她乾脆把榴槤賣到藥鋪去算了。

「雲叔叔，能看清楚我是誰嗎？」
雲銳眯著眼，一眼就看到身邊那個臉上有疤的姑娘，這姑娘很是面熟，卻又一時想不起來在哪兒見過。他剛剛是有意識的，只是被人救了，那口氣一下鬆下來，整個人都軟了，說不出話來。
他知道是那個姑娘救了自己。
「雲叔叔？」
雲銳回過神，看到一臉焦急的小玉竹，鼻子一酸。「小玉竹！」
到此刻，他才算是完全放了心，終於得救了！天知道這兩日他在海上漂流，過得是什麼樣的日子。
見他意識清醒了，玉竹就不急著送他去看郎中了，直接讓人把雲銳抱到了客房裡。瞧著他一連吃了三大碗的麵，才明白過來他分明是餓暈的。
「雲叔叔，你們是遇上颱風船翻了嗎？那天上午那麼厚的烏雲，你們就沒有躲躲嗎？」
「有！怎麼沒有！」
那麼厚的烏雲，誰都擔心會遇上暴風雨，所以他們一早就將船靠到了岸邊，尋了一家農戶躲了三日。
「躲了三日，到颱風過了我們才拔錨出發的。結果船才行了半日，船側居然破了一個大洞，補都補不上的那種，海水很快灌進了船艙裡，大家就只能各自逃命了。」
雲銳怎麼想也想不明白，明明走之前特地檢查過，船上一點毛病都沒有，怎麼行了半日就突然破了。

「幸好船沈的地方離你們這兒不遠，不然我也漂不到這兒。唉，也不知道船上其他人現在怎麼樣了。」

說起來，船上好像只有他水性最不好，如果老天保佑的話，那些人應該都還好好的。

「小玉竹，這回我那船上的貨款也跟著沈到海裡了，我是訂不了貨啦。」

「沒關係，只要你人沒事就行。雲叔叔，那你好好休息吧，晚點秀姊姊回村裡的時候，我讓她給長姊說一聲，給你家裡去個信，免得他們擔心。」

屋子裡很快安靜下來。

廚房裡的玉竹又開始弄她的炸榴槤。這回鍾秀倒是沒走了，只是也學著十三娘那樣在臉上綁了個布帶，將鼻子纏了起來。

「剛剛聽妳喊雲叔叔，我倒是想起來了，他就是那回在玄女廟派人跟蹤妳們的人是吧？」

「嘿嘿，秀姊姊真是好記性，就是他呢！後來他不是從咱們家訂了沙蟹醬嗎，之後就一直有生意來往。對了，他還救過我呢。」玉竹一邊剖榴槤，一邊將自己流落荒島的那些事又講了一遍。「要不是他的船送我回來，我還不知道要在那島上過多久，說不定都回不來了。」

「呸、呸、呸！三姑娘說什麼呢，這話不能說。」十七娘聽得真情實感，眼睛都紅了。

「好，不說，反正呢，他這回有難落到了咱們島上，咱們也要幫他才是。秀姊姊，妳晚些時候回村裡，跟長姊說一聲吧。讓她給北武雲家商號送個信去，就說雲銳在我們這兒，人很好。」

鍾秀點點頭，記在了心裡，傍晚一回到村裡便告訴了玉容。

第二天一早，玉容就讓人帶著她刻的書簡去了城裡的驛站，把要給北武雲家商號的信送了出去。

從淮城到北武若是走水路，大概只要三、四天，送信的話，聽說要五、六日左右。

玉容只負責送信，島上有二妹與小妹看顧，她不擔心，反正她眼下只專注著醬坊的事就行了。

可比玉家的信先到雲家的，是雲鋒兩口子。

本來他倆近幾年都沒準備要回雲家老宅的，只想著先找著三個女兒，可人算不如天算，兩個人都生了不小的病，最後不得不回去。

雲鋒當年在外頭跑買賣得罪了人，教人暗算，發賣成了奴隸，因此認識了姚文月。兩人都熬過一段苦日子，虧了身子，後來好不容易趁著逃荒逃出來找到了雲家商號，這才算是苦盡甘來。

可惜那勞損的身子一時半刻是養不好的，他們又一路沒有停歇，四處奔波地找女兒，這才又累垮了。

雲宵心疼弟弟，見他二人病得臉色都黃了，也沒什麼精神，顧不得計較他們成婚不通知家裡，趕緊讓人扶著兩口子回去躺下，再吩咐人去請郎中到府裡。

這才剛安頓好了二弟，又聽到門房來報。
「大老爺，碼頭的白掌櫃有信傳來了。」

第九十四章

「白掌櫃的信？他說什麼了？」

老管家欲言又止，實在不敢開口，只能趕緊將懷裡的信箇拿了出來。

雲霄看完臉色大變。「老三失蹤了！」

剛進門的雲成兄弟倆聽到這話，嚇了一跳。

「爹，你說什麼呢？三叔怎麼失蹤了？」

「是碼頭白掌櫃來信說的。和你三叔一起出去的船員有幾個在海上被來往的貨船救了，送到了碼頭上，說是因為遇上了颱風，後頭船又破了洞，船就這麼沈了。」

雲霄背著手在屋子裡急得團團轉。

從那碼頭白掌櫃捎信過來，已經過了近十天，再算上那些船員在海上返回的日子，都有大半月了。他就是想救老三，都不知該從哪兒救起。

「爹，你先別著急，那些船員都得救了，興許三叔也讓人救了呢。三叔若是讓人救了肯定會送信回來，咱們一邊派人去找，一邊等信就是。」

雲成最先冷靜下來，說得也句句在理。雲霄的情緒慢慢鎮定下來。成兒說得不錯，不能亂。

「管家，你去把雲嶺找來，找老三的事我得交代給他。另外再給各家分號傳信，若是有老三的消息，務必立刻送回讓我知曉。」

老管家應下，轉身立刻出去尋人。

府裡出了這麼大的事，老二一家又病懨懨的，雲宵好些天都沒個好臉色。一直到玉家的信箭傳到了，頭頂的陰霾才算是徹底散去。

「哈哈！好好好，老三沒事！原來他被玉家的姑娘救了！」

雲宵之前一直都不敢告訴二弟，免得他傷病中還要憂思，這下老三有消息了，他才敢將事情說出來。

「大哥，老三出了什麼事？」

「他啊，那艘去運貨的船遇上意外沈了，這幾天我擔心得厲害。不過現在沒事了，玉家已經傳信，說他只是餓了兩日，休息幾日便好了。」

「玉家？」雲鋒兩口子對這玉的姓氏很是敏感。

「哦，玉家啊，就是給咱家供海鮮醬的一個商戶。」

一聽說是個商家，雲鋒便沒再繼續問了。那三個姑娘，小小年紀怎麼可能做得起買賣？

「好啦，老二你們先好好休息吧，我得回去準備車馬去接老三，另外再給玉家幾個姑娘備點禮。」

姚文月聽到幾個姑娘，實在沒忍住問了一句。「大哥，你說的那玉家有幾個姑娘啊？」

「有三個吧，老三和十五回來都是這麼說的。你們先休息好，等你們好了，我再好好和你們說說咱家和玉家的淵源。」

雲霄說完便開門走了出去。

姚文月心神不寧地坐在桌前，連茶杯倒滿了都不知道。雲鋒自然明白她在想什麼，嘆了一聲，過去開解道：「文月，大哥說的那個玉家是商戶，肯定不是她們。」

「那萬一呢？萬一就是她們呢？你也聽到了，那玉家姑娘也是三個。」

「不管怎麼說，妳先把病養好，玉家的事我會去跟大哥打聽的，放心吧！」

姚文月還想再說什麼，卻突然咳得上氣不接下氣，折騰好半天才消停下來。等她喝過藥睡下後，雲鋒才輕手輕腳地出門，到主院裡找了大哥。

「大哥，我想知道你說的那個玉家商戶的情況，越詳細越好。」

「你打聽玉家做什麼？」

「我……」

雲鋒本想先隱瞞文月的來歷，等大家相處一段時日，有了感情後，又或者是自己帶她重新離開老宅後才說的。不過想想大哥早晚也會知道，拖得越久他們就會越生氣，還不如坦白得好。

「大哥，我老實跟你說吧，文月之前的夫家便是姓玉，她還生過三個姑娘。所以剛剛聽你說到玉家，我和她都想問問清楚那三個姑娘究竟是不是她的孩子。」

二弟媳婦居然嫁過人、生過女?!這個消息簡直像是晴天霹靂一般砸在雲霄頭上。

「老二你是不是瘋了？以你的條件，什麼樣的女子找不到，為什麼要去娶一個嫁過人、生過孩子的?!不行，你們這婚事我不同意！族老們也不會同意的，你趁早將她打發了。」

雲鋒一動不動。

他早預料大哥會有這個反應。早知道他是這個脾氣了，所以聽到他這樣說，也沒什麼好意外的。

「打發是不可能打發的，我這輩子就認定文月了。大哥你不知道，逃難的時候我腿被打斷了，是她一直帶著我，找東西給我吃，才保住我這條命。虛情假意的女子我見多了，我就喜歡她這樣的。」

「報恩咱們可以拿銀錢給她啊，成親算怎麼回事？門不當、戶不對的，她日後對你的買賣有任何助益嗎？」

雲鋒正想反駁呢，突然瞥到大嫂正端著個湯盅站在門口，瞧那臉色可不怎麼好，也不知道在外頭聽到了多少。再看大哥，他背對著大嫂一點都沒發現。算了，誰讓這是自己大哥呢，救他一救吧！

「大哥，不能這麼說，成親也不都是為了家裡的買賣，還是得自己喜歡才行，我瞧著你跟大嫂就是這樣。」

說完，雲鋒還不著痕跡地給大哥使了眼色，可惜他好像根本沒看懂。

雲霄此時滿腦子都在想著該怎麼勸弟弟把婚事取消了，哪裡能注意到弟弟的眼神。雖然他說得確實是那樣，但為了給弟弟做個榜樣，他還是稍稍扭曲了下事實。

「我跟你大嫂的確是門當戶對的佳侶。結親嘛，就是兩家互惠互利的事。你看這些年，咱們雲家越做越大，就是因為我娶了你大嫂的緣故，所以——」

「所以，雲家家主這腦袋瓜可真是靈光啊！」

金氏皮笑肉不笑地端著湯盅走了進來，一聽到她的聲音，雲宵便已經開始頭皮發麻了。

「老二！」

雲鋒趕緊擺擺手，表示與他無關。「大哥、大嫂，你們聊吧，我先回去休息，咳咳咳……」

眼下這情況是問不出什麼了，玉家的事，管著府裡內務的成兒肯定也知道幾分，去問他看看。

雲鋒飛快離開了滿是火氣的書房，轉頭去找了姪子。這會兒雲成正在教弟弟算數，聽到二叔問起玉家，十五手裡的小木棍頓時掉了一地。

「二叔問玉家做什麼？」

「我是想問問……欸，千兒你怎麼變樣子了，跟以前比起來變化也太大了吧？」

十五尷尬地笑了笑，自從他回來，解釋這個問題解釋得他舌頭都要起繭子了。

「二叔，十五可不是那個千兒，之前那個是假的。」

雲成正愁沒人說話解悶，立刻算數也不教了，直接坐到一旁將自家小弟的奇遇說了出來。

聽到那時不時從姪子嘴裡冒出來的玉容和玉竹時，雲鋒就已經得到了自己想要的答案。

還真是出乎他的意料之外，那麼窮的姊妹仨，竟然能在災荒年裡毫髮無傷地生存下來還發了家。

「二叔，十五在玉家島上待了挺長時間，你問他，別的事情他最清楚了。」

雲成把弟弟推了出來，自家親叔叔當然是要和他多多培養感情了。

「十五啊，我想問問，那玉容、玉玲嫁人了沒有？」

「當然還沒有啊，大姑娘才十六歲呢！她們姊妹說了，除非找到失散的娘親，否則就不考慮成婚的事。二叔，你問玉家的這些事是要做什麼嗎？」

雲鋒回過神，連忙搖頭道：「不是什麼事，就是你小嬸跟那玉家姑娘可能有些親戚關係，所以多問了幾句。你們慢慢學吧，我先走了。」

他得趕緊把這好消息帶回去讓文月知道才是。

雲鋒又細細問了下玉家姊妹的情況，這才心滿意足地回了院子。回去的時候瞧見妻子還沒醒，便很自覺地收拾起東西。

他知道文月找女兒的心情有多急切，知道了那三個姑娘的消息，只怕恨不得立刻長翅膀飛過去。

「鋒哥，你這是在找什麼？」

「我沒找東西，是在收拾呢。」

姚文月一頭霧水。「收拾？咱們要走了嗎？你不是說這次回來一定要把病養好了再走嗎？」

雲鋒笑了笑，放下手裡的衣物坐到床邊攬著她坐起來。

「本來是那樣打算的，但計劃趕不上變化嘛，這不有了玉容她們的消息，我想妳肯定是待不住的。」

「什麼？有阿容的消息了？鋒哥你沒騙我吧?!」姚文月的情緒瞬間激動起來。「是不是就是大哥說的那玉家商戶？」

雲鋒點點頭。「妳放心，我仔細問過了，她們三個現在都好得不得了。去年這個時候，她們逃荒到了淮城落了戶，還做起了海鮮醬的買賣，當中應是還有什麼奇遇，聽說還買了島。總之，她們現在生活得很好，妳也不用再憂心了。」

聽完雲鋒的話，姚文月那揪著一年多的心這才鬆了幾分，整個人突然有了精神，立刻穿了鞋子下床一起收拾東西。

「在淮城是吧？那我們趕緊出發。」

只是收拾著、收拾著，動作又慢了下來。

「怎麼了？是不是頭又疼了？」

姚文月搖搖頭，把整理好的衣服連同包袱又一起放回了櫃子裡。「既然知道她們安好，我這心裡也就踏實多了，去找她們也不急在這一時。」

她不能那麼自私，雲鋒這大半年都陪著她到處找女兒，身體一直沒有好好調養過。好不容易回了老宅，找了個好郎中在調理了，她不能又拉著人不管不顧地離開。

「唉……我知道妳在想什麼，那咱們都好好聽郎中的話，把身體快些養好再動身。」

她的心思實在太好懂了，雲鋒感動之餘又不免感慨，夫妻之間這樣互相為對方著想，感情才能走得更加長遠。也不知道大哥跟大嫂這會兒怎麼樣了……

此刻的書房一片狼藉，堂堂家主頭上頂著幾根參鬚，看著眼前的罪魁禍首敢怒不敢言。

不管雲宵在外面是如何威風，到了金氏面前就跟隻小貓似的。尤其是這麼些年錯認了兒子、冤枉了她，雲宵心裡有愧，自然更不敢發作了。

「好了，我跟你的帳今日算是算完了，以後沒事少到我院子外頭晃悠，再讓我撞見，就不是潑參湯了。」

金氏還記恨著剛剛在門口聽到的那番話，冷哼了一聲也忘了自己是來送溫暖的，走到門口又想起什麼轉頭走了回去。

「對了，老二的媳婦我瞧過了，是個溫柔賢淑的，他自己也喜歡得很。你能不能多放點心思在買賣上，別跟個老太婆似地盯著人家小倆口攪和。人家又不會對你感恩戴德，只會討厭你多事。有那工夫，分號都不知道開多少間了。」

雲宵真是一口老血哽在喉頭，吞也不是、嚥也不是。他明明是為了雲家好嗎！

不過妻子的話，還是很有道理的。

老二那個人倔得很，要不當初也不會一個人出去跑買賣。自己若是把他逼急了，搞不好他又帶著那個女人離家出走。

算了，先緩一緩，等他的病養好再說。

這一緩就緩到了雲銳回來的時候。

知道姚文月就是玉家一直在找的娘，雲銳那真是相當熱情，都不用說，自己就準備好了車馬，說是要護送她去淮城見女兒。

正好雲鋒兩人的病也養得差不多了，出趟遠門沒什麼大礙，三人便和家裡告了別，坐上馬車走了。

此時此刻的玉家還不知道家裡即將到來的大驚喜，她們正一邊忙著醬坊的後續裝修，一邊忙著摘椰子去賣。

椰子不像榴槤，椰汁既香甜又解渴，老少皆宜，拿到市場上很快就銷售一空了，一顆椰子賣三十銅貝都還是有人搶著買，尤其是那些之前和玉家訂過荔枝、芒果的富人家，真是恨不得直接上島去摘。

玉家的水果新奇又稀少，晚了一步，興許就得到明年才能吃到，所以那些大戶的採買都上心得很。

買到了玉家的水果，主家有面子，他們也會得到獎賞。

今日島上摘的是最後一批椰子，賣完了這批椰子，島上就只有波蘿蜜和香蕉兩樣水果能賣了。

不過有幾家已經預訂了不少的波蘿蜜，玉竹現在是不怎麼愁銷路的，她現在除了關心辣椒田之外，就是弄自己的調味粉。

白家從她這兒訂購的調味粉現在是越來越多，她跟二姊、二毛現在都得拉著十三娘她們一起做才能完成，就這樣還是每天忙得連睡覺的時間都不夠。

家裡的醬坊已經蓋成了，只差裝門框、鋪屋頂那些做完就能正式開工。等村子裡開工了，島上護衛們的工作量便會大大減少，到時候她們就能鬆快了。

「十三娘，妳們這些日子辛苦啦，等過幾日村子裡開工，咱們閒下來了，我給妳們發工錢，帶妳們到城裡去轉轉。」

要知道玉竹現在可是個小富婆呢，賣水果的收益都在她這兒。

十三娘、十七娘當場就愣住了。從來都沒聽說過做奴隸的還能拿工錢。

「三姑娘……妳沒說笑吧……」

玉竹保證道：「怎麼會，我什麼時候說話騙過妳們？三姑娘說話算話，等忙完了這陣，保證給妳發個大大的紅包，帶妳們去城裡買喜歡的東西。」

十三娘興奮得臉都紅了，突然又疑惑道：「三姑娘，紅包是什麼？」

「嗯……紅包就是工錢嘛！到時候妳們就知道了，這幾日先辛苦一下。」

「不苦、不苦！」

十三娘開心得很。主家仁善，對她們已經很好了，從不打罵也不吝嗇食物。現在三姑娘還要給她們發工錢，帶她們出去玩，跟著這樣好的主家，哪裡會苦呢？

第二天天剛亮，玉竹早早就起了床，把上午要磨的調味粉都配好了分量。她今日要跟著二姊去村裡。

家裡的醬坊她是幫不上什麼忙的，她跟著去看的是招工。

別的她不好說，招工嘛，她可是火眼金睛厲害得很。什麼人是能幹活的，什麼人是偷奸要滑的，她看那些人的眼神就能看出來了。

從前的工廠，招人都是她親手把關，招進廠的都是些幹實事的好幫手。所以這回一聽二姊說明日要開始招工了，她也要跟著出島回村裡看看。

醬坊就在上陽村的後山山腳，一聽說要招人進醬坊做工，上陽村的村民是來得最快的。烏壓壓的一大群，全都盯著玉家門口的位置。

玉容在家門口大門外，擺了一張桌子負責記錄，鍾秀、陶二嬸負責維持秩序，玉玲則是負責第一項考核和發號碼牌。

畢竟瞧著人數挺多的，考核要兩輪呢，一個個地記名字只怕長姊手都要廢了。

「大家先靜一靜，靜一靜。」

玉容一開口，嗡嗡嗡的說話聲立時小了不少。

「因為來報名的人數太多，所以需要進行兩輪考核，最後剩下的四十人便能進入醬坊做工。辰時三刻，馬上開始。」

「才四十個?!」

「這也太少了吧！咱們上陽村的都不夠分呢，還有那麼多別村的。」

「就是啊，就四十個人，還往外頭招做什麼？」

一大群人又七嘴八舌地討論起來。

第九十五章

幸好玉容早有準備，她看了看，人群裡有不少陌生面孔，鄰村的人也來了一些，差不多可以了便吹了下玉哨。

鍾秀聽到這聲哨子便開始放人，一次進去五個，誰敢硬闖罵人，她就一劍鞘敲過去，武力擺在那兒，有點眼色的都不敢亂來了。

玉竹認識的字不多，長姊的工作她不太感興趣，她跑到二姊身邊在那五人裡頭挑人，細細一觀察就發現了規律。

二姊第一輪刷下去的，都是頭髮油膩、雙手不潔，還有力氣不足的人，不管男女。

看來古人也是很聰明的。做食品的工人首先要保證自身乾淨，才能做出乾淨的食品。如果一個人邋裡邋遢，那他做出來的東西，吃著也倒胃口。

日後醬坊開起來，一定會要求衛生，只要工作的時候能像現在這樣，平時如何沒人會去管那麼多。

第一輪刷下去一大半人，最後拿到號碼牌的一共有八十個。玉容將男女分開，讓男人們都拿了號碼牌進了院子，女人們則是自由活動，半個時辰後再回來集合。

院子裡擺滿了陶二嬸事先幫忙借來的三十幾個小板凳，那些人一進去就趕緊占了位置。

「大家先稍稍坐上一會兒，白家管事來了，我得去招待一下。」

玉容說完這話便開門走了出去，留下玉竹一個人拿著個小木板在院子裡頭亂晃。

一盞茶的時間很快過去，本來就不怎麼乖的男人們開始不耐煩起來，一個勁兒地問著玉容到底什麼時候回來。院子裡靜悄悄的，沒有人理他們。

又是兩刻鐘過去，兩個脾氣不好的直接摔了牌子走人。

玉竹拿著小黑炭在木板上記下了好些號數，都是她認為不適合做工的。

這些男人一瞧院子裡沒有主事的，大多都懶散下來，各種毛病層出不窮，她的小木板都快寫不下了。

半個時辰後，院子的門終於打開了，玉容一進來就抱起了小妹，跟著她唸號碼。

「唸到號數的可以去我二妹那裡領十個銅貝離開了。」

一聽到有錢拿，那些男人還挺興奮。

「玉姑娘，咱們這是被選中了？什麼時候開始上工啊？」

「不、不，唸到號數的是沒有選中的。」

玉容轉身出了院門，告訴了二妹一聲，收了號牌才能給錢。

這一波刷下去，男人只剩二十四個了。這個數目基本不會再動，剩下的就是要在女人裡挑人出來。

玉竹依舊是拿著她的小木板在院子裡不動聲色地觀察。

村子裡的女人們大多和玉家都挺熟的，所以坐在院裡一點都不慌，非常熟練地和身邊的人搭上了話。大多數人都是好的，只有一小部分被玉竹記在了小木板上。斷斷續續的，玉竹記下了十幾個，最後一直折騰到下午才確定了那四十來個工人。

「咱們玉氏醬坊呢，每月工錢，幹重活的是一月五百銅貝、輕活三百五，這些你們應該之前都聽說了。另外每日辰時三刻上工，酉時三刻下工，當然是包午飯的。要求呢，必須衣著整潔，把自己拾掇乾淨點。具體的一些事情就等三日後正式上工的時候再跟你們好好說了。」

玉容兩三下把話說完，又重新記錄了下最後的名單，這才遣散眾人回家休息。

「好累呀……」

聽到姊姊喊累，玉竹非常殷勤地上前幫忙捶了兩下。不過她那點力氣只能說聊勝於無罷了。

「小滑頭，無事獻殷勤，說吧，有什麼事要我答應？」

「嘿嘿，長姊最懂我了。最近做那個調味粉不是挺忙的嗎，十三娘她們也累，所以我想著給她們發點工錢，再帶她們進城逛逛。」

要帶奴隸進城逛街，必須得主人一起才行。奴契上，十三娘她們的主人是長姊，所以想帶她們進城逛逛，必須得拉上長姊一路。

玉竹的話都放出去了，自然要賣力求一求了。

「長姊，就抽一天時間，好不好嘛？妳最近都忙瘦了，也該休息休息呀。」

玉容下意識地揉了揉腰，最近是挺累的，連睡覺作夢都在想醬坊的事，也好久沒帶她出去玩了。

「行吧，等開工了，醬坊裡一切都順利的話，就帶妳們去城裡。」

「就這麼說定啦！」

玉竹開心地親了長姊兩口，跟她說了一聲後，轉頭便去找二姊送自己回島上。

醬坊開工那日，她就不打算再回來湊熱鬧了。因為長姊、二姊其實都是很厲害的人，只是以前從來沒有接觸過做買賣，一開始才會有些放不開手。現在這幾個月生意做下來，她們不光學會了看帳，也學會了如何跟人交際。反正海鮮醬的那些配方她們都知道，醬坊就用不著她。

再說，還有秀姊姊在那兒壓場子呢，穩妥得很。

三日後，玉家的醬坊無聲無息地開工了。

玉容沒去請什麼村樂，也沒有大辦宴席，只是買了紅布在醬坊周圍繫了一圈，以示喜慶。

第一天開工嘛，肯定有很多地方不順手，玉容和玉玲幾乎一整日都待在醬坊裡頭教教這個、提醒那個。好在製醬的程序並不複雜，一天的工夫，大家就能夠做到有條不紊了。到第三日時，玉容便能兌現諾言，帶著小妹和十三娘她們去城裡。

玉竹給二毛也放了假，問過她要不要一起去城裡。不過二毛擔心自己去了城裡會忍不住花錢，想想還是沒有去，只是搭了她們的船回了村裡。

玉容前腳帶著妹妹剛走半個時辰，一艘大船就靠在了上陽村的碼頭上。

守在碼頭邊等著搬海貨的醬坊工人一瞧那船上沒貨，頓時又坐了下去。

「三弟，這裡就是我女兒落戶的村子嗎？」

雲銳拍著胸脯保證道：「二嫂妳信我，就是這裡沒錯。這會兒玉容姑娘應該在那個醬坊裡頭，咱們直接去那邊找她。」

兄弟倆一左一右地扶著，小心地把人扶下了船。

雲銳走之前參觀過醬坊，是知道位置的，三人很快就來到了醬坊門口。

出來打水的幾個婦人瞧見他們衣著富貴，還以為是白家來人了，其中一個轉頭就進去把玉玲叫了出來。

「玲兒！」

姚氏一瞧見女兒，眼淚瞬間奪眶而出。女兒長高了，也長胖了，氣色紅潤，衣裳也是好衣裳。她過得不錯！

雖然一路上聽老三說了那麼多，可沒有親眼看到又哪裡會放心呢？不過現在看到了，這麼久的擔心歉疚總算是有了結果。

「阿、阿、阿娘……」

玉玲怔怔看著門口眼淚直流的女人。熟悉的面孔、陌生的穿著，但她不會認錯的，那就是阿娘，是她們姊妹日夜思念的阿娘！

「真的是阿娘！」

她感覺自己彷彿是在作夢一樣，跑過去捧著娘的臉摸了又摸，這才確定自己沒有看錯，當真是阿娘找來了。

玉玲哇的一聲就哭了起來，抱著娘不鬆手。

「娘，妳去哪兒了？這麼長的時間，為什麼到處找都找不到妳？嗚嗚嗚……」

姚氏想說我也好想妳們，可情緒太過激動，連句話都說不完整。母女抱頭痛哭了好久才漸漸停了下來。

陶木在一旁瞧著心疼得很，見兩人終於冷靜下來，趕緊進去找了兩條乾淨帕子，又打了一盆水過來。

「玲兒、嬸兒，擦把臉，咱進屋說話吧。」

姚氏連忙道謝，擰帕子的時候，手突然一頓。剛剛這大個子叫女兒什麼？玲兒？這麼親熱……

她有一肚子的話想問，想知道大女兒、小女兒在哪兒，想知道這個男人和老二是什麼關係，想知道的實在是太多太多了。不過，門口顯然不是說話的地方，剛剛她們母女在這門口哭，就引得裡頭的工人頻頻注目。所以她什麼也沒問，跟著女兒進了醬坊裡的一間屋子。

這間屋子挺大，中間被一道草簾隔開，裡頭有張床鋪，也不知道是誰睡的。

「嬸兒，坐。」陶木搬來了好幾個凳子。

雲銳接了凳子卻沒坐。他也是才想起來，這個叫陶木的彷彿是玉玲的未婚夫婿，來的時候他忘了，沒有先告訴二嫂一聲。

這會兒他們一家說事，自己在這兒就顯得有些礙眼了。

「我去外頭瞧瞧蓋好的醬坊，你們聊。」

「我也一起去瞧瞧。」雲鋒也跟著出去了。

屋子裡頓時只剩下了玉玲母女和陶木。

陶木再遲鈍也知道她們母女這麼久沒見，肯定有一肚子的話要說，所以他也打算離開，把屋子讓給玉玲母女。

「等等，別走，你先過來。」玉玲把走到門口的陶木又拉了回來。「阿娘，他叫陶木，已經和我訂親了。」

陶木怎麼也沒想到，玉玲會這麼快地把自己和她的關係告訴她娘。她娘會不會不同意呢？

姚氏什麼也沒說，畢竟她現在什麼都不了解，只能應了一聲，又誇了陶木兩句。玉玲這才放了人離開。

「阿娘，妳是不是不喜歡木頭呀？」

「沒有，只是我才第一次見他，對他一點都不了解。不喜歡是沒有的，但若說喜歡，也沒有這麼快。」

玉玲點點頭，表示了解。這事可以先放一放，她還沒和阿娘好好親近親近呢！趕緊搬個小板凳坐過去。她還是喜歡像小時候那樣伏在阿娘的膝上。

「阿娘，妳這一年去哪兒了呀？過得好嗎？」

姚氏愣了下。過得當然不好了，被賣給別人為奴為婢，忍饑挨餓，之後又一路逃荒，也是最近幾月才好過了些。不過這些，她是不打算讓女兒們知道的。

「當然過得好了，只是找不到妳們姊妹，我心裡始終惦記得很。對了，怎麼沒瞧見容兒和小竹？」

「她們去城裡了，不過很快就會回來。長姊可是每天都唸叨著妳，等一下回來看到阿娘肯定要樂瘋了。」

大概是想像到了那個場景，姚氏不自覺笑了起來。她現在找著了女兒，又有一個體貼自己的夫君，人生再無憾了。

「玲兒，娘有件事要和妳說。」

「嗯，娘說。」

「我……」

話到嘴邊，姚氏突然覺得有些難以啟齒。畢竟她們爹才過世兩年，自己就和人成了親，萬一她們接受不了怎麼辦？

「我……我這一年多在外頭，認識了一個對我很好的人。」

玉玲愣了下，好一會兒才反應過來娘說這話的意思。「阿娘妳……成親了？」

姚氏點點頭，十分地尷尬。

「就是雲銳他二哥。」

她簡單地把自己和雲鋒認識的經過說了一遍，略過了那些苦難的日子，只說是他救自己出了苦海，才有了現在安寧的生活。

「他真的挺好的，對我也很好，這一年都是他陪著我到處找妳們。」

「娘這麼小心翼翼做什麼？怕我們會不同意嗎？妳放心，我和長姊、小妹才不會像村子裡那些人一樣，要妳守節一輩子。既然都已經成親了，那就好好過日子唄！不過，阿娘，我肯定不會叫他爹的。」

在玉玲心裡，爹永遠都只有那一個。

聽了女兒這話，姚氏頓時笑了。

「誰讓妳叫他爹了？當年妳阿奶可是讓族長出面休了我的，所以我這算是改嫁吧！妳們還是九郎的孩子，還是玉家的姑娘。」

「那就行啦，我沒意見。」

母女親親熱熱地說了一會兒話後，玉玲帶著他們回了自家小院。

正帶著小妹逛街的玉容還不知道家裡的大驚喜，她這會兒正在一個小攤上給二妹、小妹挑小首飾。

當然，集市這塊的小攤子肯定沒有金銀那些貴重首飾，賣得都是手藝人自己做的普通小首飾。

木製的髮釵居多，還有一些雞血藤做的手鐲，紅豔豔的，漂亮得很。

玉竹一眼就瞧上了兩對，自己花錢買了下來，然後轉頭給了十三娘與十七娘。

「雖然不是金銀做的，但也漂亮得很。木質的話，妳們平時做活也不怕磕碰。好看嗎？」

「嗯、嗯，好看。」

十三娘歡喜得很，立刻戴在了自己手上。她剛剛都聽到了，一對鐲子七十銅貝，她再喜歡都捨不得買，儘管三姑娘給她的紅包就有兩百銅貝，可是以後不知道還有沒有，所以現在一定要存起來。

十七娘和她一樣的想法，錢都老老實實地放在了島上，這回跟著三姑娘出來，純粹就是出來見見世面，看看熱鬧。

「小妹，妳還要不要買什麼東西，不買咱們就回去了。下午還得忙呢，午時之前咱們得趕回家。」

玉容已經挑了幾樣頭繩、木簪，就等著小妹挑好了一起付錢。

玉竹想了想，給二毛挑了一把紅木梳就算完了。

二毛上島的時候，她無意間看過她的包袱，除了三套衣裳就是一把斷了好多齒的木梳，二毛一直沒捨得丟，瞧著怪讓人心酸的。

「長姊，我就要這個，別的不要了。」

她這次出來就是帶十三娘她們散心，其實並沒有什麼想買的東西。

「行，咱們買完就回去啦！」

第九十六章

玉容把買好的東西都收進了籃子裡，帶著人正準備回自家的騾車，結果剛走出集市，就遇上了帶女兒出來逛街的秦夫人。

今日也是巧了，正是秦大人千金的生辰。

秦夫人一瞧見玉竹姊妹倆，立刻很是熱情地邀請她們到家中做客。玉容哪好不給這個面子，只能帶著妹妹跟著秦夫人一起回家。

一進秦府，十三娘和十七娘便被府裡的下人給帶走了。

「她們……」

「沒事，別擔心，咱們就一起吃個飯，用不著她們伺候，讓她們去吃她們的飯吧！」

秦夫人從奶娘手裡接過女兒，招呼著玉竹姊妹倆去了花廳。

「今天我家大人不在，他聽說渠陽縣出了個什麼產量很多的農物，前幾日迫不及待就去了，都忘了女兒今日的生辰，也不知道什麼時候回來。」

聽到秦大人不在府上，姊妹倆都放開了許多。

「秦大人心繫民生，都是為了百姓，大人真是個好官。」

「哈哈，這話他聽了肯定高興。不說他了，來，坐下來休息會兒，飯食很快就送來。」

秦夫人抱著孩子在主位上坐了下來。

玉竹瞄了一眼空盪盪的花廳，好奇問道：「夫人，其他賓客呢？」

「賓客？沒有人啦，就請了妳們姊妹倆。」

秦夫人也是臨時起意，本來女兒的生辰是要請上幾桌親戚朋友的，結果夫君卻走了。夫君不在家，兒子又在平州，家裡就她和女兒兩個人，空盪盪的，那還宴請什麼，所以之後的計劃都取消了。

後來想帶著女兒逛逛街，買點新鮮玩意兒回去就算是慶生辰了，誰知一出來遇上了玉家兩個姑娘。難得在城裡遇上一次，想著自家和她們有緣，這才把她們請到了家裡。

玉竹和姊姊面面相覷，一時竟不知說些什麼才好，沒有別的客人，那她們就不用小心翼翼了。

不過她們就這樣冒冒然跟著秦夫人來了府裡，連個生辰禮物都沒有準備，未免有些失禮。

玉容想了想，主動坐到了秦夫人身邊，一邊逗著小秦舒一邊詢問秦舒吃食喜好。

「她啊，奇怪得很，不愛吃甜的，卻愛吃酸食，還喜歡吃肉。」

愛吃酸和肉，玉竹心裡瞬間冒出了好幾個菜。

小主人愛吃酸，那廚房應該有酸菜、酸豆角那些，這個時節炒一盤酸菜魚、肉末酸豆角，再來個醋溜白菜，保證小秦舒吃得爽快。

於是空手而來的姊妹倆準備親自去廚房給小壽星做幾道新鮮菜。秦夫人攔都攔不住，只好隨她們了。不管怎麼說，總是人家的一番心意。

她這邊正等著廚房裡的人忙活好呢，前頭就來人了。

「夫人，大人回府了。」

「嗯，回府了?!」秦夫人又驚又喜，要不是顧忌著後頭還有嬌客，她肯定是要立刻去前頭迎接的。「快快快，去吩咐廚房的人，多備些酒菜。」

原本還有些心情鬱鬱的秦夫人頓時喜笑顏開了。

玉竹姊妹倆在廚房做著菜，自然也聽到了秦大人回府的消息。玉容想得是趕緊把菜做好，吃了早點回家，玉竹則想得是秦大人去渠陽縣到底發現了何物。

產量很多的農物？馬鈴薯？番薯？還是花生、玉米？

這幾樣東西到目前為止，她沒有在市面上見到過，也沒有聽人提起過。所以在這個朝代應該是還沒被發現的。

玉竹好奇得厲害，一回到席上就忍不住問了。

「秦大人，聽說這次去渠陽縣是發現了一樣產量很高的農物？是什麼呀，能告訴我們嗎？」

秦大人一聽，笑得嘴都快合不攏了。

「是發現了一樣產量很高的農物，我已經讓人給廚房送了兩個，一會兒妳就能嚐到了。」

這個一會兒，一直到她們吃完飯都還沒有端上來。

秦大人皺了皺眉，又催促了一遍。一刻鐘後，才有兩個大大的黃疙瘩冒著熱氣被端了過來。

「大人，這東西蒸起來實在太費時間，到這會兒才算是全熟了。」

是馬鈴薯！這東西她簡直不要太熟悉了。

「玉容姑娘，妳們嚐嚐？」

秦大人親手切開了一個，分成四瓣放到各自的小碗裡。

玉竹大大地咬了一口，那熟悉的綿密口感、濃濃的香味，瞬間感動得她眼淚都要掉下來了。

能在異國他鄉吃到一樣自己喜歡、熟悉的食物，真的是一件非常觸動心靈的事。

秦大人已經吃過了兩回，反應倒是沒有玉竹得大。

「小玉竹，我怎麼瞧著妳快哭了？」這個食物有那麼大的魅力嗎？

「秦大人，這是什麼呀，好好吃！有種子嗎？可以給我們種嗎？」

玉竹一連問了好幾個問題，秦大人想了又想才回答她。

「這個東西叫馬鈴薯，是渠陽縣一個漁民被困在海島上的時候無意挖到的，回來折騰了好幾年才找著正確的種植法子，今年是第一次豐收。種子就是這馬鈴薯切塊，並不麻煩。不過想要大量種植肯定是不行的，現在的種還遠遠不夠，等下批或者下下批出來，才能分到你們上陽村。」

事實上，秦大人手上有一千多斤的馬鈴薯，全都做種的話，僅靠他的莊子種植，肯定是不行的。所以他等馬鈴薯全都挖起來後，第一件事便是趕回城裡，準備吃過飯後去找城裡的幾家豪紳談談種馬鈴薯的事。

玉家有醬坊要忙活，他是想都沒有想到玉家上頭去的。

玉竹有心想種馬鈴薯，奈何人小地少，眼瞧著秦大人半點沒有讓她們來種馬鈴薯的意思，只能悻悻地暫時打消了這個念頭。

好在臨走的時候，秦大人感念她的識貨，特地給她裝了幾個在籃子裡。

這麼好的秦大人，玉竹的膽子倏地一下變大了。

「大人，我能不能求你件事？」

「嗯，妳說。」

「就是……就是，把她們的腳鐐取下，成嗎？」玉竹指了指姊姊身後的十三娘、十七娘。

秦大人沒有第一時間搖頭，讓她看到了可能，於是她再接再厲道：「大人，她們真的很聽話，也很勤勞善良，就算摘了腳鐐也是在島上，應該沒什麼妨礙吧？」

「她們只是奴隸，戴腳鐐也是為了妳們的安全利益著想，對妳應該沒有什麼影響。」

玉竹連連搖頭。

「很有影響，她們每天在我身邊走來走去，腳鐐便叮叮噹噹地響個不停，吵得我耳朵天天都是嗡嗡嗡的。大人，你就發發慈悲，幫她們解了吧？她們只是兩個弱女子，翻不起什麼浪的。而且我保證，她們只是在島上取下腳鐐，一出島還是會戴上，絕對不讓你操心。」

「妳做擔保？若是她們逃了或者幹了什麼害人的事，一切後果由妳承擔？」

秦大人嚴肅起來還挺嚇人的。

玉竹被嚇得打了個嗝，反應過來後毫不猶豫地點頭了。

「我做擔保。」

十三娘和十七娘感動得眼淚汪汪，親眼看到秦大人將一把鑰匙交到了三姑娘的手裡。她們的兩條腿馬上就能自由了！

「多謝秦大人啦，歡迎你和夫人來海島做客。」

玉竹拿著鑰匙，心滿意足地和姊姊一起坐上了回村的騾車。車子剛到村口，隱約瞧見牌坊那兒站了好幾個人。

那些人衣著不似村民都灰撲撲的，顏色鮮亮得很，一看就是外來的。

十七娘伸著脖子探頭仔細瞧了下。

「三姑娘，奴瞧見了一人，是那前些日子在咱們島上養傷的雲家老三，他就在那幾人的身後。」

不等玉竹看清楚，還在車轅上坐著的長姊已經如同乳燕一般朝著其中一人跑去。

「阿娘！」

第九十七章

村口的母女淚眼汪汪的，倒是沒有之前和玉玲相見時那樣失態。

姚氏抱著大女兒擦了擦淚，轉頭盯著騾車上的小人兒瞧，眼淚忍不住又冒了出來。

她的小竹……都長得這麼大了！

當初她被婆母強行帶走的時候，小竹才三歲多，又瘦又小。這一年多來，她最擔心的就是小的，怕她生病，怕她養不活，如今見她這樣康健，兩個大的也有了歸宿，姚氏心裡真是無比妥帖。

總算是老天待她不薄。只是，小丫頭彷彿已經將她忘了。

玉容又哭又笑地朝著小妹招手道：「小妹快過來，這是阿娘呀！」

長姊都叫了，玉竹只好下車，朝她們走過去。她心裡很忐忑，原本和三個姊姊生活得好好的，突然來了個娘，以後會不會有什麼改變，又或者這個娘不喜歡她該怎麼辦？

不過這些想法在她被姚氏抱進懷裡後，就全都煙消雲散了。

這是一個充滿愛的懷抱。

她這才知道，原來她不是不看重親情的，只是在現代的時候，被那群家人給傷透了心。

這裡才是她的家，有娘、有姊姊，她們都非常疼愛自己。

「阿娘……」

心裡接納了，嘴上叫起來就不難了。她這一聲阿娘叫得姚氏近乎淚崩。還是雲鋒在一旁撐著她，才不至於摔了懷裡的玉竹。

一家子開開心心地回了院子裡。

娘回來了是大事，工作耽擱一日也沒什麼，所以玉竹、玉玲晚上就不打算回島上了，只是讓人把十三娘她們送回了島上。

晚上，母女四人擠在一張床上說著貼心話。

玉玲睡在最裡面，緊挨著阿娘。玉竹也睡在阿娘身邊，背後靠著長姊。

「容兒，我聽玲兒說了，妳的親事也訂下來了，對方還是個不小的官？這婚事，是妳自己願意的嗎？」

「阿娘，我若不願意，誰還能勉強我不成？魏平是個不錯的人，改日見過，阿娘妳就明白了。」

姚氏點點頭。

「那就好。這姻緣婚事，當然是要嫁個合心意的人才行。娘不在妳們身邊，總是要問明白的。那個陶木我已經見過了，是個踏實的孩子，玲兒的眼光倒是不錯。明日咱們先去陶家拜訪，後日再去那魏家如何？」

玉容、玉玲都沒有意見，這事就算是定下了。

本來想做大生意，就是為了有足夠的銀錢去打探阿娘的消息。現在阿娘找到了，姊妹倆就沒有什麼雄心壯志發展事業，只要維持現有的買賣就行了。

現在醬坊剛建成，新製的海鮮醬都不能出貨，耽擱一、兩日，問題不大。

至於玉竹嘛……

姚氏剛準備和她說話，就瞧見懷裡的小人兒已經睡著了。

「真是，小豬變得，睡得這麼快。」

她看著小女兒，真是越看越愛，擔心女兒睡得不舒服，這才依依不捨地將她放到枕頭上。

「容兒，妳們姊妹倆將小妹照顧得很好，娘很欣慰。不過，眼瞧著妳們的婚事就要近了，日後也有自己的小家要照顧，所以等娘操辦完妳們的婚事，小竹我就帶走了。」

「阿娘！」

玉容、玉玲大驚，心裡是極不情願的。

姊妹仨一起經歷了那麼多，她們怎麼捨得跟小妹分開？再說小妹雖然還小，但她什麼都懂，娘想帶走小妹，她應該是不願意的。

「阿娘，不如等小妹醒了，再問問她的意思吧！」

「問她？小竹才五歲，很多事情都不明白，她哪知道留在這兒對妳、對玲兒都沒有好處。」

姚氏不知自己這個小女兒是個人精，只當她是普通的五歲孩子看待。在她的念頭裡，沒有哪個姊姊出嫁還帶著妹妹的，這樣只會招婆家不喜，家宅不寧。

如今自己找到她們了，鋒哥又不介意自己有女兒，也說了會拿她們當親生的一樣看待，那自然是要把小的帶在身邊為好。

「娘是為妳們好，也是為小竹好。」

裝睡的玉竹一愣。早知道不裝睡了，現在還可以起來辯上一辯。她可不是真的小孩子，什麼都不懂。

姊姊嫁人，她怎麼會是拖油瓶呢？家裡有錢有地有島，哪裡住不下她？做什麼要跟著娘去雲府，那才真是當個拖油瓶呢！

這一晚，找著娘的喜悅還沒過就被小妹要被娘帶走的消息沖掉了一半。姊妹仨一晚上都沒怎麼睡著，早上個個都是強顏歡笑的模樣。

今日說好了，要去拜會陶家，兩家長輩見見面。原本玉竹是挺想去湊熱鬧的，現在她不想去了，去找了娘和姊姊說要回島上。

「咱們和白家的買賣，海鮮醬還有陣子才交貨，不用著急，但調味料那些東西是隔幾日就要交上一批的。昨兒個出來已經耽誤了一日，今日我得回去配料了。」

若是平日裡，玉竹都不用這樣講，直接跟姊姊們打個招呼就能回到島上去。今日真是難得解釋這麼多。

玉容下意識就要答應，卻聽見阿娘先開了口。

「小竹？家裡的生意讓姊姊們去操心就行了，妳陪著娘一起玩不好嗎？今日咱們要去拜訪陶家，咱們一家子都去，妳一個人回島上，我哪裡放心？」

儘管知道阿娘是一番好意，不了解家裡的情況，但玉竹還是心裡生了煩。她喜歡這個阿娘，但不代表喜歡被她管束，被她帶走。

「家裡的調味料買賣，姊姊都不會配，所以我必須回去。」

玉竹臉上還笑著，聲音卻變得生硬起來。朝夕相處的姊妹倆自然是聽出來了。玉容悄悄扯了扯阿娘的衣袖，不讓她再說話，轉頭笑道：「回去也行，那妳帶上阿秀一起回去。」

姚氏張嘴想說什麼，手上又被扯了扯，想想還是閉嘴了。

等瞧著鍾秀和小女兒都上船離岸了，她才疑惑問道：「小竹怎麼回事？她才五歲，能做什麼？」

「娘妳不知道……」

玉容把自家落戶村裡之後發生的事都仔細和她講了一遍，不過小妹的異常她沒有直說，只說是爹託的夢，教她的。

反正，不管怎麼說，小妹才是家裡功勞最大的人。她並不是一般懵懂的小孩子，所以阿娘的擔心真的是沒必要。

姚氏驚得半天沒回過神來。她哪裡知道一個五歲的孩子居然會那麼多的東西。

「而且阿娘，小妹好像聽到咱們昨晚說的話了。」

玉容對小妹太了解了，昨日還開開心心的，一早起來就悶悶不樂。每次看向阿娘就欲言又止，連早飯都只吃一個雞蛋。

她這樣子，一定是聽到了阿娘晚上說的話，再沒別的可能。

姚氏的心一下涼了半截。「小竹這是不願意跟我……」

「阿娘，妳太著急啦。」

不管小妹是走是留，玉容都更願意尊重小妹的意思。畢竟小妹並不是那什麼都不知道的小孩子，家裡也有那個條件供她生活。阿娘和小妹感情都還沒培養起來就說要帶她離開，難怪小妹心裡不痛快了。

「我、我不知道……容兒，等一下去過陶家後，妳讓人把我也送到島上去吧。」

姚氏不想和女兒生分，更不想被女兒討厭。她知道自己離開的時候，小女兒還不懂事，並不像兩個大的那樣與她感情深厚。

若是不將事情說明白，那她們母女的情分，真是要沒了。

她想著帶小竹走，也是覺得一個五歲孩子不能照顧自己，跟著出嫁的姊姊不好。如今知道她聰慧過人，能夠自己照顧自己，那她又何必去做這個惡人呢？

「先去了陶家再說吧，晚上咱們一起回去。」

岸邊的人很快沒了蹤影。

玉竹坐在船上，一直看著那些小黑點消失才轉過身來，噘著嘴，一臉的不開心。

鍾秀雖不明白她為什麼不開心，但也能猜到兩分，必定是因為她那個娘了。

她不是個會哄人的，所以只能在上島後藉著檢查習武情況的藉口跟小丫頭對招，讓她打上幾下。

「秀姊姊，妳這放水放得太明顯了吧，沒意思、沒意思！」

玉竹扔得手裡的樹枝，很是頹廢地躺到了沙灘上。結果剛坐下去，屁股就被曬得燙燙的沙子燙了一哆嗦。

現在晚上雖不怎麼熱，但白日裡的大太陽曬著，熱得人心煩意亂，沙灘更是燙人。

鍾秀倒是不怕沙子燙，一屁股坐了下去。「那什麼才有意思？」

玉竹抬眼望著波光粼粼的海面，雙眸一亮，一個想法瞬間冒了出來。

「咱們去潛水吧！潛水有意思。」

「潛水？妳忘了上次被浪捲走的事啦，膽子不小啊妳。」

鍾秀怕得很，說什麼都不願意去。

「哎呀，沒事的，我們去那片淺灘玩，退潮的時候不是也瞧見過嗎，後頭那片地方一點都不深，而且今天也沒什麼浪呀。」

「真的只在淺灘玩？」

玉竹一個勁兒地點頭。「真的，我也惜命得很呀。天熱嘛，又想練習泅水的本事，再不練我都快忘了。」

這倒是，不管學了什麼本事，都要勤加練習才是，和她習武也有不少相通的地方，而且泅水是基本功夫，確實要好好練練。

「行吧，那我在旁邊看著妳，免得妳又讓浪給捲走了。」

鍾秀對泅水沒啥興趣，不過看一個小人兒泅水應該有意思得很。

玉竹跑回屋子去換了套適合泅水的衣裳，不多時，兩個人便一起下了水。

水的確是淺，往海裡走了幾十步，也才沒過鍾秀的腰間。她就坐在一塊堪堪露出水面的礁石上，看著玉竹泅水。

「秀姊姊，妳真的不下來一起嗎？水裡好涼快，好舒服的！」

「不去不去，我一點都不熱，妳玩吧，我看著妳。」

玉竹不死心地在鍾秀身邊游來游去勸說了好幾遍，結果都沒用，人家坐在石頭上跟個入定的老僧似的。

算了算了，還是她自己玩吧。

這裡的海水清澈見底，稍微深些的地方也能看到個大概，所以鍾秀是一點都不擔心的。不過話說回來，玉竹這泅水的姿勢還真是有模有樣，像條小魚一樣，一下就躥了出去。也不知是誰教她泅水，真是厲害。想她教了玉竹好幾個月武功，小丫頭都還是個半吊子。原來還說她是塊朽木，現在看來，只是人家擅長的不是習武而已。

咦，這丫頭怎麼不換氣?!

鍾秀見過別人泅水，別人都是游不到幾息就要浮出水面的，小丫頭這是怎麼回事？

儘管她心中驚詫，卻也沒有下水去把人撈上來。畢竟她瞧著人家現在游得好好的，沒有半點吃力。

這丫頭，教人吃驚的地方真是不少呢！

「呼！」

玉竹從水裡冒出頭來，大口大口呼吸著新鮮空氣。陽光下的海底實在是太美了，她都捨不得出來，彷彿連心靈都被淨化了一般，游上一圈，什麼煩心事都沒了。

「秀姊姊，我游得厲害吧？」

「厲害厲害，玩一會兒就趕緊上來聽到沒？」

玉竹隨口應了一聲，又鑽進了海水裡。

這片淺海，退潮後她來這裡趕過無數次的海，所以對這裡的地形簡直不要太熟悉。她先在鍾秀附近游了游，又朝自己放蟹籠和竹筒的地方游過去。

現在這個時節正是吃梭子蟹的時候，退潮的時候放個蟹籠下去，隔日來看，籠子裡少說也有十來隻。這會兒玉竹游過去瞧的時候，一個籠子裡頭已經困了四隻。

正愁等一下午飯沒有新鮮食材呢，就吃牠們吧。

玉竹解下籠子，一路提回到岸邊。鍾秀還以為她不游了，結果一回頭見她又下了水。

這丫頭，玩心還真大。

鍾秀戴著斗笠抱著自己的那把劍，被熱氣熏得昏昏欲睡。

就在這時候，她瞥見海上飄過來一樣東西，那東西全身幾乎都是透明的，每游動一下，身體便會展開飄動，比花兒還好看，漂亮極了。

這是什麼？也是一種魚？

鍾秀忍不住下了水，朝著那團透明的花兒走過去。剛要伸手去撈起來，突然聽到玉竹大喊：「不要碰！」

鍾秀嚇了一跳，連忙往後退了幾步。「不能碰？這是什麼東西？有毒嗎？」

說著她拿劍鞘去捅了捅那小東西，發現牠並不像河豚那樣，一生氣就會整個肚子鼓起來。

「這叫水母，當然有毒啦，碰了咱島上可沒藥能治這傷。」

玉竹一邊說著有毒，一邊又去撿了根樹枝，將那坨水母撈了起來。

「妳不是說有毒？有毒撈回來做什麼？」

「撈回來吃呀！」

這東西雖然有毒，但只要稍加處理就不會帶毒了。有了牠，明兒個的涼拌菜就有著落了。

「秀姊姊，麻煩妳回去拿個木桶來，咱們得把這東西裝到桶裡才行。」

海蜇身體大多都是水，別看這麼大一坨，拿在手上有十幾斤重，可若是丟到岸上，不到一盞茶的工夫就能縮水到一斤，得先裝海水泡起來。

鍾秀很快拿來了木桶，打了水。

玉竹很是興奮，像是終於找到了好玩具。

「秀姊姊，快幫我看看，這附近還有沒有這個東西，咱們多撈點回去，明兒我給妳拌海蜇皮吃。」

雖然聽不懂什麼是拌海蜇皮，但小丫頭做的都是好吃的。鍾秀頓時頭不暈，也不睏了，去找了根木棍子和玉竹一起找。

兩人小心得很，沒有被那水母咬到，小半個時辰後，她們一共又找到了七、八個大水母，叫了島上的護衛來抬回去。

嘩啦啦幾聲，那滿桶的大水母都被倒進了大水盆裡。

愛美是姑娘家的天性，十七娘一看到這麼漂亮的水母立刻就要伸手去摸，嚇得玉竹狠狠拍了她一下。

「不要小命啦，都不知道有毒沒毒就敢碰。」玉竹自己都不敢碰呢。「十三娘，我記得島上有白礬，去拿一小碗給我。」

島上用的各種物品，十三娘記得最是清楚，很快就端回來一碗白礬。

「三姑娘，這白礬有何作用啊？」

「妳們看就知道啦。」

玉竹將適量白礬加進了裝著水母的盆子裡泡上。

「好啦，泡好了，妳們誰也不許去動啊，讓牠們泡夠一整天才好。」

十三娘和十七娘都乖乖點了頭。玉竹趁勢給她們介紹了一遍被水母咬傷後的嚴重情況。

「所以，妳們平時不管是在海上還是海灘上看到了這東西，千萬別拿手碰，找根樹枝把牠挑回來就好。」

十三娘、十七娘又乖乖地點了點頭。

玉竹瞧見她們二人眼中的期待，心裡頓時想到一事。

「這把鑰匙能開妳們的腳鐐。我當日是如何保證的，妳們也都聽到了的，可別讓我失望。」

她一邊唸叨，一邊蹲下給十三娘先開了鎖。

以往冬日穿著厚厚的鞋襪，夏日又穿著長裙，玉竹還真沒注意過她們腳鐐下的腳脖子是什麼樣子。

今日一打開腳鐐，頓時倒抽了一口涼氣。

十三娘這一雙腳脖子就像是被鋸斷後又縫上去的一樣，結了厚厚一圈老繭。再看十七娘，雖然沒有十三娘的恐怖，卻也是傷痕累累。

到底是相處了這麼久的人，玉竹瞧著那些傷繭便忍不住難過起來，趕緊將十七娘腳上的也打開了。

「以後，妳們再不用戴這腳鐐了。」

「多謝三姑娘！」

兩人異口同聲道了謝後相視一笑，都看到了對方眼裡那開心的淚花。

第九十八章

十一他們知道了，雖然心裡羨慕得很，卻也知道這個東西不是誰都能解的。吃夠了苦頭的他們格外珍惜留在島上的日子，比一般人更加知足，更加豁達。

「小玉竹，妳這樣厚此薄彼，萬一十一他們心生嫉妒，起了異心怎麼辦？」

玉竹笑著搖搖頭，道：「他們不會的。秀姊姊，妳沒和他們相處久不知道，十一、十二還有十三娘，他們是多年的好友，早就拿十三娘當至親看待，他們頂多就是羨慕羨慕她。十六嘛最疼妹妹，為了十七娘連命都可以不要。她們得了解脫，那三個男人比誰都要高興呢！」

「妳心裡有數就好。」別的鍾秀也就不提了。

回來島上玩了一天，玉竹心情好了許多，晚上還親自下廚做了道蔥油蟹，香得連鍾秀那樣穩重的人都沒忍住動了手。

泗水提回來的幾隻蟹加上早上退潮時候他們找的，四十來隻蟹不到一刻鐘就被全啃光了，連黑鯊都沒撈到一隻。

正吃著香呢，臥在玉竹腳上的黑鯊突然直起身來朝廚房外看過去，汪了兩聲。

「黑鯊，是我！」

聽到熟悉聲音的黑鯊並沒有放下警惕，而是跑了出去，因為還聞到了兩股陌生人的氣息。

玉竹把最後一口飯吃掉，也跟著走了出去。

長姊的聲音好像是在林子裡。現在的天已經黑了，她們這麼晚過來真是太胡鬧了。

「十三娘，去灶裡頭點個火把出來。」

有了火把照明，林子裡的人才走快了些，到了院子裡。

幾個人裡頭，只有姚氏和雲鋒是從來沒有來過這座島的，剛剛下船沒走多遠，點的火把就讓風給吹滅了，所以一路走來，腳下不是很方便。即便是玉容他們扶著，姚氏的腳也扭了，進屋的時候，幾人都略顯狼狽。

玉竹又叫了十三娘她們打水拿藥來給客人擦洗，忙活了好一陣才消停下來。

「長姊，天都黑了，你們還上島來做什麼？」

玉容瞪了小妹一眼，這壞丫頭明知故問呢！

「妳自己回島上了，娘不放心啊，所以過來看看。」

明日一早，他們要去魏家拜訪，又要耽擱一日，照這小丫頭的脾氣，沒人哄她，那還不委屈死。

玉容給二妹使了個眼色，玉玲立馬拉著小妹說自己有件衣裳找不著了，要她回屋幫自己找。

結果找著找著，娘倒是進來了。

「阿娘……」

姚氏心酸得厲害。

明明昨日小竹還那樣親近她，如今聽見這聲阿娘，竟是生分了不少。她一把摟過自己這個最小的女兒，低聲同她道了歉。

「阿娘剛找到妳們，實在是太高興了，都沒有仔細了解過妳們的情況，就說要帶妳走。不過今日妳姊姊已經把家裡的事都告訴娘了。娘的小竹真是厲害，這麼小就能自己掙錢，這下娘放心了。」

玉竹一愣。「阿娘，妳的意思是不會帶我離開了，是嗎？」

「妳姊姊說妳什麼都懂，這事啊，就看妳自己的意思。妳想跟娘離開，我就帶妳一起去北武，若是不想，就還留在這兒。妳自己能照顧自己，又有兩個姊姊看顧，我還有什麼好不放心的？」

其實要她來說，她是想留在這兒和三個女兒一起生活的。不過，雲鋒之前的買賣已經耽誤了好久，必須要回去整頓。自己既然和他成了親，就沒有夫妻相隔兩地的道理。他能為自己暫停買賣，陪著自己到處找女兒，那自己也不能太沒良心，找著女兒便不管他了。

在這兒將兩個女兒的婚事操持完，就是她給自己留在淮城最後的一點時間。

母女將這事說清楚後，那心結便沒了，一家子又歡歡喜喜起來。

隔日一早，玉容早早就起來，收拾著準備去魏家，玉玲要去醬坊看著，她是不去的。玉竹也不去，島上的調味料買賣確實是不能再耽擱了。

所以這回去魏家的，只有玉容母女、雲家兄弟倆和鍾秀。

沒了心事的玉竹心情大好，一覺睡到了太陽曬屁股才起來。這會兒院子裡頭安安靜靜的，只遠遠聽到幾道說話聲從廚房裡頭傳出來。

她趕緊起床跑去自己專門配調味料的倉庫。

聽白家管事說，賣得最好的是五香粉，每次一上架，不到兩、三日便能賣個精光，所以這回特地多要了一倍的量，她得趕緊配出來才是。

五香粉的東西其實藥鋪子裡都能買到，花椒、肉桂、八角、丁香，小茴香籽這裡沒有，她就在藥鋪選豆蔻代替。

有這些東西，再加幾味其他的主料，其實做滷味賣也不錯，絕對是賺錢的買賣，可惜家裡實在沒有那個精力去做了。

「小竹子，妳配好了沒有呀，我手上的都裝完了。」

咦……二毛……

玉竹心裡冒出來了個念頭，不過，二毛太小了，她又不好說了。

「馬上裝好了，妳讓他們來抬出去磨吧。」

島上的男人閒了那真是好，啥重活都有人幹了。這滿滿一桶的主料之前她們都要兩個人來抬才行，現在隨便來一個人都能輕鬆提出去。

玉竹等二毛他們走了，又趕緊配了好幾桶，然後在各個櫃子裡抓了一些料出來。

她這個倉庫，不只有配五香粉的料，還有很多別的。像是胡椒、桂皮、陳皮等等，倉庫裡都有很多。有時候是為了配別的調味料，有時候也是為了迷惑別人，畢竟只買那幾種回來，人家藥鋪的一瞧自己就會配五香粉了。

倉庫配好的這幾桶大概能讓他們磨上兩個時辰，玉竹便拿著一袋子主料去了廚房。進去瞧見只有十七娘一個人在洗碗。

「十七，十三娘呢？」

「三姑娘，十三娘去海邊洗衣裳啦，有什麼事妳叫我就成。」

「那等妳洗完了，跟我去趕海吧，我等一下拿不動。」

玉竹今日來了興致，想試試滷的海鮮在這兒有沒有市場，合不合這裡人的胃口。等一下去把小竹筒都收回來，滷點小章魚吃。

一聽要去趕海，十七娘不到一盞茶的工夫便將廚房給收拾好了。

臨走的時候，玉竹去瞧了眼還泡在白礬水裡的水母。等她收了竹筒回來，應該就差不多可以拿出來洗了。

玉竹走在前頭，眼看潮水已經退過了自己下竹筒的地方，立刻跑過去開始收起來。

「一隻、兩隻……六隻！」

嘿嘿，今天看來又是豐收的一天呀！

「三姑娘，這裡有隻大的想跑！」

十七娘朝玉竹身後指了指，自己卻是不敢上去抓的。不知道為什麼，她一摸這樣軟軟滑滑的東西就會全身起雞皮疙瘩，呆呆地一動不能動。

玉竹回頭一瞧，果然後頭一個竹筒裡已經伸出了兩條暗紅色的章魚腿。一瞧那粗腿，她就知道這傢伙肯定適合燒烤。

這條章魚感覺應該挺大的，今天運氣真好。

她剛冒出這個念頭，就被打了臉。

玉竹走到竹筒前拽住那條章魚腿，頓時覺得不太對勁。這力道，比她的力氣還大。

再一看竹筒，塞得好滿。可不是一般大的章魚，這起碼得是十幾斤的大章魚了！

好漢不吃眼前虧，她打不過人家，十七娘又沒有武力，還是放手比較明智。

可惜她想放手的時候，人家不答應了，吸盤吸得緊緊的，其他幾條腿也從竹筒裡伸了出來。

「十七娘，快過來幫忙！」

真是要命，秀姊姊一走，她就開始倒楣了！

第九十九章

十七娘再是害怕，也不敢不去救人。

她在地上抓了一把沙，才去扒拉那幾根想往玉竹身上吸的觸角，有了沙在手上，那滑膩的感覺也小了很多。

「十三娘，快來幫忙呀！」

不遠處正洗著衣裳的十三娘聽到喊聲，立刻趕了過來。三個人一起又扯又拽，這才將那隻大章魚給制住了。

玉竹的手腕被吸出了兩個大大的血疱，疼得她的手幾乎動都不能動。

「三姑娘，快回去讓十七娘給妳上點藥。這些籠子、竹筒，我洗完衣裳一個人就能收完了，晚上又要挨訓了。」

十七娘也催著玉竹回去，加上手上實在疼得有些厲害，玉竹只好灰溜溜地回到了竹院裡。

「欸，等一下、等一下，為什麼要拿針?!」

玉竹最怕的就是這東西了。

「三姑娘，妳這血疱得扎破再上藥。」

十七娘拿著針便要去扎玉竹的手腕，嚇得玉竹滿屋子地跑。

「我只聽說過腳磨出了疱要用針挑破，沒聽說過血疱也能挑的。不行、不行，不能挑。」

「三姑娘……」

十七娘只好依她把針放了回去。

不多時，十三娘提著洗乾淨的衣裳回來了，一晾完又趕緊提著桶出去收海邊的蟹籠、竹筒。

玉竹是個閒不住的，手包成一坨也不見消停。昨天泡在盆裡的水母都泡好了，得拿出來清洗乾淨再用鹽醃起來，所以她的手一包好便讓十七娘去叫她哥回來幫忙洗。

這些水母也是滑溜溜、黏答答的，剛剛扯個章魚都叫十七娘白了臉，她也就不為難十七娘了。正好她哥力氣大，洗起來也快。

「多換幾遍水，一定要洗乾淨哦，洗完再把十三娘收回來的小章魚給洗下。」

玉竹讓十六先去燒了一鍋的水，自己則是把滷料配好，裝進一塊新布裡包好再丟進去。

廚房裡很快開始飄散起陣陣誘人的濃香。

十六頻頻回頭，卻只看到灰撲撲的灶臺，還有直冒熱氣的鍋，也沒看見三姑娘煮什麼菜，居然會有這麼香的味道。

「三姑娘，好香啊！這布包裡頭是什麼東西啊？」

「都是些做調味料的主料呀。你看我那些調味料，不同的料、不同的分量配起來就會有不同的味道。我仔細琢磨了一下，配出這個方子。這麼香，咱們等一下拿來滷小章魚嚐嚐，我覺得應該是好吃的。」

玉竹一副不太確定的樣子，不過心裡卻胸有成竹。滷味是很合大眾口味的一個東西，他們肯定愛吃這東西。

半個時辰後，正在裝罐子的二毛第一個聞到了廚房飄來的香氣，不用想都知道是小竹子又在做好吃的。

聞著香味、吞了一個時辰的口水後，終於聽到十三娘來叫他們吃飯。

「走走走，看看今兒有什麼好吃的。」

一群人興奮地衝到了廚房外頭。

如今天熱，全都擠在一起吃飯那就更熱了。所以玉竹提了建議，將飯菜都做好了拿到外頭來，一人一個大碗，讓十三娘給分到碗裡。

今日廚房做的是醋溜白菜，還有菜瓜炒肉絲，這些都是島上人平時非常喜歡的菜式，不過這會兒他們的目光都集中在那盆小章魚上。

「剛剛聞到的香味就是這個。」

「十三娘，快開始打飯吧！」

十三娘照一人三隻的數量，給他們分了下去。

這東西剛剛出鍋的時候她已經嚐過，那味道既保留了小章魚的嚼勁，又增加了濃濃的香味。

吃慣了清淡的海鮮，乍一吃到這樣味道重的，真是驚喜得很。

不出玉竹所料，這道滷小章魚受歡迎得很，滷出來的一整鍋，一隻都沒剩下，全都被他們吃完了。

吃完飯後，十三娘她們準備去洗碗刷鍋，瞧見鍋裡那大鍋飄著香的暗紅色滷水，心裡有些捨不得。

「三姑娘，這些湯倒了好可惜啊，不如咱們留著晚上煮麵吃吧？」

「誰說我要倒掉它們了，這些可是寶貝，能反覆使用很久。」

滷水只要方法使用得當，是能夠一直保存下去的，即便是在炎熱的夏天。

「十三娘，我去給妳找塊乾淨的布，妳跟十七娘兩個人把那湯裡的渣滓過濾一下，另外再加三大勺的鹽進去。」

食鹽是最天然的防腐劑，加到滷水裡能保證它不會變質，等明日起鍋再熬的時候加點高湯或者清水進去，滷出來的食物就不會鹹了。

二毛看著那鍋湯，轉頭問道：「小竹子，這一鍋湯能用多久？能滷多少吃的啊？」

「具體多久我還不知道，得看一日滷多少鍋了。這用得次數越多，裡頭的味道也會越來越淡，不過一、兩個月是肯定能用到的。」

「這樣啊……」

二毛心動歸心動，但她知道自己家的情況，沒什麼勞動力，像這樣在島上做些裝裝罐子的普通活還可以，真的去擺攤子賣吃食，那肯定是忙不過來的，而且也沒本錢找小竹子買呀。

算了，還是老老實實地去裝調味粉吧。

玉竹本是想跟著二毛一起走的，結果走到門口又轉了回去。

「還是先不濾了，留著待會兒再滷一鍋，等長姊他們晚上回來也嚐嚐。」

「啊？可是、可是已經沒有小章魚了呀。」

十三娘只覺得尷尬得很，他們中午吃了好多，結果都忘了給主家還有客人留一些。

「沒事，這滷水又不是只能滷小章魚。雞蛋、肉、雞鴨都可以的。妳們洗碗去吧，等一下我來跟妳說怎麼滷。」

聽了玉竹這話，十三娘才鬆了一口氣。

忙到申時左右，玉竹讓她們去殺了兩隻雞、兩隻鴨子放到滷水裡頭滷，還放了三十顆蛋，和昨日剩下的一個豬蹄。

鍋一燒起來，島上又飄起了陣陣奇異的肉香。

奉命來給玉家送請柬的白家管家一上島就忍不住吸了吸鼻子。這島上在煮什麼？這麼香？

「三姑娘，白家的船來了。」

玉竹愣了下，不是交貨的日期，他們來人做什麼？

「我去瞧瞧，妳們盯著火啊，別太大了。」

她從廚房出去，還沒走出院子就遇上了孤身前來的白管家。

「白管家，怎麼今日來了？交貨不是還有三日嗎？」

「是還有三日，所以這次我來不是拿貨的。三姑娘，我們白家酒樓兩日後就要開張了。所以我家老爺特地命我來送請柬，請妳們兩日後賞臉去城裡喝杯水酒。」

玉竹這才想起，前些時候聽說過白家要在城裡開酒樓來著，沒想到這麼快就要開張了。

「三姑娘，方才我來之前去過醬坊，沒有見到大姑娘和二姑娘，所以這請柬……」白管家一臉為難。

「給我吧，一樣的。開張之日，我們一定會去。」

玉竹收了請柬，卻不見白管家告辭，抬眼一瞧，發現他的目光盯著廚房的位置，腦中一個念頭突然閃了出來。

「白管家，難得來一次，你替我帶點東西給白老爺吧！」

「好的、好的。」

白管家看著玉竹進了廚房，雖有心跟去瞧瞧，卻又不好意思得很，只能坐在院中等著。

廚房裡的玉竹從鍋裡挾了五顆滷蛋出來，另外又叫十三娘剁了半邊滷雞一起放到了食盒裡。裝好後，又挾了兩顆蛋出來，拿葉子包了放在最上面的一層。

「白管家，這是我家新研製出來的滷水煮的食物，最上面這格是你的，下面兩層是給白老爺的。回去若是涼了，放蒸籠上熱一下就行了。」

聞到那股香氣，白管家真是忍了又忍才沒當著小姑娘的面打開來瞧。

「多謝三姑娘，那我這就回去覆命了，告辭。」

回到府中後，白管家先去廚房將那滷雞和蛋熱了熱，這才去了老爺的院子。

「哦，你說這是玉家新研製的滷水煮的吃食？」

白遠朗從桌後站起身來，接了筷子，打開食盒一瞧。

「是雞呀？咦，這香味……不行，得配酒。」

他一聞就被勾起了食慾，而且這樣味濃的食物，須得配酒才算是最佳。白遠朗立刻讓管家取來了自己的藏酒，倒上一杯，再挾上一塊雞。

白管家跟著嚥了嚥口水。

「老爺，味道如何？」

白遠朗瞇著眼睛沒有說話，吃完了才回了一句不著邊的話。

「看來我得上島一趟。」

第一百章

兩日後，城中最大的福運酒樓開張了。

從昨日起，酒樓就開始往外飄香味，那味道勾得路過的人家回家吃飯都沒了胃口，一個個都好奇著這酒樓裡賣的到底是什麼菜式。

所以今日一早，酒樓門口就圍了好些人，聽了白家老爺一番感謝的話，又看了一場雜耍，響鑼一敲，才見大門打開。

眾人一進酒店便朝著牆上掛的菜牌瞧去，大多數的菜式都是他們所熟知的，唯有其中一列，他們重來都沒有見過。

「滷肉、滷豬蹄？還有雞爪？」

「還有滷雞、滷鴨呢！」

「滷蛋是什麼蛋？」

「還有小章魚，這個滷是個什麼做法，怎麼感覺什麼東西都能做？掌櫃的，昨天一直飄的香味就是這些東西嗎？」

「對對對，客倌慧眼，這滷系菜式，就是一個香字。咱們酒樓今日開業推出新菜，所有滷系菜式價錢減半，三日後才會恢復原價。」

一聽開業減半，聞著又那麼香，幾乎每桌都點了一、兩盤的滷菜。這一點就上了癮，兩盤子、三盤子地要個不停。

淮城人在炒鍋還沒流行起來之前，一直吃得都是蒸菜、湯羹，菜式簡單又味淡，吃了這麼些年也是夠膩味的了，突然冒出來的這個滷菜，又香又好吃，自然大受歡迎得很。

聽著樓下不停加滷菜的熱鬧聲音，白遠朗心裡著實是高興。

「玉姑娘，真是多虧了妳們家的這個滷水啊！我這酒樓之前準備的招牌菜和它一比，那真是遜色得多了。」

玉容尷尬地笑了笑。

「白老闆說笑了，滷菜只是占了個新鮮而已，招牌菜才是酒樓的門面。」

外人都以為這滷水是她和二妹一起整出來的，誰知道其實只是小妹胡亂配的。那日從魏家回去，她們才嚐了一點滷雞、滷鴨，心裡的驚喜還沒平復下來，第二日就看到白老爺上島來要買滷水，又受到了驚嚇。

小妹上一世莫不是財神童子吧，怎麼隨便做些東西就能賣錢呢？

聽小妹說，那滷水需要的主料不過六、七種，加起來不到半斤的樣子就能得出一大鍋滷水，而那一鍋就賣了白老闆五個銀貝，暴利到令人髮指。

不過白老闆也是賺的，剛剛她們上來前看過那個菜牌了，一盤滷肉便要五十銅貝，而那一盤裡總共才不到三兩的肉；一盤小章魚三十銅貝，裡頭只有五、六隻，說不好白老闆比她們還賺。

想想就羨慕得很，她那醬坊裡頭工人一天累得腰痠背痛才賺多少。這滷菜，熬上一鍋水，再加些料進去滷出來就行了。

「玉姑娘，隔壁幾間我還有客人要招待，妳們先慢用，不要客氣。」

「白老闆去忙吧，不用管我們。」

送走了白老爺，大家反而更自在些。

這福運酒樓的二樓是圍著大堂建的，每間屋子一開窗就能看到大堂裡的情況，若是想清靜些，關上窗即可。

不過，玉容想看看樓下客人對自家滷菜的反應，特地把窗子敞開著。

「長姊，有啥好看的，先過來吃菜呀！白家這招牌菜也好好吃！」玉竹的嘴巴都快忙不過來了。

「妳啊，就知道吃。」

玉容也是服氣，明明是小妹弄出來的滷水，自己卻是一點都不關心的樣子。

「小妹，我瞧著白家這滷菜賣得很不錯啊，估計妳那幾鍋滷水用不了多長時間吧？」

「那不好嗎？用完了，咱們再賣給他們就是啦！反正大家都能賺錢，老百姓也吃得開心，挺好的。」

玉竹從來沒有擔心過滷菜會不好賣，她只擔心口味太過單一，時間一長，大家就會吃膩了。所以她又琢磨了幾個滷水配方，加辣椒的有兩種，準備回去再試驗試驗，沒問題就可以釣白老闆這條魚了。

酒樓的菜式需要推陳出新，而不同配方的滷菜絕對能解決這個問題，白老闆那麼精明的人是不會放過的。

她不賣配方，只靠賣滷水一月就能淨掙上百銀貝，這樁買賣值得她花心思。

晚上一家子回到島上後，玉容提議把家裡的錢都拿出來計算一下，玉竹也正有此意。

魏家和阿娘已經商量好婚期，就在明年的臘月辦長姊和魏平的婚事。那時候，長姊已經十七快十八了。

一家四口坐在家裡最大的那張床上，整理著她們這一年來的所有收穫。

儘管姚氏已經有了準備，卻還是被嚇得不輕。

瞧瞧這眼前一罐又一罐叮叮噹噹的，那錢真是不少，而且她發現有兩個罐子滿滿都是銀貝。

這真是她的三個女兒嗎？

這裡的錢，恐怕比雲鋒的私房錢都多。

「銅貝多少，我都有數，只是銀貝我每次換進去都沒有記，咱數數這兩罐就行了。」

玉容將銀貝都倒了出來，跟座小山似的，一家子齊心協力地數，一人跟前摟了好幾百，加到一起，一罐竟有七百。

另一罐也不少，一共有六百八十枚銀貝。

裝銅貝的罐子都是平時採買原料、發放工錢用的，而銀貝可以說是姊妹仨這一年淨賺所得了，這還沒算上玉竹那罐子裡頭的錢。島上的果樹收益、調味粉收益，這些都是單獨給了玉竹的，兩個姊姊都不肯要。

玉竹想把罐子抱過來一起數，直接被拒絕了。

「妳想數的話，等我們都記好了數，妳再倒出來數，別給弄混了去。」

玉竹委屈兮兮地站到了一邊。

「長姊，咱們姊妹難道還要分個妳的我的不成？」

「話不是這樣說，咱家的家業怎麼來的，大家心裡都有數。那些都是妳該拿的，別推來推去的。現下這些，姊姊們拿著都心虛。」

玉容和玉玲本就心不大，她們也是為了賺錢找娘，才不得不硬著頭皮做的。醬坊花費了不少的心血，管著一家子的錢，她們覺得沒什麼，但果樹和那調味粉的買賣可跟她們一點關係都沒有。總之那些都是小妹的，她們早就說好了。

姚氏以前在村裡見多了兄弟姊妹爭搶東西，如今見著自家三個女兒如此和氣，心中甚慰。

「妳們啊，都乖。好啦，把這些錢先收起來，讓小竹數數她的。」

玉容、玉玲趕緊麻利地將銀貝們都放回罐子裡，給小妹騰出了位置。

其實這段日子以來賺的錢，玉竹心裡是有個大概數目的，所以當長姊、二姊興奮地告訴她罐子裡有近五百銀貝的時候，她心裡倒沒有那麼激動。

錢在她心裡一直都只是個沒有溫度的數字而已，不過四百多銀貝也不錯了，足以給長姊添一份體面的陪嫁。

二姊的婚期在後年，還早得很，反正這些錢花得沒了再掙就是。

玉竹想到就去做，第二日便跟著二姊的船回了村裡，然後找了個藉口拉著她娘一起去了村長家。

她知道自己一個小孩子來談什麼買地的事，實在有點荒唐，還是得有大人一路才好說話。

「小竹，妳真想好了？把妳攢的所有錢都給長姊買地、買屋做陪嫁？」

「嗯、嗯，想好啦！阿娘妳就放心吧，我可是說話算話的人。」

玉竹拍了拍自己的小胸脯，非常誠懇。

姚氏抱著她的那罐錢，只覺得燙手得很。

小女兒準備的陪嫁比自己準備得要厚那麼多，真是、真是……唉……

母女想去找村長買地，只是不巧得很，老村長去了里君家，小草說恐怕他下午都不一定能回來。

她倆也不能就這樣一直在村長家裡等，於是又從村長家裡出來了。回家的路上，玉竹本是琢磨著到底要買哪些地，結果迎面碰上幾個男人，拖網的拖網、扛傢伙的扛傢伙往家裡走，嘴裡還閒聊著他們熟識的人去了城裡做工的事。

玉竹如醍醐灌頂，一下明了心。

對了，她怎麼傻了？長姊可是要嫁到城裡頭的。

在村子裡買地、買屋，她也不好看顧，還不如去城裡給她買上幾個鋪子讓她收房租，輕輕鬆鬆。

「阿娘，我這些錢先放妳這兒，改明兒咱們一起去城裡看看，給長姊買兩間鋪子。」

「不在村子裡買了？」

玉竹點點頭。「之前是我想岔啦，長姊以後估計長時間都是在城裡，村裡買那麼多地，她只能給人租種，一年也得不了幾個錢，還不如去城裡給她買兩間鋪子。」

雖然她們在城裡已經有了兩間鋪子、一座宅子，但那是家裡頭的產業，和她私人沒什麼關係，她還是想用自己的私房錢給兩個姊姊置辦陪嫁。

姚氏張張嘴想說什麼，最後還是沒有說出來。

錢是女兒賺的，她又是個有主意的，該怎麼花，自己這個半路回來的娘哪有資格過問呢？

母女倆各自想著自己的心事，一路沈默地抱著罐子回了石頭小院。

瑛娘挺著肚子正好散步回來，瞧見兩人，很是熱情地打了招呼。姚氏還抱著錢罐，也不想跟人在門口多說什麼，不冷不淡地聊了兩句便找了個藉口回了院子。

陶實一出來就瞧見自家媳婦望著玉家院子發呆。

「瑛娘，看啥呢？」

「看玉家這院子啊，真是不錯。」

瑛娘收回目光，低頭摸了摸肚子，心裡一時各種滋味都有。

聽說以前玉家剛來上陽村的時候，什麼都沒有，還是靠著陶家才開始慢慢起來的。結果現在人家石頭院子有了，海島有了，醬坊也有了。玉家倒是興旺了，可陶家卻被遠遠甩在了後頭。

雖然陶家如今每個月的進項不少，但誰會嫌錢多呢？尤其是自己馬上就要生小孩了，得為肚子裡的孩子打算。

當然，眼下還不宜動什麼心思。玉容還沒嫁出去，她們娘也還沒有走，等玉玲嫁進來，那些人走了再說。

陶實哪裡知道自家媳婦如此多的心眼，只當她是隨口一說。

「玉家這院是不錯，咱們以後也蓋個一樣的。走走走，進去休息會兒，別累著我兒子。」

瑛娘輕輕撇了撇嘴，由著陶實將她扶進了家門。

三日後，玉竹纏著她娘還有雲家兄弟倆陪著她一起進了一趟城，花光了所有私房錢，換來了三份臨街的旺鋪屋契。這點東西還是有些少了，不過離長姊成婚還有一年多的時間，她還來得及準備。

除了姚氏和雲鋒、雲銳，幾乎沒有人知道玉竹在偷偷給玉容攢陪嫁。

醬坊的買賣忙得很，玉容、玉玲經常在那兒一盯就是一整天，所得都歸了總帳，日後是要姊妹仨均分的。其他的，像滷水、調味粉還有水果的買賣所得，都歸玉竹所有，所以算起來，玉竹才是姊妹仨裡最富的那個。

不過接下來的一年裡，她都會是最窮的那個了，因為她每月扣除掉買原料、發工錢的錢後，其他都拿去買鋪子、買首飾，總算是攢出了一份像樣的陪嫁。

這一年多，玉家風平浪靜，倒是村子裡比較熱鬧。

先是陶家瑛娘生了個女兒，沒多久，陶寶兒也多了個妹妹。快到臘月的時候，村長家的小草傳出懷了孩子。村子裡已經有好些年沒有女嬰出世了，這一連出生的兩個女娃娃可說是珍貴得很。

陶寶兒家裡從老到小個個都把小娃娃當眼珠子似的，就連陶寶兒也是整天妹妹前、妹妹後。

和他家一比，瑛娘的反應便有些過於冷淡了。

要說她生的小女娃也好看又白淨，陶家上下是疼愛得不得了，可她就是心裡不舒服。明明自己這胎當初個個都說是兒子，結果現在卻突然變成了女兒。她要女兒有什麼用，玉玲明年就要進門了，不在她之前把長孫生下來，等她進門了，自己哪還有什麼地位？

瑛娘鑽進了牛角尖，卻不想想陶家上下的為人，只拿自己看人的那套去瞧別人，剛生了孩子的臉上也沒個笑，聽到孩子哭鬧更是沒有什麼耐心，本來還很充足的奶水也漸漸沒了。

陶二嬸自己生過孩子，知道懷孕產子的辛苦，就想著讓瑛娘多休息休息，好好坐月子，晚上便把孩子抱到了她的屋子裡，免得吵著瑛娘。

可惜她的一番好意卻是瞎子點蠟燭，白點了。沒了孩子吵鬧的瑛娘晚上依舊是輾轉難眠。

「瑛娘，這是怎麼了？都這麼晚了，還不睡。」

陶實睏得不行，本是起來尿尿，一回頭就瞧見月光下的媳婦正瞪著一雙大眼，毫無睡意的模樣。

「我睡不著。」

「怎麼睡不著了？小丫不是讓娘抱走了嗎？晚上也沒聽見她吵，這不挺好的？」

陶實躺回床上，迷迷糊糊間又快睡著了。

「娘是不是因為我沒生兒子，生我氣了？所以這才把小丫給抱走？」

正迷糊著的陶實一聽這話，立刻清醒了過來。

「胡說八道什麼呢？娘抱走小丫不是因為妳總嫌吵嗎？這不是為了讓妳好好休息嗎？扯哪兒去了？妳這腦袋瓜裡一天都在想啥呢？」

大概是說得有些急了，陶實的口氣聽著有些不太好。瑛娘鼻子一酸，眼睛就開始紅了，不過大晚上的，他也看不出來。

他說了幾句，聽見媳婦沒有再說話，以為瑛娘想明白了，乾脆又重新躺下睡了過去。

背著他的瑛娘紅著眼默默開始抽泣起來。若是生了兒子，陶實才不會這樣凶巴巴地和她說話，她一定要想法子趕緊再懷上才行。

瑛娘的心思越歪越遠，隔壁的玉家卻是一片和樂。

還有幾日便是老大玉容的喜事，如今整個家裡都是喜氣洋洋的，院子裡擺放著過幾日就要陪嫁出去的一整套紅木家具，那是姚氏請人打的。實在是家裡的屋子堆放不下了，才放到了院子裡。

這會兒玉玲正跟著娘清點嫁妝，屋子裡只有玉竹陪著姊姊繡嫁衣。玉竹比起去年明顯長高了一大截，再不用踩著小板凳才能看到桌子上的東西。

「長姊，妳繡的鴛鴦真好看。」

她真是羨慕極了姊姊這雙巧手，這麼好看的嫁衣，在這村裡大概是頭一份了。

玉容抬頭瞧了她一眼，笑道：「妳啊，這女紅可得練起來，日後出嫁的時候便也能繡這樣好看的鴛鴦了。」

玉竹悶悶的。

「長姊，就不能不成婚嗎？」

「這是說得什麼話，哪有女子不嫁人的？」

「反正我不想嫁人。」

玉竹小聲嘀咕了一句，玉容也沒放在心上，畢竟小妹現在才六歲，她哪知道什麼婚姻嫁娶的事，等她到了年紀自然就會明白了。

「好啦好啦，時候不早了，去把羊奶喝了回來睡覺吧。」

玉容揉了揉眼睛，睏得不行。她的嫁衣再鎖個邊就行了，明日再繡也來得及。她把桌上收拾好，一轉眼又瞧見小妹抱著一堆東西進了屋。

「這麼快就喝完了？」

玉竹搖搖頭道：「等要睡覺的時候再喝，長姊，妳先看看東西。」

她把懷裡那一大包東西都擺到了床上。

玉容上前解開一看，嚇了一大跳。好幾件的金飾，還有七份屋契，村裡的地契也有不少。

「這、這、這……是哪兒來的?!」

第一百零一章

「是我自己攢的呀！」

玉竹很是驕傲地拍了拍自己的胸脯。

她很早就想著要給兩個姊姊掙一份豐厚的嫁妝，如今算是完成了一半，等長姊出嫁後，她就要開始給二姊攢嫁妝了。

「長姊，這些都是娘陪著我一起去買的，保證不是亂買，就是首飾不知道妳喜不喜歡。妳瞧瞧嘛。」

玉容呆呆地看著小妹拿起兩樣金飾，半天回不過神。

「長姊看這個，娘說這珠花是石榴花，多子多福的；還有這個，樣式簡單但形似如意，說戴它能吉祥如意，這些寓意都挺不錯的。」

玉竹說了一通，回過神才發現長姊太安靜了，轉頭一瞧，長姊居然在哭。

「長姊……」

玉容此刻真是又酸又疼又開心，看著滿心為自己盤算的小妹，再也忍不住地一把將她摟進了懷裡哽咽道：「傻丫頭，這麼多東西，要好多好多錢呢，不是跟妳說了要好好地攢著嗎？」

「我攢了呀，只不過又花了而已。錢嘛，沒了不是還可以賺嗎？咱們現在跟白家的合作出貨越來越多，錢是掙不完的。但成親一輩子就這麼一次，我肯定想讓長姊風風光光地出嫁呀。」

雖說魏平和他娘都不是個勢利的，但成親之日，來往的親戚、鄰居肯定不少。魏平如今官途順遂，也有不少同僚到賀，若是姊姊的陪嫁太少，難免會教人看輕。玉竹當然要盡力給姊姊添妝了。

「長姊，妳先看看喜不喜歡嘛，不喜歡的話，我明日再去城裡給妳換別的樣式。」

玉容臉上還掛著淚，聽了這話又忍不住笑了。

「金做的首飾誰不喜歡呀？傻妹妹，別來回折騰。先放姊姊這兒，等妳長大了給妳做嫁妝。」

她是不打算收小妹這些東西放到嫁妝裡頭的。姊妹仨她是老大，哪有讓小的給大的準備陪嫁的。

玉竹非要給，玉容又死活不肯收，姊妹倆推來推去，還是姚氏做了主。

「小竹一片心意，容兒就收下吧。等她大了，妳再回些陪嫁給她就是。再說這些屋契都是寫妳的名字，妳若不收，改來改去也麻煩得很。」

一家子輪番勸下來，玉容才勉強將那一包東西收了起來。

玉容偷偷抹了抹眼淚，心裡暗暗定了主意，等小妹日後成親，她要陪一份更厚重的嫁妝給她才行。

一轉眼便是好日子。這天一早，玉容便被喜婆從床上拉了起來。先是絞面，再敷粉，然後才是梳妝。

今日大喜的日子，玉容戴得是娘給她的一套紅珊瑚首飾，若非臉上粉撲得太白，當真是明豔照人得很。

玉竹今日也穿得很是喜慶，一身大紅福字襖將她襯得跟個雪娃娃似的，好看極了。阿娘和二姊今日都在忙著裡裡外外的事，房裡就只有她陪著長姊。等喜婆幫長姊梳好髮髻、弄好髮飾後，她便找了個藉口將喜婆支使了出去。

「長姊，快快快，把這些粉都擦了。」

「嗯，擦了做什麼?!」玉容捂住臉，不許玉竹碰她。「小妹，今日是大日子，不可胡鬧。」

「長姊，我可不是胡鬧，妳用水盆照照臉，被那粉弄得跟個鬼似的。晚上姊夫一揭蓋頭，指不定嚇好大一跳。」

成親呢，是一生中非常非常重要的日子，哪能讓姊姊頂著這麼個妝進洞房？玉竹拿了帕子絞了水遞過去。

玉容低頭在水裡一照，也是嚇了一跳。她以前見過別人出嫁，雖說妝容好像和自己差不多，但她沒想到自己上了這個妝會變得這麼醜，當下便乾脆地拿了帕子將臉上的粉擦得乾乾淨淨。

反正魏平沒見過自己上妝的樣子，就這樣去也沒什麼不可以的。

玉竹不能讓姊姊醜醜地出門，卻也不能讓她就這樣素面朝天地去。化妝她不是什麼行家，但以前出門應酬也會給自己上個淡妝，總之手藝肯定要比喜婆的要好得多。

「長姊，妳坐好，眼睛閉上。」

玉容乖乖聽話坐好。她大概猜到小妹要做什麼了，心裡一點底都沒有，不過算了，反正時辰還早，弄不好等一下再偷偷洗掉，蓋上蓋頭，小妹也發現不了。

她閉著眼，只感覺小妹挖了一坨濕濕的膏搽在她臉上，聞著有些像村民們平時會做來護手的蛤蜊油？

小妹這會兒給她搽蛤蜊油做什麼？

折騰了小半個時辰，玉竹才終於鬆口讓她睜眼。

玉容對著水盆一照，裡頭的人還是那個熟悉的人，但像是明豔了不少。水盆到底是看不了那麼精細，不過沒把臉弄花，她已經很滿意了。

「小妹妳這手啊，真是巧，日後不做調味料，去給人畫妝也能掙不少錢呢！」

「那可不行，畫妝才能掙多少錢。」她還得給二姊攢嫁妝呢！

姊妹倆在屋子裡頭說說笑笑了一陣，很快便聽到了喇叭、鑼鼓的聲音越來越近。

迎親的花轎來了！

本來還嘻嘻笑笑的玉竹心裡頓時難受起來。從她來到這裡，幾乎每晚都是和姊姊睡，可是今日姊姊就要嫁人，要有自己的家庭了，日後別說是姊姊陪睡了，就是想見面都要來回好幾個時辰。

「長姊……」

玉竹剛喊了一聲，眼淚就開始一顆顆往下掉，真是越想越傷心。

這會兒轎子都到門口了，迎親的人也來了，賀喜的、看熱鬧的，一大群人都圍著玉容轉，玉竹只能跟在後頭眼巴巴地送姊姊出門。

大喜的日子，她不敢哭得太過，怕壞了氣氛，忍著傷心跟在二姊後頭看著嫁妝出門。先走的是院裡那一整套的家具，再是魏家送過來的那些聘禮，還有玉容自己備下的一箱箱布疋衣裳，最後才是玉竹備的那些寶貝。

這一大串的嫁妝看得村裡人眼睛都紅了。

「天啊，這玉家可真是捨得啊，竟然陪嫁了這麼多的好東西！」

看熱鬧的大娘、大嬸一邊瞧著嫁妝隊伍，一邊和身邊人討論。酸是酸，卻沒什麼壞心思，畢竟她們每家多多少少都是受了玉家恩惠的，而且一會兒還要去玉家白吃酒呢，哪好再說人壞話。

玉竹跟著二姊壓在嫁妝隊伍最後頭，跟著一起進了魏家。姚氏則是留在村裡，招呼著來賀喜的村民吃酒。

今日大喜，玉家酒席辦得格外熱鬧，葷菜占了桌面的大半，極合村民的胃口，一頓飯下來，幾乎每桌盤子都是空的。

陶二嬸作為未來的親家，這樣大的場合肯定是要帶著家裡人過來幫忙的，所以白日裡便只有瑛娘一個人照看孩子。

她沒有奶，又懶得去給孩子弄羊奶，只混了點糖水給她抹了抹嘴，然後嫌煩地又丟到了床角裡，自顧自地發呆。

今天隔壁玉家辦喜事，肯定有好多好菜，香味飄到家裡，她聞了都餓得慌。昨兒個她看到玉家收了好大兩筐青蟹，今天肯定有做，那是她最愛吃的。

陶實晚點回來肯定會給她帶吃的，就是要等。

瑛娘在家裡等了快一個時辰，才聽到門咯吱一聲，有人回來了。

「小丫怎麼哭得這麼厲害？」

陶實一進門就皺了眉。

他把手裡的飯菜放到桌上，趕緊進屋去看孩子，卻見自家媳婦白著臉躺在床上一副有氣無力的樣子，只能先去照看她。

「這是怎麼了？早上走的時候不是還好好的嗎？」

瑛娘哪好意思說自己是著急出去看吃的，結果踩到自己的腳摔了，只隨便編了個藉口，說是聽到孩子哭心裡著急，出去給她弄吃的時候摔倒了。

難得看到媳婦這麼關心女兒，陶實還挺高興。

「小丫的吃的我來弄，妳先去把飯吃了。」

瑛娘嚥了嚥口水，一瘸一拐地跟在陶實身後出門去了廚房。結果一進去，瞧見桌上那三菜一湯，立刻就發火了。

「她玉家這是打發乞丐啊?!就給這樣的吃食？還是親家呢，竟是半點臉面都不顧！」

陶實只覺得莫名其妙。

桌上的菜有胡蘿蔔炒肉、蒸藕圓子、醋溜白菜。除了醋溜白菜，其他兩道都是帶了肉的。胡蘿蔔香甜可口，藕圓子軟糯美味，湯是燉得香濃的鱈魚湯，聽說這鱈魚很是難得，補身子得很，姚家嬸嬸可是特地給自家留了一大盆。

「妳這是說什麼話？聲音小點，人家一番好意給妳留的好東西，還不知足？這是鱈魚湯，很補人的。」

瑛娘才不管什麼是鱈魚湯，她只知道魚湯就是魚湯，說破天也只是魚，她最討厭魚湯了，吃了這麼多年早就吃膩了。

「她們家今天辦喜事，做的大菜不少吧？剛才我還聽到路過的人說今天她們家的滷肉多好吃，怎麼到我這兒就這麼兩個菜、一個湯打發了？這是瞧著我生了女兒不配吃好東西嗎？」

瞧著她越說越不講理，陶實眉頭都皺了。他這才覺得自家媳婦不太對勁，最近怎麼時不時就要把生女兒的事拿出來說，而且說話口氣也越來越衝，像是隨時都想跟人大吵一架似的。

「好啦，越說越不像樣了。妳這斷奶是最近才有的事，人家忙著籌備玉容的婚事，又哪裡會知曉這些，所以姚家嬸嬸以為妳不能吃油膩的東西，準備得清淡些也是無可厚非。妳想吃好吃的，等過幾日我去城裡買回來做就是了。」

陶實又安撫了幾句，見媳婦的臉色沒那麼臭了，這才趕緊拿著碗去院子裡擠羊奶餵女兒。

他一走，站在桌前的瑛娘便發了脾氣，將桌上的湯菜都倒進了餿水桶裡。

誰稀罕吃她家的這些破玩意兒！

第一百零二章

抱著女兒餵完奶的陶實一回來瞧見桌上空了盤，還以為是瑛娘吃光了，正驚訝她的胃口怎麼變大了，就發現一旁的餿水桶裡的湯菜。陶實心底頓時冒起了火。

「瑛娘、瑛娘，出來！」

「幹麼呀?!」

屋子裡頭的瑛娘很是不耐煩地應了一聲，卻沒有開門出來。陶實只好抱著女兒走進去。

「好好的飯菜妳做什麼倒掉了？」

瑛娘不想回答這個問題，乾脆背過身去。可陶實是個直性子的，他想弄明白媳婦為什麼會糟蹋糧食，一個勁兒地逮著她問，問得瑛娘急了，一口氣把這些日子堵在心裡的怒火都發洩了出來。

「她玉家的飯菜我吃不起，倒就倒了怎麼了？明知道我現在需要補身子，就拿那麼幾道菜打發我，一個個都瞧著我生了女兒，瞧不起我！我以後自己做飯吃就是了，誰稀罕那點東西？還有你，姓陶的，這才成婚多久，你就變了個人一樣，嘴上說著喜歡女兒，還不是心裡記恨我沒給你生兒子！一家子面上做得倒是好看，可實際上呢，都瞧不起我！」

她說了一大堆的話，把陶實都給砸暈了。不放心回來瞧孫女的陶二嬸也被吼得莫名其妙。

老大媳婦這莫不是失心瘋了？自己一家誰不喜歡小ㄚ，天天回來這個要抱、那個也要抱，擔心她吃不到奶長不好，老二二話不說拿了自己攢的錢去買了頭母羊回來。老頭子更是為了孫女睡得舒服，最近都在熬夜做木工給她做小床。

自己就不說了，晚上吃喝拉撒都是她在照顧，一家子哪兒對不起瑛娘了？

裡頭的兩口子吵個不停，也不是吵，幾乎都是瑛娘在單方面抱怨，他們這才知道原來她有這麼多的不滿。

什麼被子不夠厚、衣服不夠軟、飯菜肉不多等等，總之就是一句話，他們老陶家因為她生的是個女兒，所以都看不起她了。

陶二嬸真是聽不下去了。

她一把推開了房門，直接把兒子懷裡的孫女抱了過來，冷得一張臉嚇得屋裡兩個人都不敢再說什麼話。

陶二嬸平時都是樂呵呵的，真是從來沒見過她有這樣的臉色。瑛娘的氣勢瞬間被打了下來，小聲地叫了一聲娘。

沒人理她。

「老大，那邊席面快吃完了，你們幫工的該吃飯了，先去吃吧。等一下還要幫忙抬桌子去還，小ㄚ我帶著，你放心。」

陶實鬆了一口氣，點點頭，逃也似地走了。

屋子裡寂靜了一會兒，陶二嬸才開口道：「瑛娘，妳們心自問，自從妳嫁進來，我們陶家到底待妳如何？妳生了小丫，我們陶家都感激妳，何曾有瞧不起妳的意思？還有妳說被褥薄了，三層新棉絮怎麼會薄呢？就算是薄了，妳同我說一聲，再給妳加便是，誰也不是妳肚子裡的蛔蟲，妳想什麼，不說出來大家怎麼會知曉？」

瑛娘低著頭，一聲不吭。

若是她此刻大大方方地承認了錯誤，陶二嬸也不會說什麼，還是親親熱熱的一家人。可她這副模樣，明顯是犯了倔。陶二嬸還真是氣不過，非得把話說清楚不可。

「瑛娘，妳最近是怎麼了，原本性子不是挺好的嗎？那衣裳以前妳還老說舒服厚實，怎麼現在又嫌它不夠軟了？咱們給妳買的可是最好的棉料。」

一說這個，瑛娘便萬分委屈，小聲嘀咕了一句。「我明明瞧見家裡有綢料的。」

陶二嬸險些給氣笑了。見過眼皮子淺的，沒見過這麼淺的。當初給老大相媳婦，真是走了眼啊！

「那綢料是我生辰的時候，玉玲送我的。她的一番心意給我了，又讓我拿來給妳，像什麼樣子？難道妳都沒有看過小丫裡頭穿的衣裳嗎？那塊綢料早就給小丫做了穿上了。」

給小丫，不是等於是給她了嗎，一個當娘的難道還要跟自己女兒爭穿的？瑛娘無話可說，可心裡到底是不舒服，最後又悻悻地說了一句。「我不比玉玲有錢，娘生辰也沒送禮物，娘喜歡她也是應該的。」

陶二嬸很無奈。

跟她說個話是真費勁，怎麼生了個孩子就跟變了個人一樣，聽她那話裡的意思，瞧著是對玉玲不滿很久了，以前怎麼就沒發現呢？

這樣不行，要是老大媳婦有這樣的心思，等玉玲嫁過來了，絕對是家無寧日。

陶二嬸再沒理她，抱著小丫去了玉家。

說實話，玉家能在這樣短的日子裡一天天好起來，村裡誰不眼紅羨慕，她也羨慕得很。但那都是善意的，他們不會去和人家攀比什麼，也不會因為自家錢少就自覺矮人一等。

正因為這樣，陶二嬸才能一直和玉家相處愉快，和姚氏也是格外投緣。說到底，還是瑛娘眼皮子太淺、心眼太小，瞧著玉玲家中富貴起來，開始自卑了。這種事，自己不想明白，誰也幫不了她。

晚上回到家，陶二嬸哄睡了小孫女後便把白日裡發生的事告訴了自家老頭。

「你說，老大媳婦這樣，日後阿玲嫁進來，妯娌怎麼合得來？本來上回她害得玉竹拉肚子，阿玲就不怎麼喜歡她了。」

陶二叔悶聲刨了好一會兒的木頭，才說出了個主意。

「唉……分家吧。」

「什麼?!」陶二嬸大驚。

父母在，不分家，這是每家都遵循的舊禮，可老頭子他……

「不分，日後鬧得兄弟鬩牆就好看了？別看現在老大跟老二感情好得不得了，誰知道枕頭風吹多了，他心裡是個什麼想法？所以，分吧！唉。」

說要分家，陶二叔心裡是最難受的了。誰不想一家子和樂一直住在一起，奈何看走了眼，給老大娶了個小心眼的媳婦，不分家，日後必定會生出無數齟齬，還不如現下分了清淨。

陶二嬸也明白這個道理，可分家不是小事，她還是有些猶豫和不捨。不過這點不捨在瑛娘接下來幾天的表現中，消失得乾乾淨淨。

這幾日晚上總是能聽見老大他們在吵架，就沒個消停的時候，話裡話外都是說他們更喜歡有錢的玉玲，又因為她生了女兒而不待見她。

兩口子商量了一下，第二天便去請村長到家裡給兄弟倆分了家。儘管兄弟倆百般不願，但陶二叔是鐵了心，誰也勸不了，最後還是在村長的見證下分了家。

因著陶木一直都是跟著玉玲在醬坊裡頭做事，所以陶家砌灶臺、蓋屋子的買賣就交到了陶實手裡，陶木只分了半邊屋子還有存銀和地。

瑛娘倒是挺開心的，因為分了家後，她手裡的錢再不是幾個銀貝，而是近兩百的銀貝。她一輩子都沒有見過那麼多的銀錢，有了這兩百銀貝，她心裡的那些不痛快瞬間消失了大半，不過還是惦記著要早些懷孕才行，長孫必須得她生，這樣公婆手裡的錢才不會拿到老二那邊去。

陶家突然分家的事，陶木第一時間去了玉家告訴玉玲，還把自己分得的那兩百銀貝和田地全都交到玉玲手裡。

玉竹對他的這個表現十分滿意。魏家姊夫穩重妥帖，一家子對長姊都很好。陶家這個未來姊夫老實敦厚，凡事都把二姊放在第一位，不管他陶家怎麼鬧，他都會解決了才到二姊面前說，不會讓二姊煩心。

這兩年考察下來，兩個姊夫都是很不錯的人，玉竹也就沒什麼好擔心的了。至於瑛娘折騰出來的事？那算什麼，反正她又不敢鬧到自家門前，頂多就是在被窩裡跟陶實說上幾句閒話，玉竹根本沒把她放在心上。

一個月後，隔壁陶家又傳來了喜訊，說是瑛娘又懷上了。

在這個時代，懷孕是件可喜可賀的事，玉竹卻不這麼想。生孩子是件極為傷身的事情，坐月子雖然可以養好一些，但一出月子便立刻懷孕，恐怕沒有哪個醫生會贊同。

尤其是這樣連續生孩子，瑛娘這是不拿自己身體當回事。

玉竹只是想想便將這事甩在了腦後。就算知道危險又能怎樣，她一個小孩子在這方面根本就插不上話。

但願老天保佑她吧！

玉竹再沒特意關注過隔壁家的事，只是偶爾遇上瑛娘總要感慨幾聲。

她不知是怎麼回事，明明上一胎懷孕的時候只是胖了一點點，這胎卻像是吹氣球一樣地胖起來。人胖，肚子更大，走在外頭不仔細看根本就認不出是瑛娘。

聽二姊說，瑛娘在陶家平日裡吃得好像有些多，玉竹有次遇上提醒了兩句，結果瑛娘見著周圍沒人，將她臭罵了一頓。自那之後，玉竹對瑛娘一直都是敬而遠之。

八個月的時間轉瞬即逝，瑛娘要生了。

也不知道玉竹這是什麼運氣，明明平時都在島上，這日卻因為想休息一日便帶著二毛回了村裡，正好就遇上了這事。

此刻二姊身在醬坊，阿娘又和雲家叔叔回北武辦事，家中只有她和二毛兩個人。兩個小姑娘坐在一起，聽著那一聲聲慘叫，就算面前堆了一大堆的食材都沒胃口烤來吃了。

「小竹子，瑛嫂嫂叫得好慘，會不會有什麼事啊？」

玉竹望著陶家的方向，沒有說話。

生孩子，就是看命。運氣好了，母子平安；運氣不好，誰也救不了。瑛娘肚子吃得那麼大，懷孕又懷得急，那情況可不好說得很。

「二毛，火堆滅了吧，看妳也是吃不下，咱們到門口去看看什麼情況。」

二毛索利地滅了火，跟著玉竹一起出門。

這會兒，陶家外頭已經圍了好些個聽到聲音來趕熱鬧的村民。有那麼一種說法，家裡有娃娃落地的話，來趕熱鬧的便可以沾沾喜氣，家裡添丁也能容易些。

那些抱著來沾喜氣想法的大娘、大嬸待了一會兒，便一個個離得遠遠的。她們都聽過不少人家產子，從來沒有聽過像陶家這樣悽慘的。

「快、快、快！快去下陽村請郎中來！」

接生的穩婆一聲吼，陶實便飛快地從院子裡衝了出去。周圍人隱隱約約聽到大出血三個字，頓時如鳥獸散。

生子大出血那可是要死人的，誰都不想沾上這晦氣。

不到片刻工夫，陶家外頭就走得沒剩啥人了。就算有那和陶二嬸關係好的，也只是遠遠瞧著，不敢近前。

玉竹和二毛站在門口看了一會兒，又回了院子裡。

她倆都是小娃娃，什麼忙也幫不上，去陶家也沒有用。

「小竹子……我害怕……」

慘叫聲還在響著，只是一聲比一聲弱。

二毛的臉都嚇白了。

玉竹怕倒不怕，就是心煩意亂得很。瑛娘怎麼樣，她不怎麼在意，可真要出了事，陶家一家子恐怕要傷心很久。

她沒怎麼猶豫便跑去了屋子裡，翻出了家裡珍藏的一支參來，這還是去年年初的時候，燕翎給家裡送來的好東西。

大出血，這支參應該沒啥用，不過吊著氣撐到郎中來應該是可以的。

玉竹抱著那支參跑去了隔壁，親手交給了陶二嬸。

陶二嬸的眼都急紅了，看見玉竹的那一刻真是恨不得抱著她大哭一場。

「玉竹啊，嬸兒家裡今日不方便招待妳，妳先回去……這參，我就厚顏收下了，妳可真真是幫了我的大忙。」

瞧著陶二嬸都快哭了的樣子，玉竹也只能安慰兩句便出了陶家。剛剛她只是在院子裡停留了片刻，就聞到一陣腥甜味，也不知是從屋子裡傳出來的，還是陶二嬸身上沾的，總之讓玉竹難受得很。

陶家的哀號一直持續了近一個時辰才徹底安靜。聽到消息趕回來的玉玲自然是第一時間就過去幫忙了，不過她很快又回來了。

「二姊，陶家怎麼樣啦？」

「陶家……」玉玲愣了下，沒說實話。「孩子生啦，是個小姑娘，等出了月子再帶妳去瞧瞧。」

「那瑛嫂子呢？」

「人救回來了，都沒事。妳跟二毛去玩吧。」

玉玲說完便進了廚房，準備去做點吃食給陶家送過去。瞧他們那院子裡一個個失魂落魄的，只怕都沒心情做飯了。

瑛娘救是救回來了，可她傷了身子，以後身子都不會好了，而且這輩子都不能再生育，實在教人唏噓。她那麼看重兒子，現在卻一輩子都不可能有兒子了。

唉，人啊，還是要知足才是。

在她看來，瑛娘純粹就是自己找事。還好現下分家了，不然等自己嫁過去，真是難有清靜日子。

傍晚的時候，陶木來了玉家，把先前玉玲送過去的碗筷都送了回來，順便還把那支沒吃完的人參也還給了玉玲。

「玲兒，娘說這幾日家裡亂糟糟的，血氣重，妳就不要過去了。家裡那麼多人呢，餓了總會想法子吃的，妳別擔心。」

「我知道了，你也勸著點你娘，讓她寬心些。」

玉玲放好碗，又從櫃子裡拿了幾個餅出來，讓陶木帶在身上餓了吃。

「木頭，我有事想和你商量商量。」

陶木難得見玉玲這樣正經和自己商量事情，明白這事肯定不小，也不急著走了，坐下來聽她說。

「我想，咱們成親後，能不能搬到這個院子住？」

按照舊俗，成親後他們是要跟爹娘一起住的，可玉玲實在不想跟瑛娘住在一個屋檐下。儘管瑛娘平時情緒隱藏得很好，可她對自己的敵意只需要一個眼神，玉玲便能明白。正好自己也不怎麼喜歡她，何必要住在一個屋檐下，影響心情。

「反正你們不是已經分了家嗎，搬出來住也……應該可以吧？」

玉玲說這話時略有些沒底氣。

讓陶木跟著自己住這邊的石頭屋，村裡肯定有人會說他是個軟骨頭，興許還會有更難聽的話，反正是讓男人很沒有面子的一件事。

兩個私下怎麼樣不說，在外頭，玉玲一直都是給足了陶木面子，所以她有些拿不準陶木會不會答應這樣有損他面子的事。

「妳就說這事啊？那有什麼，搬就搬唄。」陶木根本沒把這事當回事。「妳住哪兒，我就跟妳住哪兒。」

「當真?!」

玉玲完全沒想到陶木頭會答應得這樣爽快。

「自然是真的，我何曾騙過妳？再說，我也不敢啊。」陶木忍不住笑了笑，伸手拉住玉玲。「我知道妳擔心什麼，妳放心，不管怎麼樣我都不會委屈妳。」

一刻鐘後，玉玲是紅著臉把陶木送出門的。

玉竹躲在一邊瞧著二姊那滿面的紅光，微腫的紅唇，忍不住嘖嘖兩聲。真是沒看出來，陶木還有這膽子，親了沒被二姊打也是厲害。

「小妹！」

偷看被抓包了。

姊妹倆又鬧了一會兒才漱洗了到床上。

「小妹，要不以後還是回來村子裡住吧？村裡人多熱鬧，離島上也不遠，最多就是麻煩些，一日多跑幾趟。」

「二姊，妳要是想我了呢，那我這回就多住幾日再回島上，長住可不行。」玉竹翻了個身笑咪咪地看著二姊道：「妳和陶家哥哥都快成親了，我再住在這兒可是礙眼呢！」

「臭丫頭，又來消遣我。」

玉玲一肚子正經話全教她堵在了喉嚨裡，乾脆上去撓她癢，嘻嘻哈哈鬧了半晌才睡。

第二天一早，玉竹便坐上蔡大爺的牛車去了城裡。

她之前想休息一日，有一半的原因便是想把收到的貨款拿去城裡買屋、買鋪子。

阿娘不在的時候，她都是讓長姊陪她一起去。現在她手頭上有近六百銀貝，大概只能在城裡買上兩間上好的店鋪。淮城雖然是封給了公主，但架不住政策好、發展好，這裡的地價漲得不瘋，但也確實是漲了。

玉竹高高興興地去了城裡，一輛白家馬車和她擦肩而過，去了村裡。

正在醬坊裡算帳的玉玲好不容易理清了帳，就被小跑進來的白家管家給撞翻了，嘩啦啦地掉了一地竹簡。

「二姑娘，大喜啊！」

「喜從何來？」

老管家喘了兩口氣，這才笑著說道：「日前大王不是在平州舉辦了一場文會嗎？太子也做了一首詞，得了許多誇讚。大王便說了，都是因為從小多吃魚蝦的緣故，太子才會如此聰慧。咱們啊，在平州所有店鋪販售的魚蝦蟹醬，不到三日竟是全都賣空了，可不是大喜嘛！」

第一百零三章

大王親口說了吃魚蝦能變聰慧。

玉玲驚訝得嘴都快合不攏了。有大王這話，海鮮醬和那些沿海乾貨豈不是要賣瘋了？

「二姑娘，我家老爺特地讓我來先通知一聲，後頭幾月的貨量至少要多出兩到三倍才行，希望您這邊先準備著。」

「兩、三倍？恐怕我們這醬坊趕不出那麼多貨來。」

長姊出嫁後，醬坊差不多都是她在管，一個月能出多少貨，玉玲最是清楚不過。兩、三倍的貨量，光是增招村民是沒用的，作坊、倉庫、陶缸全都需要增加，這可不是十天半月就能完成的小事。

「二姑娘，總之儘量多備些貨吧，越多越好。」

老管家傳了話，喜孜孜地告辭走了。

玉玲轉頭去倉庫裡清點一番，又看了看村民們幹活的速度，心裡大概有了個底。招工是勢在必行的，倉庫也得再建些。最重要的是她得先把旁邊的地買下來，還有魚蝦的供貨量，也要去和那些漁民們提一下。

沿海這麼多的漁民，只有玉家能大量收購鮮魚蝦，可惜收購是固定的量，很多漁民都搭不上玉家。不過現在要加大貨量，他們也能把漁獲賣到玉家了。

這樣，更多的漁民賺錢了，玉家賺錢了，白家也賺了錢。不出一年，淮城便能更上一層樓。

大王這句話的分量，當真是不輕啊。

玉玲心裡有了主意，立刻找人去傳消息給姊姊，自己則是拿上銀錢去了村長家，花了一百銀貝將醬坊周圍的地買下一大塊。

訂購木材、石料的事還是長姊比較熟，所以她打算等長姊收到消息後再來處理，另外就是和漁民商量加貨的事情，這些只要在收貨的時候，和那些漁民提一提就行了。

漁民的親戚朋友幾乎都是靠海吃飯，你傳我、我傳你，消息一天就能遞出去。

玉玲很快便忙活了起來，一天到晚連個坐下來吃飯的時間都沒有，餓極了便吃個餅、配點醬，要麼就是一個水煮蛋。

本來長姊該回來幫幫忙的，但長姊剛診出有了身孕，玉玲哪裡敢讓她回村子裡。加上陶木被她安排去了沿岸收貨，她身邊竟是一個能頂事的都沒有。

最後在玉竹強烈的請求下，玉玲才把醬坊的日帳交到了她手上。

帳目銀錢肯定是不能交給外人來管的，所以玉玲每天都是自己抓耳撓腮地算帳，可以說她一天裡有大半時間都是浪費在這上面。

小妹說要給她幫忙，挑中了算帳的這個活，玉玲還擔心小妹做不好，不會算。結果考了她十幾次，就見小妹拿根棍子在地上劃了兩下便算出來了，比她快了不知道多少。

「二姊，算這些是有訣竅的，等這陣忙過了，妳有空了我再教妳。」

玉竹以為大概只要忙上個一月左右就可以了，到時候，阿娘和秀姊姊她們都回來了，醬坊也擴張完成步入正軌，自然就不會忙了。結果沒想到生意實在太過好，一直忙到了二姊出嫁才得了幾日空閒。

玉、陶兩家的婚事比起玉容的那次來說，雖沒那麼隆重，卻熱鬧不少。因為上次是嫁到城裡，只是在娘家吃頓飯就散了。現在不一樣，玉玲是嫁到陶家，兩邊都能吃酒，晚上還能鬧鬧洞房，再吃上一頓，所以來的客人格外多，小孩子也是一波接著一波，都知道玉家今天有糖吃。

那些客人除了本村的村民，還有不少鄰村的，拉著不知道多遠的親戚關係找村裡的人搭線，想跟玉家打好關係，整個上陽村熱鬧得跟過年似的。

玉竹這回倒沒有長姊出嫁的時候那麼不捨了，反正二姊只是去陶家拜個堂，拜完還是會回到石頭小院裡。

二姊和二姊夫的臥室換成了那個最大的，之前的臥房便給她住了，等以後二姊也有了小寶寶，玉竹就把房間讓出來。

這樣一想，房間似乎不太夠啊？

長姊明年就要生小寶寶了，她再回村裡，那就是一家三口，加上自己和秀姊姊還有阿娘、雲叔叔，偶爾聚一聚的話，院子裡的房間根本不夠住。要不，明年另外再在村子裡蓋一座院子？

如今玉竹不用再給兩個姊姊攢陪嫁，手裡頭寬裕得很，蓋座院子的錢說拿也拿得出來，就是感覺不太實用，浪費了。

長姊不可能來村中長住，阿娘他們也不會長住，就為了偶爾一次的相聚蓋座院子，未免有些小題大作。

「小竹子，妳真是傻了。島上那麼多房間，妳還怕沒住的地方嗎？」

玉竹就說嘛，有哪裡不對勁，要不是二毛提醒，她都要自己蠢死了。

「二毛，妳腦子轉得真快。」

玉竹湊上去親了她一口，嚇得二毛連連後退。

「說了以後不要叫我二毛！叫我名字，臭竹子！」

已經十歲的二毛早就明白自己的名字有多不堪入耳，加上那名字又是之前她娘取的，所以她去年便找鍾秀幫她取了個新名字。

現在的她名叫陶姝，連戶籍都特地拿錢改了。

「好好好，以後叫名字。阿姝姊姊好，這樣行不行？」

玉竹笑嘻嘻的樣子倒是弄得二毛很是不好意思。

「也、也不必叫姊姊，就叫我阿姝嘛！」

「行，都聽妳的。走吧阿姝，咱們去前頭拿好吃的，陶寶兒那傢伙肯定先去了。」

兩個姑娘手拉著手一起去了院子裡。

因著這次宴席人多，請客的桌子都擺在了玉家外頭的空地上，院子裡只零星擺了幾桌供自家人和幫工的人吃。

半個時辰後，來接玉玲的花轎到了門口。

雖說兩家隔得近，但形式還是要走，不說繞城一周，起碼得繞村一周才是。等花轎回來到陶家，飯就能開了。

玉竹去前頭跟著長姊送了送二姊。

長姊走的時候，她跟二姊哭得稀里嘩啦，今日本以為會很開心，結果看著二姊一身紅衣慢慢走向花轎，她心裡忍不住又酸又澀，說不出的難受，連個笑都擠不出來。

回頭一看，長姊、阿娘都和她一樣，就算是笑也是勉強擠出來的。

這大概就是嫁女兒的心情？

姚氏拿著帕子拭乾眼角的淚，看到大女兒那還平坦的肚子，心裡又高興起來。

「阿容，玲兒已經送出門了，妳回屋裡去休息會兒吧。外頭人多，小心碰著了。」

「對、對、對，長姊我扶妳吧。」

玉竹說話最是管用，本來還想再看看的玉容立刻點點頭，拉著她的手準備進屋。結果剛轉身，又聽到一陣鑼聲越來越近。

「咦，花轎不是才走嗎？」

出門的花轎折返是很不吉利的事情，在場的人都皺了眉，唯有一旁的鍾秀神情舒展。

「這不是送嫁的鑼，應該是旁的。」她一邊說著話，一邊使了輕功上牆探了一眼回來。

「是秦大人來了。」

「什麼?! 秦大人？」

玉容成親當日，秦大人只是派人送了一份賀禮，怎麼玉玲成親倒是親自來了？姚氏摸不清情況，但人已經來了，就得出去迎一迎才是。

玉竹卻想得要多一些。

秦大人來就來，還一邊敲著鑼來，這種情況，她只在電視上瞧過。一般都是家中兒郎考取了功名，縣老爺敲鑼打鼓上門報喜。秦大人這回來，肯定不是一般的道喜。

一家子走出院外，秦大人的車馬也到了門口。跟著他一起下車的，還有兩個面白無鬚的男人，一人抱著一個小箱子。

「玉姑娘，今日大喜啊！」

「秦大人，這是？」

秦大人略微往旁邊一站，將位置讓給了身後兩人。

「這二位乃是大王跟前的內侍官，他們是來傳大王口諭的。不過方才瞧著花轎剛出去，咱們先等等吧！」

玉容趕緊將人都請進了院中。

等花轎一落，立刻去叫了二妹過來，所有人都跪了下去聆聽大王口諭。

那高個兒的內侍說了一段複雜拗口的話才進入正題。

「玉氏乃仁善之家，落戶淮城後施恩千家，得益萬戶，實乃大功。特賜匾額一塊，金貝兩箱，另賜玉家名下海島為玉華島，方圓一里歸玉家所有。」

所有人都驚呆了。

他們萬萬沒有想到，玉家竟能得到大王的垂青。僅是那一塊匾額就能讓人吹噓三代，何況大王還賜了金貝，給她們的海島取了名、賞了地。

方圓一里的海域都成了玉家私有，日後沒有玉家允許，恐怕連船隻都不能輕易靠近了。玉家和大王究竟有什麼淵源呢？幾乎所有人都在想著這個問題。

唯一知道大王為何會這樣賞賜的秦大人笑咪咪地扶起了玉容，再把兩箱金貝交到她們姊妹手上。

「大王賞賜，妳們安心收著便是，這是妳們應得的。」

有秦大人這話，玉容心裡稍稍踏實了一些。不過眼前這兩箱金貝真是太扎眼了，也不知會不會引來禍事。

她正愁著呢，突然感覺衣角被扯了扯，低頭一看是小妹。小妹嘴巴動了動，說了兩個字。

玉容看了好幾遍才反應過來，是修路。

對啊！修路！

當初就說過，日後賺大錢了要把村裡到城裡的路給修一修，不說弄得像城裡那樣好看，只要弄得平整無坑就好。

修好了路，大家方便了，自家運送貨物也方便，是真正利民利己的事，現在有現成的錢來弄豈不正好？

這事不用和二妹商量，玉容就知道她也是沒意見的。畢竟這麼多的金貝過了那麼多人的眼，放在家裡誰心裡不慌呢？玉家如今也不缺錢，這兩箱金貝無非就是錦上添花，並沒有太大的益處。還不如花出去，不招人惦記還得了個好。

玉容想明白了這事，直接將那兩箱金貝又交還給了秦大人。

「大人，大王厚賞，民女一家謹記恩德。只是當初我們一家來到上陽時，也是多虧了村子裡各位鄉親的照顧才有了今日，所以這兩箱金貝，我想交給大人，由大人指派人手，將上陽到城裡的路給修建起來。」

秦大人眉毛一挑，心裡頭居然一點都不意外玉容的一番話。

大王也算是沒有看走眼，這玉家的確是仁善之家。

「玉容姑娘大善，本官就不推辭了。這筆錢，本官保證每個子兒都會花到上陽這條路上。」

沒過多久，秦大人帶著那兩箱金貝還有兩位內侍官從院子裡頭出來，一行人很快離開了村子，返回城裡。

等他們一走，眾人這才放鬆下來。有那和玉家關係親近的，都進了石頭小院去瞧大王賞賜的牌匾，其他人則是跑去了陶家，等著看新婚夫妻拜堂、鬧洞房。

這場婚宴前所未有地熱鬧，以致許多年後人們說起來都還記憶猶新。

和村子裡一比，海島上就要清靜許多了。

洞房一鬧完，玉竹便帶著姊姊和阿娘他們回了島上。

石頭小院正式交給二姊一家生活，以後她大概也不會常住。小夫妻二人嘛，肯定更喜歡有自己的空間。
時間過得好快啊，一轉眼兩個姊姊就都嫁了，過兩日，阿娘、秀姊姊她們也要跟雲叔叔離開，這島上就剩十幾個護衛、奴隸跟二毛。
想想就覺得心裡空落落的。
玉竹怎麼睡都睡不著，瞧著外頭月色正好，乾脆爬起來去把自己釀的果酒給翻出來，坐到沙灘上，一個人對月飲酒。
玉竹一個人喝了好幾杯，意識還是清醒，就是臉熱熱的，看著像是醉了酒。身後突然傳來了一道腳步聲，她還以為是十三娘又來叫她不要喝酒，沒想到來的居然是長姊。
「長姊，這麼晚了，怎麼還沒睡？」
「妳不也沒睡嗎？」
玉容端著兩個小板凳，分給妹妹一個。
「妳信不信，阿娘現在也還沒睡呢。」
玉竹點點頭。當初長姊出嫁時，她和二姊還有阿娘就是一夜沒睡，三個人在被窩裡大眼瞪小眼。
「小孩子家家的，又喝酒，再喝一杯不許喝了。」
玉容親手舀了一杯酒，蓋上了酒封，繩子繫得死死的。
行吧，長姊明日就走了，今日且聽她的話。
「小妹，要不妳跟我到城裡去住吧？」

玉容聲音溫婉，在這樣一個清涼孤單的夜裡，實在是誘惑十足。玉竹心裡微微動了那麼一下下，不過很快就清醒了。

「長姊，不是都說好了嗎？以後我住海島上就行。有這麼多人陪著，妳還怕我生活不好嗎？」

玉容摸摸小妹的頭，沒有說話，只是嘆了一聲。

她知道小妹一個人也可以生活得很好，但沒有在自己跟前，哪有不擔心的呢？

「小妹，我知道妳喜歡清靜，只是這島上太清靜了，妳長大了，總不能一直住在島上。」

本來小妹就不願意嫁人了，若是一直住在島上，連個生人都見不到，日後又怎麼找得到心儀的人？她自己和二妹都找到了自己心儀的，她也想小妹能有個好歸宿。

玉竹一聽就知道長姊想說什麼，立刻趴到長姊身邊去摸她的肚子，轉移她的視線。

「長姊，沒長大的事現在就不要說了嘛！咱們看看眼前，妳說外甥在肚子裡能聽到我們說話嗎？」

「那……不能吧？現在才三個月呢，郎中說要等他會在肚子裡頭動了，才是能聽到話的時候。」

玉容頭一回當娘，知道的其實不比小妹多。

「我覺得他肯定是聽得到的，長姊，我給他唱首歌聽吧！太陽當空照，花兒對我笑……」

小妹的歌聲，真是一言難盡。

「哎呀，我有點睏了，小妹我先去睡了，妳也早點睡。」

「長姊，別走呀，我還有兩首別的歌呢！」

玉竹瞧著長姊的背影，捂嘴偷笑了好一會兒才躺到了沙灘上。

今日月色正好，星光熠熠，有這樣的一座海島，一片星空，自由自在，何必去找什麼男人？

二十歲以後的事，等十三年後再說吧！

番外

八年後。

隨著一聲嬰兒的啼哭響起，院子裡所有人都稍稍鬆了一口氣。玉玲成婚七載才有的孩子，又生了一天一夜，實在是讓人擔心得很。

陶木趴在門邊忍不住想進去，卻又記著媳婦的叮囑不能進，聽著裡頭傳出來的那幾聲小孩哭聲，卻一直沒有媳婦的聲音，急得不行。

就在他忍不住想掀簾子進去的時候，產婆終於出來了，一家子瞬間都圍了上去。

「劉婆，玉玲她怎麼樣了？」

「劉婆，我姊姊呢？」

「劉婆……」

七、八張嘴嘰嘰喳喳都是在問大人，劉婆子也替玉玲高興。她接生得多了，幾乎家家都是一見她就問孩子，卻根本沒有人想起大人，玉丫頭真是好福氣啊。

「玉玲只是脫力，現在睡著了，等她醒後，給她吃些東西，多休息休息就能恢復。小丫頭在肚子裡待得久了，這會兒有些不太舒坦，我就不抱出來給你們看了，讓她也好好養養。」

劉婆子擦了擦手，小心掀開簾子又回了屋子裡。

屋子裡頭只有幾聲細細的嬰兒哭聲傳出來，真是叫得人心癢癢。

玉竹趴在窗上，就想看看小外甥女一眼。

長姊這些年生了兩個外甥，個個都皮得不行，她也就小時候抱抱，大點了一個個鬧騰得很，哪有軟軟的外甥女招人疼。

可惜現下入秋了，二姊又不能見風，這窗戶關得嚴嚴實實的，她望了半晌啥也沒有看見。

一直等到屋裡頭收拾乾淨了，劉婆才放了她們姊妹倆和陶木進去。

陶木瞧了一眼女兒便轉頭坐到床頭去照顧玉玲。兒子、女兒他都喜歡，但他最擔心的還是媳婦。

玉容看著他那緊張妹妹的神情，心裡是極為滿意的。

女子啊，就怕嫁錯了人，好在二妹和自己運氣都好，嫁的男人都是疼媳婦的。

「長姊，小丫頭這臉怎麼比阿遠兄弟倆生出來的時候還要皺啊？」

玉容回過神來低頭看了一眼。

「這有什麼，很快就能長開了。瞧她這雙大眼睛，過幾日長開了，可漂亮得很。」

姊妹倆圍著嬰兒說話，聲音小得不得了，生怕驚到了床裡的小外甥女，一直看了小半個時辰這才戀戀不捨地出了屋子。

有人在屋裡總歸是有些動靜的，現下二妹還在昏睡休息，她們瞧過母女倆就放心了。

姊妹倆暫時在偏院裡住了下來。

玉竹正收拾著長姊和自己的衣裳，冷不丁聽到長姊問她道：「小妹，妳都十五啦，這親事究竟怎麼說？」

「啊？親事……」

玉竹愣了好一下才反應過來長姊在說什麼，她僵硬地轉過身，露出幾分不願之色。

「長姊，我才十五呢，等兩年再說吧。」

「十五不小啦，若不是之前沒有找到阿娘，我跟妳二姊的親事早就訂了。妳看看村子裡，哪家十五歲的姑娘還沒有成親的。」

「有啊！阿姝就沒有成親。」

二毛說起來還比她大了兩歲多呢，人家都不急。

玉容聽了真是哭笑不得，戳了小妹一指頭。

「妳跟她比呀，她雖然沒成親，可村子裡誰不知道她跟陶寶兒是一對，成親不是早晚的事？妳呢，妳連個苗頭都沒有，白老闆給妳介紹的那些，妳也看不上。妳跟姊姊說句實話，妳到底喜歡什麼樣的？」

「什麼樣的？」

玉竹認真想了想才開口道：「得好看的。」

她在這裡生活了十年，天天不是在姊姊家就是在島上做各種調味料、醬料配方，說實在，這麼些年也有些膩了，真要有個能讓她眼睛一亮的大帥哥來談談戀愛，想想也還不錯。

當然，顏值是第一位，必須要好看。

這些年在淮城裡，她見過最好看的男生，大概就是秦大人的兒子了。不過自己跟他不來電，而且人家也是早就心有所屬，只等燕翎成年便會大婚。

所以長姊催她的這事啊，是真的難辦。

「只要臉長得好看妳就喜歡?!」玉容被妹妹這話給驚到了。「臉長得好看能當飯吃嗎？嫁人得看對方的品性，看對方家人的品性，哪有什麼看臉之說？胡鬧！」

「是是是，我胡鬧。」

玉竹吐了吐舌頭，繼續轉身去整理衣物。

姊姊們雖然著急，但她們還是會尊重自己的意願，若是自己真的堅決不同意，她們也不會逼迫自己，勉強還能糊弄個三、四年吧！

她打算走一步、看一步，實在不行，等年紀到了，隨便買個人來假裝一下，把姊姊們和府衙瞞過去就成，反正她住在島上，平時也沒什麼人上去。

玉容還當妹妹是在開玩笑，便沒怎麼將她這話放在心上，只想著等回了城裡，讓魏平在府衙裡頭瞧瞧有沒有什麼合適的人選。

阿娘離得遠，小妹的婚事自然得由她來操心。

姊妹倆在村子裡一連住了五、六日，城裡頭傳了好幾次的信來，說是兩個娃在家鬧騰得不行要找娘，玉容這才回了城裡。

她一走，玉竹也跟二姊道別，回了島上。

二姊生女順利，坐月子有陶二嬸仔細照顧著，她不擔心。母女天天都在睡，她不好時時進屋子裡頭打擾，索性先回島上，等二姊出了月子再說。

一回島就瞧見二毛風風火火地朝她跑了過來。

「一走就是好幾天，還知道回來呀！白家那邊又要加貨，還有東邊那兩家也喊著要加，另外妳走之前囑咐我們看顧的那兩口缸，這兩日總聽到裡頭有咕嚕冒泡的聲音，還有一股怪的味道，妳沒說，我便沒敢開蓋子去瞧。」

玉竹和她一邊往家裡走，一邊聽她說這幾日島上發生的所有事情。

「白家那邊到底不是賣調味料的主流，咱們的大客戶還是東邊那兩家，所以白家我給拒了，應下了北邊的加貨。這樣的話，島上可能還要再招一班的人，只有兩班制的話，工人會非常累。」

「這些妳自己就能做主了呀，調味料的買賣我都交給妳了，我只看每月的帳就行。多招一班工人也沒問題，開工錢的時候直接跟我說就是。」

二毛這些年跟著玉竹可說是學了不少的東西，從前年開始，玉竹便有意讓她開始接手管理買賣。一開始雖說會有些紕漏，但那些都是小問題，二毛是真的有管理天賦，不到半年時間便將島上眾人工作分配得有序妥當，每月的帳目也是清清楚楚。

玉竹現在每天只需要巡巡果園，再研究新的醬料配方，別的都用不著她操心。

當然，二毛一個月的工錢也是很可觀的，從一開始的幾百銅貝現在已經漲到了十銀貝一月。

這也是她為什麼一直沒答應成婚，陶家卻沒催著陶寶兒另找的原因。

作為一個姑娘家，一月十個銀貝的收入實在是太高了，誰家不想娶個這樣的能幹媳婦回去呢？

「對了竹子，妳不是一直想跟北武商會的人接觸接觸嗎，後日他們就要到淮城了。」

「他們？很多人嗎？」

「人肯定多呀，妳忘啦，公主府所有器具都是由北武負責，眼下公主大婚在即，他們自然要把東西送到公主府去。人多是多，不過管事的大概就一、兩個。明兒我再去打聽打聽，把他們落腳的地方打聽出來。」

玉竹突然停了下來，搖搖頭道：「不用了，明兒我自己進城一趟問問姊夫就知道了。走，先去看看我的魚露。」

家裡的兩缸魚露耗費了大半年的製作時間，總算能開缸了。要是味道不錯，這裡的人也習慣的話，她打算讓醬坊的人過來學習，把這魚露給添到醬坊裡。

魚露的作用其實就和醬油差不多，晚上，玉竹親自下廚用魚露拌了菜又蒸了魚，結果上桌後，反應平平。估計要不是她說這魚露做的菜是她新製的，大概沒人會去吃第二口。

玉竹有點摸不著頭腦。雖說這東西不怎麼讓人驚豔，但吃起來味道也還不錯呀，怎麼就沒有人喜歡呢？

「竹子，妳別問他們呀，他們老是吃燒烤，口味是越來越重，當然吃不慣這清淡的東西了。」

「也是。」

島上的這些人被自己慣得天天與辣椒為伍，燒烤更是家常便飯，吃慣了這些東西，再去吃清淡的，確實是沒啥味。算了，等明日拿些到城裡讓長姊他們嚐嚐看。

實在不行，不賣也行，反正家裡的醬坊如今也不缺這一樣魚露。

玉竹第二天早早就起了床，不光準備了一大陶罐的魚露，還趁著早上退潮，抓了一籠青蟹和一大把的海螺帶著。

兩個外甥最愛吃蟹，尤其是青蟹，若不是郎中說蟹寒，小孩不宜多食，那兩個小傢伙能抱著啃一天。

算起來，她有一個多月沒進城了，是該帶些好吃的去瞧瞧他們。

騾車去魏家的時候會路過一個米記糕點鋪子，別的不說，米記的棗泥糕是真好吃，甜而不膩，香軟可口，每天都有人排著隊去買他家的棗泥糕。

玉竹讓車伕看著車子，自己也下車去排隊。大人吃不吃無所謂，主要是外甥們愛吃這口，等一下看到自己帶的這些吃食，兩個小傢伙肯定要樂瘋了。

想想就教人開心得很。

她去的時候前頭還有六個人，不算多，半炷香時間就能排到。身後很快又來了個人，她沒回頭去看，不過應該是個風雅之人，那人身上有股淡淡的茶香，聞著還挺舒服。

就在前面只剩兩個人的時候，兩聲熟悉的「小姨」突然在對面響起，接著她便瞧見一大一小兩個小胖墩朝著她衝了過來。

玉容一見兩個兒子是奔著小妹去了，便沒攔著。

「夫人，玉竹姑娘當真是疼愛兩位公子呢，每次來都要去排隊給他們買那棗泥糕。」

「回回都買，都把他們慣壞了。」

玉容嘴上抱怨著，眼裡卻滿是笑意，帶著僕婦一同走了過去。

兩個小胖墩一起撲到了玉竹身上，撞得她一個趔趄，還好後面的人扶了她一把。

「小心！」

「謝……」

玉竹轉頭，謝謝才說一半便卡住了。

這人長得也太好看吧！

不等玉竹多看兩眼，兩個小外甥就拉著她過去挑糕點了。

「小姨，這個栗子糕也好吃！」

「小姨、小姨，阿娘喜歡吃這個。」

兩個娃嘰嘰喳喳地挑了一堆，玉竹順著他們的意思一樣買了一些。付完錢回過頭再看時，排在身後的人已經變成了一個瘦瘦高高的書生。

好不容易排到這兒，居然又走了，真是個怪人。

玉竹也就是被驚豔了一下，倒是沒別的什麼想法，轉頭帶著兩個外甥跟姊姊一同回了魏家。

近午時，魏平回家吃飯，一進院子就聽到兒子在問小姨藏好了沒有，頓時心情大好。真好真好，玉竹那丫頭來了，兩個小子有人陪著玩就不會來鬧騰自己了。

魏平喜孜孜地回屋子，結果沒等他凳子坐熱就看到玉竹帶著兩個小搗蛋鬼走過來。

「姊夫，我來找你問點事。那個北武商會的人來淮城，落腳在哪兒你知道嗎？」

「北武商會的人？」

魏平點點頭表示知道。他們是替公主府辦事，東西由府衙接收，人自然也是府衙安排的。

「就住在城東的驛站裡，等東西交接完了，他們大概還要停留幾日。妳找他們有事？」

「嗯，有些買賣想跟他們談談。」

玉竹想著待會兒便去驛站找人，一時也沒心情再陪兩個外甥捉迷藏了，又詳細打聽了下驛站的情況便丟下娃出了門，連飯都沒吃就去了城東。

官府驛站外頭賣小食的不少，她直接點了一碗雞蛋麵，坐在那兒一邊吃、一邊瞧著驛站進進出出的人。

姊夫說了這回北武商會的管事一共來了三個，其中有兩個人一矮一胖，兩人十分好認。只是一碗麵快吃完，玉竹也沒見裡頭有這樣的人出來，想來是在驛站裡頭休息。

那就只能上門拜訪了。

她吃完最後一口麵，正要掏出錢來付帳，突然瞧見一行人往驛站走去。那打頭的高個子竟然還是個眼熟的，正是她買糕點時排在她後頭的男人。

不知是不是他身邊的兩個人顏值太低，竟襯得他比之前更好看了些，真是可惜了。

看他模樣大概二十出頭，這個年紀一般都是成了婚的，只可遠觀矣。

玉竹一邊搖頭可惜，一邊掏出四個銅貝放在桌上結帳，準備跟在北武那些人後頭一起進去，豈料有個人跑得比她還快。

「公子！」

聽到這一聲脆生生的「公子」，剛走進驛站門的幾人齊齊回過頭來。矮個兒的崔管事笑咪咪地拿胳膊碰了碰身旁的雲二。

「老弟，這姑娘真是挺執著的，要不你就收了她？」

「你喜歡？那你收吧。」

崔管事連連搖頭後退。開什麼玩笑，這姑娘自己要是敢帶回家，家裡夫人還不鬧翻天去？

「若是不收，那你盡快打發她，別鬧起來了，這裡畢竟不是咱們北武。」

雲二點點頭，轉身出了驛站。

方才他們一行回來的時候，在路上遇見這姑娘插了草標賣身，說是為了換錢給家裡的母親和弟弟看病。同行的確實有一對精神不佳的母子，面無血色，很是嚇人，所以他才掏了錢給他們，讓他們早些去瞧病。誰知這姑娘拿了錢便一心要跟他走，說是要給他做牛做馬、為奴為婢。

雲二滿腦子都想著方才瞧見三姑娘的模樣，哪有心思理她，直接上了馬車回驛站，沒想到這姑娘竟是一路跟來了。

「雲公子，我拿了您的銀錢，那就是您的人了，您就收留我，讓我跟在您身邊做個粗使丫鬟吧？」

那姑娘雖是衣著破舊，卻因身材纖瘦，自有一番羸弱可憐的氣質，加上她那一雙盈盈含淚的眼睛，這樣的投懷送抱，大概沒有哪個男人能拒絕吧？

玉竹腦子裡剛閃過這個念頭，就瞧見那雲公子一個側身，連衣角都沒讓姑娘碰到。

不光是沒讓人碰到，他甚至還很避諱地往後躲了躲。

「這位姑娘，需要我把話說那麼白嗎？銀錢我是贈予妳娘和弟弟看病的，妳聽清楚了，是贈予，不是買賣。妳若是實在想為奴為婢，可以現在把草標插回頭上，跪回去重新賣一次，我這裡用不著妳這樣的粗使丫鬟。」

這一番話把那姑娘都給說懵了。她到底還是要臉的，幹不出死皮賴臉留下來的舉動，那姑娘很快捂著臉跑進了小巷裡。

玉竹對這雲公子倒是多了幾分好感。方才那姑娘不說傾國傾城，卻也是個我見猶憐的病西施，都投懷送抱了，也沒見他動動眉頭。能夠坐懷不亂，嘖，還不錯。

咦……雲公子？雲家？

玉竹愣了愣，想起了好些年前的那個人。

雲家這些年和自家還有合作，不過都是海鮮醬的買賣，一直都是由長姊、二姊和他們打交道。至於阿娘，她跟著雲二叔一邊做著小生意，一邊遊山玩水去了，幾乎沒在雲家老宅待過幾日，所以雲家的現狀她已經好久都沒有聽說了。

雲家這代成年的就兩個，大的如今該有三十了吧？那肯定不是這個雲公子。老二，也就是十五，算起來才會是二十出頭的年紀。

難道這人是十五?!

玉竹反應過來，驚訝地望過去，結果門口的人早就進了驛站。她想進去問問，結果走到門口就被攔了下來，因為她沒有官衙的腰牌，也不是驛站招待的客人，根本就進不去。

真是失策了，問姊夫的時候沒有問清楚。

守在這門口一時半刻也不會有什麼收穫，玉竹乾脆打道回府，拉著姊夫仔仔細細問了一通。

她這才知道，原來十五當真是驛站裡那位雲二公子。聽說他這些年在北武很有些名氣，腦子靈光，算數極強，雲家的買賣在他和他哥的手下已經擴張了不止一倍，雲家也總算在商會有了一席之地。

這都不是讓她驚訝的地方，她驚訝的是十五居然還沒成親，年紀輕輕就做了商會的管事，還參與了公主府的器皿製作。這可是能在皇家露臉的事情，沒點能耐的人還真是幹不了。

原本她對和北武商會談買賣的事情沒有什麼太大的把握，現下倒是多了幾分成算。

這一晚，玉竹乾脆沒回島上，住在了魏家。

第二天一早便拿著從姊夫那兒借來的腰牌去了驛站，倒是順利進去了，卻沒有見到十五。

「玉姑娘，雲老弟今日特地空了一日出來，說是要去拜訪老友，一早就走啦。」

「老友？」玉竹有些丈二金剛摸不著頭腦。

十五在這裡還有老友？莫不是，島上的人？

「玉姑娘找雲老弟可是有什麼要緊事？他說了會在傍晚時候回來，姑娘不如在這驛站等等？」

「不用、不用，不是什麼要緊事，我改天等他回來了再來就是。」

玉竹有些心不在焉，總覺得十五是去了海島，從驛站出來後便捎了口信給姊姊，說自己回上陽了。

一個時辰後，她坐上了村子到海島的小漁船。聽搖船的劉大伯說，半個時辰前他剛載了一個很是俊俏的後生去了島上。

不用說，那肯定就是十五了。

這小子一走這麼些年都沒回島上瞧瞧，怎麼今年倒是來了？

玉竹帶著一肚子的疑問回了島上，才走進林子，就聽到一陣陣的叫好聲，熱鬧得很。

悄悄走近一瞧，竟是十五在和十二他們比腕力。

明明十五要比十二小，十二又是常年勞作，可十五手臂上的肌肉絲毫不比十二遜色，那光澤、那爆發力，真是安全感滿滿。

始於顏值又終於顏值的玉竹一顆塵封多年的心，開始有些蠢蠢欲動起來。

要是能在這樣一座美麗的海島上談一場浪漫的戀愛，想想也是很不錯的嘛！

——全書完

2021年4月出版

迎妻納福

文創風 942~944

齊家之道在於和，小庶女也能有大福氣！
嘴甜心善，好運自然上門來~~

人好家圓，喜慶滿堂／月舞

出身相府卻軟弱好欺，成親後遭外室毒死，腦子進水才會活得這麼慘吧？
她穆婉寧雖是小小庶女，也明白錯一次是苦命，再錯一次就是犯蠢的道理，
如今重生可不能任誰搓揉，她決定改改脾氣，當個討人喜歡的小姑娘，
除了跟兄弟姊妹和樂相處，亦要承歡長輩膝下，靠山總是不嫌多嘛～～
原以為歲月就此靜好，孰料考驗又至，她上街買串臭豆腐竟捲入刺殺案件，
被路見不平的大將軍蕭長恭救下後，得他青眼，低調日子從此一去不回頭啊……
蕭長恭的示好讓她心動又失笑，送把刀給她防身，居然想請戒殺的和尚開光！
夜探閨房更是理所當然，難道戴著獠牙面具、霸氣無雙的他真是個二愣子不成？
不過要權有權、要錢有錢的蕭長恭乃貴女們的佳婿人選，現在沒了機會豈能甘休，
但她已非昔日的軟柿子，還有宰相府和將軍府撐腰，誰敢算計她，定加倍奉還！

2021年3月出版

福運莽妻

文創風 940~941

她覺得自己還是挺有福氣的，
這不？本來今天只有一小把韭菜能煮，
突然有條傻蛇送上門來加菜了~~

真情至純，不拘繁文縟節／山有木兮

「與其逆來順受，被欺負到死，倒不如同歸於盡！」
舒燕對著苛刻的二叔一家放狠話，儘管她不願走到這步。
原主父母雙亡，只剩個需要保護的弟弟，卻被親人搓磨致死，
這才輪到她面對要被賣進窯子、替堂哥抵債的境地。
幸而村裡的封景安，在最後關頭伸出援手，
那可是他要前去考童生的盤纏呀?!
分明封家前幾年也遭逢巨變，他家就只剩他一人了……
不管怎麼樣，現在他們已經是一家人，
無論是為報恩情、為盡妻子的義務，她都得好好擔起責任。
可、可同床共枕這件事，她還沒做好心理準備呀！
結果人家沒碰她，反倒是她睡覺不老實，一直靠著他，
尷尬下，她提出自己睡地上的提議，結果他居然說：「可。」
這傢伙，到底懂不懂什麼叫憐香惜玉呀？
算了，這書生如玉，她皮糙肉厚的，就睡地上吧！

風 文創 955

小漁娘掌家記 3 完

國家圖書館出版品預行編目資料

小漁娘掌家記 / 元喵著. --
初版. -- 臺北市 : 狗屋出版社有限公司, 2021.05
冊 ; 公分. --（文創風 ; 953-955）
ISBN 978-986-509-212-2（第3冊 : 平裝）. --

857.7　　110005618

著作者　元喵
編輯　張蕙芸
校對　沈毓萍
發行所　狗屋出版社有限公司
地址　台北市104中山區龍江路71巷15號1樓
電話　02-2776-5889～0
發行字號　局版台業字845號
法律顧問　蕭雄淋律師
總經銷　知遠文化事業有限公司
電話　02-2664-8800
初版　2021年5月
國際書碼　ISBN-13　978-986-509-212-2

定價260元
狗屋劃撥帳號：19001626
網址：love.doghouse.com.tw　E-mail：love@doghouse.com.tw